KB267724

『토지』의 가족서사 연구

이 진

국학자료원

박경리 선생님의 『토지』를 처음 접한 건 대학 시절이었다.

역동적이었던 80년대. 많은 친구들이 '우리가 살고 있는 세상'과 '우리가 살고 싶은 세상' 사이의 괴리를 좁히는 게 지식인의 책무라 여겼고, 그런 사회적 자의식의 과잉을 역사적 소명이라 굳게 믿으며 최루탄과 화염병 사이를 정신없이 오가던 때였다. 깃발과 대자보, 선동 구호와 북소리가 난무하는 캠퍼스에서 유장한 강처럼 흐르는 기나긴 <토지>를 읽어낸다는 건 엄청난 인내심을 요하는 일이었다. 더구나 주인공 최서희의 독기가 한풀 꺾이고 난 2부에서부터는 서사의 긴장감마저 느슨해져 몇 줄 읽지 못하고 책장을 덮은 날도 많았다.

작품을 처음부터 끝까지 제대로 읽어낸 건 그로부터 십여 년 세월이 지난 후였다. 소설가로 늦깎이 등단을 한 무렵이었고, 다시 공부를 시작하기로 마음먹은 때였고, 작가가 작품을 쓰기 시작한 나이에 얼추 다가간 즈음이었다. 이십 대의 감수성으로는 포착할 수 없었던 관계의 그물들이, 그 끈적임과 지루함과 성가심 들이 별다른 저항 없이 흡수되었다. 강렬한 충격이나 쏟아지는 눈물은 없었지만 가슴 먹먹한 감동은 오래 계속되었다. 등장인물 하나하나가, 그들이 맺고 있는 수 많은 관계의 양상과 그 변주가, 길고도 긴 여운으로 맴돌았다.

국문학의 세계에 나이 들어 뛰어들었다는 조바심 때문이었는지 모르겠다. 박사학위 논문의 주제를 선정할 때 『토지』와 같은 방대한 작품을 붙들었던 게 말이다. 선행 연구들이 만만치 않았다. 신참자로서의 두려움에서 벗어나고자 여러 편의 논문을 파헤치며, 그 긴 작품을 또 다시 읽어냈다. 총체적인 읽기뿐만 아니라 부분별 읽기도 여러 번을 거듭했다. 그랬음에도 내 역량으로 해낼 수 있는 연구 과제를 설정하기가 쉽지 않았다. 소설가적 감수성에 기대보기로 했다. 오래도록 지속된 감동이 어디서 비롯되었는지 찾아보는 일. 머릿속에 맴도는 여운의 끝자락을 잡고서 거슬러 가보는 일.

삶이었다.

삶의 이야기였다. 참으로 뻔한 통찰이었다. 처참하게 능욕 당하고, 아찔하게 추락하고, 처절한 복수를 꿈꾸고, 가슴 미어지는 사랑을 하는, 살아 숨 쉬는 개인들의 이야기. 그 개인의 서사가 탄생되는 탯자리로서의 가족과 그런 서사의 중첩으로 이루어지는 한 시대의 거대한 초상에 이르기까지. 감성의 두레박으로 길어 올린 한 바가지의 물로 탄탄한 구조물을 만들어야 한다는 강박감이 나를 사로잡았다. 퇴고를 거듭하던 어느 날, 박경리 선생님의 타계 소식을 전해 들었다. 스스로 거대서사가 되어버린 그분의 영전 앞에 맞춤하게 올릴 제물이 될 수 있을까, 새로운 두려움에 전율이 일었다.

감당해 보기로 작정했으면서도 육중한 작품의 무게에 짓눌리곤 했다. 그럼에도 벗어나고 싶지는 않았다. 견뎌내는 그만큼 근력 또한 향상

되는 것처럼 여겨져 기껍기까지 했다. 작은 성취에 취해 몇 군데 손 본 채로 학위논문 원문을 거의 그대로 싣고, 거기서 충분히 다루지 못했던 나머지 연구 또한 학회지에 실었던 그대로 덧붙여 한 권의 책으로 묶었다. 충분히 여물지 못한 걸 겁 없이 내놓아 혹여 선후배 연구자들에게 누가 되지는 않을지 사뭇 걱정이 앞선다. 많은 꾸짖음을 거름 삼아 더욱 정진하겠다는, 식상하지만 진정어린 다짐으로 스스로를 채찍질할까 한다.

아직은 갈 길이 먼 연구자를 지지해주고 기꺼이 책을 출판해 준 <국학자료원> 가족들에게 감사드린다. 꾸준하고 변함없는 후원자인 남편과 아이들에게도 감사의 말을 전한다.

석 · 박사 과정을 이끌어주시고 부족한 제자의 연구과정을 지켜봐주신 유금호, 채희윤, 이훈 세 분 스승님께 존경과 감사의 마음을 담아 이 책을 바친다.

임진년 정월 대보름날
이 진

목차

제1장

서   론

1. 연구 목적

박경리의 『토지』는 수많은 가족[1]의 이야기를 담고 있다. 가족서사
에는 가족의 구성원인 한 인간이 태어나고 자라고, 결혼하여 자녀를
생산하고, 죽어가는 인간사의 모든 과정이 담긴다. 그 과정은 2대에서
3대, 4대, 그 이상까지도 포괄할 수 있다.[2] 세대 간에는 차이와 단절에

---

[1] 가족이란 "결혼이나 혈연 또는 입양의 유대로 맺어지며 단일가구를 형성하는 집단
(최재석, 『한국가족연구』, 일지사, 1994, 28쪽)"이라는 게 가장 일반적인 견해이며
그 구성원은 대체로 부부, 부모와 자녀, 형제자매, 조부모와 손자 및 이들과 근친관
계에 있는 성원을 말한다. 이 글에서는 단일 가구를 형성하지 않더라도 결혼이나
혈연, 입양의 유대로 맺어진 근친관계의 성원을 가족의 범주에서 논하고자 한다.
[2] 가족은 한 개인의 영역이면서 인간적인 삶을 구성하는 모든 것의 밑바탕이 된다.
가족은 인간의 상상력의 범위 안에서, 또는 인간의 역사적 산물 가운데 가장 오래
된 것이자 가장 최후의 것이다. 가족은 전적으로 개인의 영역인 동시에 인간을 인
간으로 구성하는 모든 것의 근간을 이룬다. 이러한 메커니즘에 따라 가족은 개인
적인 영역의 문제라는 범주화에 의해 '아무 것도 아닌' 동시에 인간을 구성하는 모
든 것의 근간이 된다는 점에서 '모든 것'이 된다. 권명아, 『가족 이야기는 어떻게

따른 갈등 관계가 형성될 수 있고, 시간의 흐름에 따른 수직적 구조를 이룸으로써 한 가족 내지 가문의 역사로 기술되기 마련이다.3) 그리고 그러한 과정은 필연적으로 가족의 각 세대들이 살아가는 시대를 반영하고 당대의 이념이나 가치, 전통과 관습을 구현하게 된다. 흔히 가족의 문제를 중심 소재로 삼은 소설들에는 그러한 공통점이 있다.4)

　　『토지』의 가족서사 역시 그러한 범위에서 크게 벗어나지 않지만 『토지』 특유의 몇 가지 특성이 있다. 첫째, 등장인물의 수가 수백 명에 이르는 만큼 인물을 포괄하는 가족서사가 방대하다는 것이다. 전체 서사를 이끌어 가는 중심 가족(최서희 가 혹은 최씨 가) 이외에도 최씨 가의 하인 및 평사리 농민들, 하동과 평사리의 향반, 간도와 하얼빈 등지에 자리 잡은 동포, 서울의 양반과 중인, 진주의 지역 유지 등,

---

만들어지는가』, 책세상, 2006, 14~15쪽.

3) 우리나라에서 근대 이후 가족 단위의 삶의 양태가 창작원리로 수용된 작품으로 염상섭의 『三代』(1931)와 채만식의 『太平天下』(1938)를 들 수 있다. 인간 사회의 기초 구성단위인 가족이 역사 개념과 만남으로써, 우리나라의 전통적인 가문소설로부터 서구의 가족사 소설 개념으로 발전하였다. 이혜경, 「현대 한국 가족사 소설 연구─『토지』, 미망』, 『혼불』을 중심으로」, 충남대학교 대학원 국어국문학과 박사 학위 논문, 1999, 3~4쪽.

4) 인간의 역사가 시작된 이래 가족은 가장 보편적인 사회 형태로 존재하였고, 물질주의와 기능주의가 지배하는 현대에 이르러서도 인간 사회의 기본 단위로 작용하고 있다. 가족이 문학창작의 영역에서 중요한 모티프가 되는 이유 역시 한 인간의 자기 이해와 표현이 가족이라는 울타리를 배제하고 형성될 수 없기 때문이다. 아리스토텔레스는 그의 『시학』에서 "비극은 몇몇 가문의 이야기를 중심으로 벌어진다"고 하면서 "이는 기술에 의한 것이 아니라 여러 이야기에서 이것저것 시도하다가 우연히 그런 효과를 거두게 된 것이다. 그래서 시인들은 그런 고통스런 일들이 생긴 몇몇 집안에 시선을 돌리게 되었던 것이다"라고 언급하였다. 가족이라는 보편적이고도 기본적인 인간관계가 아주 오래 전부터 문학창작에서 중요한 모티프로 채용되었음을 알 수 있다. 아리스토텔레스, 이상섭 역, 『시학』, 문학과지성사, 2005, 52쪽 참조.

다양한 계층과 형태의 가족이 각각의 가족서사를 전개해 간다. 이들 가족은 전체 서사에 막강한 영향력을 끼치거나, 그렇지 않거나 상관없이 가족서사를 통해 그 자체로서 독립적인 하나의 이야기 줄기(story line)를 형성한다. 이들은 최소 2대 이상의 가족서사를 전개해 보이면서 동일한 시대와 동일한 세대 간에도 얼마나 많은 가치 지평의 스펙트럼이 펼쳐질 수 있는지를 보여준다. 하나의 가족을 중심으로 인간사의 제 과정을 그리면서 계보적인 규범성[5]을 존중하는 대부분의 가족사 소설과는 그 형태가 현저히 다르다.

둘째, 주 인물 최서희 가족의 서사와 다른 가족의 서사 사이에 명백한 주종 관계가 형성되어 있지 않다. 관계적인 측면에서의 영향력은 최씨 가가 주도적인 위치를 점하지만, 다른 가족의 서사가 최서희 가족의 서사를 윤택하게 하기 위해 동원되거나 보조적으로 활용되지 않는다. 각 가족의 서사는 자신들 특유의 관계 형성 지형에 따른다. 따라서 각 가족의 서사는 다른 가족들에게 긍정적, 혹은 부정적 역할을 담당하지만 전체 서사의 측면에서 우열관계는 작용하지 않는 것으로 보인다. 다시 말해 『토지』에서의 각 가족서사는 가족 구성원 간의 관계 역학에 의해 결정되거나 변화하는 것이지 전체 서사의 구도 안에서 고정적인 위치를 점하고 있지 않다는 뜻이다. 그만큼 역동적이다.

셋째, 한 가족의 서사가 작품 전체로 보아서는 시대적인 배경의 역할에 그치는 경우도 있다. 복동네나 야무네, 두리네 등의 가족서사가 그런 경우인데 작품의 맥락으로 보아 이들 가족의 서사를 아예 빼버

---

5) "부성적 유대를 중심으로 하는 가족소설에서 개인의 삶과 사유는 어느 정도 부계적 합법성으로 우리에게 전달된다." 오세은, 「여성 가족사 소설 연구-『토지』, 『미망』, 『혼불』을 중심으로」, 서강대학교 대학원 국어국문학과 박사학위 논문, 2001, 1쪽.

린다 해도 전체 서사에 별다른 지장을 주지 않을 것이다. 그런데도 이 가족서사가 작품 안에서 차지하는 위상에 대한 점검은 필요해 보인다. 줄거리 형성에 미치는 영향력은 미소하지만 당대의 가족 이데올로기를 재검토할 수 있고, 당대의 가치가 어떻게 시대정신으로 투영되고 있는지 그들의 가족서사를 통해 확인할 수 있으리라는 기대 때문이다.

넷째, 부계 혈통의 동일성을 가족주의의 핵심 가치로 하는 한국의 전통적인 가족 개념6)이 여기에서는 큰 위력을 발휘하지 못한다. 최서희의 집념에 의한 최씨 가의 가문존속이 여성에게 기대고 있다는 점에서가 아니다. 작품의 시대적 배경 자체가 전근대와 근대의 분기점이 될 뿐 아니라, 일제 강점기라는 특수한 정치 지형이 남성을 가문의 존속이라는 소 이데올로기에 머무를 수 없도록 하는 역사적 배경으로 자리하고 있기 때문이다. 또한 전 세대에게서 물려받은 식민지 조국의 참담한 위상은 다음 세대의 아들들로 하여금 아버지 세대에 대한 존경과 복종이라는 효(孝)의 기본 가치를 무너뜨리는 역할도 하고 있다.7) 이 점에서 전통적인 농경사회가 가족을 통합하였던 것과 달리 『토지』의 가족들은 분산되고 해체되어 간다. 경남 하동의 평사리 마을에서 진주, 서울, 간도, 일본 등으로 공간적 배경이 확산되는 것은 바로 이런 가족 지형의 변화와 무관하지 않다.

---

6) 우리나라의 전통적인 가족 개념은 조상을 숭배하고 가부장권을 절대시하며 미래의 상속권자인 장남을 중심으로 하는 부자관계 위주의 대가족이라고 할 수 있다. 최재석, 앞의 책, 541~551쪽 참조.

7) 전통적인 유교 개념에서 효(孝) 이데올로기를 완성하는 방식은 입신양명(立身揚名)이다. 정치에 출사하여 자신의 이름을 널리 알리는 것이 바로 가문의 위상을 드높이는 일이며, 그것이 효의 최종적인 목표였다. 그러므로 입신양명을 가능케 해 줄 정부의 부재는 전통적인 가치의 몰락을 의미한다.

다섯째, 저마다 독특한 개성을 가진 수많은 인물의 등장 또한 가족
서사를 배제하고 설명할 수 없다. 문학의 기본적이고도 변함없는 생
로병사의 모티프는 『토지』 안에서 세대를 거듭하면서 끊임없이 재생
산된다. 그러나 각 세대의 인물은 각자가 처한 상황에 따라, 그가 속한
가족의 역사에 순응하거나 갈등하면서 각각의 고유한 개성을 드러낸
다. 그리고 그의 개성은 가족서사 내부에서만이 아니라 다른 가족과
의 관계 고리를 만들어내면서 작품 전체의 줄거리를 형성하고 가치
판단에 개입한다. 최치수를 살해함으로써 작품의 역동적 흐름에 강렬
한 원인 제공을 하는 김평산의 두 아들이 꾸려가는 삶의 방향은 가치
판단에 개입하는 개인의 개성을 가장 효과적으로 드러내 보인다고 할
수 있다.

이 글은 『토지』 가족서사의 이러한 특성들에 착안하여 수많은 가족
서사를 체계적으로 정리하고 분류하는 데 일차적인 목적을 두려고 한
다. 전체 가족을 대상으로 하는 형태적 고찰이 전면적으로 이루어져
야 작품 안에서의 가족서사에 대한 총체적인 조망이 가능할 것이라는
전망에서다. 그러기 위한 전제로서 가족서사의 개념과 특성에 대해
우선적으로 살펴보게 될 것이다. 가족서사를 소설의 하위 장르인 가
족 소설이나 가족사 소설, 가계 소설 등과 같은 층위[8])에서 논하려는

---

8) 가족을 중심 소재로 삼은 소설은 가족 소설이라 통칭되는데 그 하위 유형으로 결
혼 소설, 부인 소설, 교육 소설, 영혼 소설, 가정 소설, 가족사 소설, 세대 소설 등이
있다. 가족사 소설은 근대 이후에 나타난 가족 소설의 한 유형으로 '가문의 계열에
대한 방대한 서사적 서술', 즉 평면적인 가족의 삶을 수직적으로 확대하여 여러 세
대에 걸친 가족관계를 서술하는 것이다. 그러기 때문에 역사적 흐름 속에서 각 세
대의 성립과 세대 간의 연속에 필요한 탄생, 성장, 결혼, 몰락, 죽음과 재탄생 등의
세대교체의 순환이 드러나기 마련이다. 류중열, 『가족사 · 연대기소설 연구』, 국학
자료원, 2002, 20~21쪽 참조.

것이 아니므로, 이 글에서의 가족서사 개념이 명확하게 정리되어야 하기 때문이다. 그런 다음 가족 이데올로기에 따른 가족서사와 중심 인물에 따른 가족서사라는 두 가지 형태로 크게 대별하여 논의해 볼 것이다. 가족 이데올로기 측면에서는 봉건주의적 측면과 근대적 측면에서의 가족서사 형태를, 중심인물의 측면에서는 부계 가족과 모계 가족의 서사 형태로 구분하여 논의하고자 한다.

『토지』의 역사적 배경이 되는 구한말에서 해방까지의 시기는 전통적 가족주의에 관한 한 원심력과 구심력이 동시에 작동되었던 때다. 민족적이고 국가적인 위기 속에서 봉건적인 가족의 가치를 지키려는 처절한 몸부림이 있었는가 하면, 개인의 해방과 자유라는 근대적 가치에 천착하여 강고한 가족주의를 벗어나려는 움직임도 강하게 표출되었다. 이는 부권의 승계를 핵심으로 하는 전통적인 가족 관념이 식민지적 상황 하에서 변형을 겪고 붕괴되어가는 과도기적 현상이었다. 따라서 기존의 가족 이데올로기를 지키려는 의식적인 노력과 더불어 근대적 가치를 향한 변화에의 의지가 공존함으로써 가족 형태의 재편이 이루어졌던 것이다.

이러한 가족 형태의 재편은 동학 혁명, 의병 운동, 일제의 핍박, 독립 투쟁 등 역사적 상황의 침윤을 받으면서 또 다른 측면에서 변화 양상을 드러내게 된다. 국권 상실이라는 상징적 의미의 부권 상실 이외에도, 현실 생활에 나타난 아버지 부재 현상이 모계 가족을 탄생시키게 되는 것이다. 이 시기 가족 형태의 다양한 변화와 굴절은『토지』가족서사 안에 구체적으로 형상화되어 있으므로, 이런 측면에서『토지』의 가족서사를 고찰해 본다면 개인과 가족, 가족과 세계가 상호관계를 이루며 접근하는 과정이 문학 속에서 어떻게 용해되고 있는지 확인할 수 있을 것이다.

『토지』의 가족서사를 연구하려는 또 다른 목적은 시대정신을 추출하는 것이다. 가족의 서사를 당대의 시대정신과의 관계에서 조명해 봄으로써, 그 시대를 유산으로 한 현재의 우리 문학이 서 있는 자리를 가늠해 보는 데 하나의 지표가 될 수 있으리라는 기대 때문이다. 이 부분에서는 흔히 우리 민족 고유의 정서로 규정되어온 한(恨)의 문제와 민족주의, 자본주의, 여성 문제 등을 포괄하는 근대적 의식에 초점을 맞춰 논의를 진행하고자 한다.

『토지』의 주제 찾기는 한의 의미를 규명하는 데서부터 시작되어야 한다는 시각9)이 있을 만큼 수많은 등장인물들의 한은 서사의 강력한 추동력이 되고 있다. 많은 연구자들이 다양한 시각과 입장에서 작품에 드러나는 한의 의미와 표출양상에 관심을 기울이는 것도 그런 까닭이다. 한은 병자호란, 임진왜란, 일본의 강점, 남북분단 등 우리 민족의 쓰라리고 부조리한 역사 속에서 억눌려 살아온 민중들의 심층에 쌓여 있는 한국 민중의 실체라고 정의되는데,10) 『토지』에서의 한은 정서적 측면이 강한 것으로 여겨진다.11) 여기에서는 『토지』 가족서

---

9) 정호웅, 「『토지』의 주제—한·생명·대자대비」, 『토지 비평집 2』, 솔출판사, 1995, 200쪽.

10) 성백걸은 한을 "한국민중의 실체"라고 정의하면서 몇몇 작가들의 한 개념을 다음과 같이 설명하였다. "고은은 "한의 모태에서 한의 품에 안겨 한의 세상에서 자란 우리의 (중략) 자아인식"을 한이라 했고, 박경리는 "사람들은 모두 그 나름의 한 속에서 살아간다. (중략) 그것이 죽음일 수도 있고 가슴 아픈 이별일 수도 있는 (중략) 그것은 인간의 근원적인 문제"라고 지적하였다. 또한 김지하는 "인간은 본시 인간이 가진 본성대로 사는 건데, 이것이 제도와 힘 있는 자, 꾀 많은 자, 덫을 잘 놓는 놈으로 해서 저지당할 때의 억울함이나 응어리로 해서" 한이 생긴다고 한다." 성백걸, 「'恨'신학과 '恨'신학의 신도」, 『한사상의 이론과 실제』, 지식산업사, 1990, 252~253쪽.

11) 서정미는 "한은 순수한 정신작용이라기보다는 정서적인 것이어서 흔히 비애와 정을 포함한다. 한스러운 인간들은 눈물 많고 따뜻한 인간들이며 여기에 대하여

사에 드러나는 한이 당대의 시대정신을 드러내는 지표라고 보아 몇 가지 관점에서 논의해 보고자 한다.

조선조 500년 동안 이어져 온 신분적, 성적 차별은 갑오개혁 이후 제도 · 법률적으로는 상당히 완화되었지만 여전히 강고하게 남아 개인적 차원에서는 한으로 작용하였다. 그런데 식민지 상황이라는 새로운 역사적 국면은 한을 개별적이거나 운명적인 것으로 돌리던 수동적 자세에서 벗어나 "절실한 기원" 혹은 "창조를 가능케 하는 진실에의 의지(10권, 152쪽 참조)"라는 새로운 태도로 향하게 하였다. 이러한 과정은 가족서사를 통해 인과관계가 분명한 연쇄 고리를 이루어 가는데, 이는 시대 상황과의 관련 속에서 맺혔다가 시대의 흐름과 함께 풀리거나, 풀리지 못하고 새로운 한으로 전이되는 등 다양한 형태로 나타난다. 따라서 한이 맺히고 풀려가는 과정의 몇 가지 국면을 구체화시켜 봄으로써 당대를 표상하는 시대정신 일단을 확인해 볼 수 있을 것이다.

『토지』의 시대는 또한 외세의 침탈과 외부적 간섭으로 근대화가 진행되었던 역사의 격변기로, 민족 개념이 새롭게 부각된 시기였다. 일제의 식민지배 체제는 당대 민중들에게 피압박 민족으로서의 타자의식을 갖게 하였고, 오랜 세월 이어온 혈연 공동체가 공동으로 체험하는 타자의식은 민족의 각성으로 이어졌던 것이다. 한편 식민지 상황으로의 전락은 근대화 촉발의 계기가 되었으나 이는 민족 내부의 동인에서 출발하지 않았기에, 대다수 민중에게는 이질적인 문화에 대한 저항의 형태로 경험되었다. 신교육, 신사상의 세례를 받은 지식인들

탐욕스러운 인간들은 눈물 없는 냉혈적이고 무감각한 인간들이다"라고 하면서 한의 정서적인 측면을 강조한다. 서정미, 「『토지』의 한과 삶」, 『恨과 삶』, 솔, 1994, 93~94쪽.

은 전통과의 단절을 통한 식민 자본주의적 근대 기획으로 나아가려는 세력과 외세 배격을 통한 독립 쟁취에 근대성을 접목시키려는 세력 등 다양한 방향으로의 모색 속에서 분열되었다. 또한 근대식 교육제도와 기독교 전파 등의 요인은 여성들에게도 교육의 기회를 확장시켜 여성들이 주체적 자아를 각성하는 계기가 마련되었다. 그러나 신분질서보다 더욱 강고하게 내면화된 가부장제 의식은 여성들의 인식 변화를 충분히 수용하지 못하였으며, 그들의 지식과 헌신에의 의지를 개인적, 가족적 차원에 묶어둠으로써 민족 내부의 역량을 강화하는 동인으로 정착시키지 못하였다.

우리의 근대사는 일제의 침략사이면서 동시에 우리 민족의 저항사였다. 이는 당대를 살아간 개인들의 삶이 그를 둘러싼 사회·정치적 환경의 영향을 강하게 받았다는 뜻이며 그 영향은 가족 공동체를 통해 더욱 구체화되었다. 그러나 모든 가족이 동일하고 균질한 사회적 계급과 조건에 놓여 있었던 것이 아니므로 각 개인이 표출해 보이는 문화적 저항력 역시 그의 출생과 성장의 배경이 되는 가족 구성에 따라 차이를 드러낼 수밖에 없다. 침략자의 논리를 자기 것으로 수용하여 동족에게 수탈과 압제의 상징으로 군림하는 경우도 그 개인이 속한 가족의 계급적 위상에서 비롯된 경우가 허다하다. 그러므로 『토지』 가족서사에 투영되고 있는 한의 문제와 더불어 민족주의, 자본주의, 여성들의 근대 의식 등을 살펴 시대정신을 탐구하는 것은, 문학이 한 개성을 통해 시대를 어떻게 표출하는가, 그리고 그 개성은 어떤 가족·사회적 배경에서 탄생하는가를 성찰해 보는 기회가 될 것이다.

따라서 이 글은 지금까지의 『토지』 연구에서 소외되거나 제한된 관심 영역에 머물렀던 가족서사에 대한 총체적인 검토와 분석을 통해, 가족 단위로 수없이 분화되는 서사 갈래를 체계화하고, 가족과의 관계망 안에서 탄생되는 수많은 인물의 개성을 포착하는 데 입체적인 전망을 제시하게 될 것이다.

2. 기존 논의의 검토

가족을 중심 소재로 채택한 소설은 가문 소설, 가계 소설, 가정 소설, 가족사 소설 등 연구자의 성향과 입장에 따라 여러 명칭으로 연구되어 왔다.12) 우리 문학사에서 1930~1940년대에 부자(父子)간의 갈등을 중심으로 한 가족 관련 소설13)이 많이 발표되면서 가족 소설 장르에 대한 관심이 높아졌고, 『토지』 또한 이러한 장르로 분류되기도 했다. 그러나 이에 상응하는 연구 성과들은 많이 축적되어 있지 않다. 작품이 우리나라의 근대사, 당대 민중들의 생활사, 문화사, 가족사 등의 내용을 두루 포괄하고 있는데다 판소리나 조선조 가문소설 같은 고전 문학적 전통 또한 계승하고 있어 가족 소설이라는 하나의 장르로 수렴하기에는 너무 방대하기 때문이다.

1969년 9월 『현대 문학』에 첫 연재를 시작하여 연재가 끝나는 1994년 8월까지 25년에 걸친 집필 기간 동안 수많은 논의가 있어왔지만, 작품이 완결된 이후 현재까지도 장르에 대한 일치된 견해는 확정되지 않은 상태다. 『토지』의 방대함이 작품에 접근할 수 있는 수많은 길을

---

12) 가문 소설은 이수봉과 문용식이, 가정 소설은 안확, 우쾌제, 김귀석, 최시한 등이, 가족사 소설은 김남천, 신상성, 이재선, 한용환 등이 명명하였다. 오세은, 「여성 가족사 소설 연구―『토지』, 『미망』, 『혼불』을 중심으로」, 서강대학교 대학원 국어국문학과 박사학위 논문, 2001, 8~11쪽 참조.
13) 염상섭의 『三代』, 채만식의 『太平天下』, 김남천의 『大河』, 안수길의 『北間島』 등이 여기에 속한다.

열어 놓았고 풍부한 논의의 바탕을 마련해 놓은 반면, 하나의 관점으로 전체적인 구도를 파악하기 어려운 점으로 작용하고 있는 것이다. 따라서 기존 논의를 검토하는 과정은 먼저 가족 소설 장르라는 입장에서 축적된 연구 성과들을 살펴보고, 그 다음으로 역사소설 논쟁, 주제 및 내용 · 형식면에 대한 탐구 등 다양한 관점에서 접근하였던 연구 결과들을 가족서사와의 연관 관계 속에서 파악하는 것으로 이어가려고 한다.

이수봉[14)은 염상섭의 『三代』와 채만식의 『太平天下』와 함께 『토지』를 가문 소설로 규정하였다. 그는 가정을 중시하는 서양적 사고방식과 달리 개인의 인격조차 가문에 포섭되는 우리의 문화적 특성에 비추어 우리나라의 모든 가족 관련 소설은 가문 소설로 규정되어야 한다고 보았다. 가문을 소재로 하여 가문 구성원들이 겪는 공통의 경험과 시련, 그리고 시련 극복의 과정이 여러 세대에 걸친 이야기 형식으로 되어있다는 점에서 개인보다는 가문에 그 무게중심이 있다고 본 것이다. 가족 소설 장르에서 일반적으로 발견할 수 있는 성격이나 공통의 특질에 관한 연구이기에 개별 작품에 대한 충분한 논의가 이루어질 수 없는 한계를 지니며, 이런 일반화는 『토지』의 가족서사를 충분히 설명하지 못한다. 앞 장에서 몇 가지 특징으로 요약했던 『토지』 가족서사의 특성이 전혀 고려되지 않았을 뿐더러, 가족서사의 연대기적 특성이나 사회와 직간접으로 맺게 되는 연관관계 등을 소홀히 하고 있는 것이다. 또한 최서희 가 이외의 가족서사에 대해서는 거의 거론하지 않음으로써 수많은 인물들의 풍부한 가족서사를 놓치고 있다.

홍성암[15)은 안수길의 『북간도』와 함께 『토지』를 가족사 · 연대기

---

14) 이수봉, 『한국가문소설연구』, 경인문화사, 1992, 3~5쪽.
15) 홍성암, 「가족사 · 연대기소설 연구」, 『한민족 문화연구』, 한민족문화학회, 2000.

소설로 규정하였다. 그는 "한 가족의 역사가 격변기 시대에 처하여 사회 전반적으로 확산되어 묘사된 경우"를 가족사 · 연대기 소설의 개념으로 정의하였다. 『토지』가 특정 가족의 역사를 중심으로 여러 세대의 삶을 취급하면서 당대의 세태와 사회상을 총체적으로 드러내고, 현재의 역사화에 기여하고 있기에 가족사 · 연대기 소설의 범주에 든다고 본 것이다. 그러나 작품을 논하면서는 가족사적인 측면보다 인물의 유형이나 주제적 · 이념적 지향점에 대한 논의, 시대와 풍속을 재현하는 사회사적인 측면을 오히려 부각시키고 있다. 논의의 관심 역시 구체적인 가족서사보다 가족사를 통한 당대 역사 재현이라는 측면에 머물러 작품이 포괄하고 있는 수많은 가족서사에 대한 구체적인 관찰이 결여되어 있다.

이혜경[16]은 가족서사에 역사적 형식이 부여되어 있다고 보아 가족사 소설이라는 명칭으로 박완서의 『미망』과 최명희의 『혼불』을 비교 연구하고 있다. 작품의 시대적 배경이 비슷하고 여성 작가가 여성 주인공을 내세워 두 세대 이상에 걸친 가족 연대기적 서술을 한다는 점에서 함께 논하고 있으나, 바로 그 때문에 『토지』 가족서사에 대한 전반적인 시각을 확보하지 못하고 있다. 가족사에 투영된 한의 정조와 풍속의 전승에 대한 관심, 시대정신으로서의 가족이데올로기에 대한 다양한 관점의 제시, 가족구조의 변화 속에서 새롭게 대두되는 여성성에 대한 조명 등은 여성을 주인공으로 내세운 가족 소설에 대한 구체적 논의의 장을 마련하고 있다는 점에서 의의를 가진다. 그러나 세 작품에 공통되는 여성 가족서사라는 측면에 몰입함으로써 최서희 가 이외의 가족서사에 대해서는 처음부터 논의의 대상에서 배

---

16) 이혜경, 「현대 한국 가족사 소설 연구 - 『토지』, 『미망』, 『혼불』을 중심으로」, 충남대학교 대학원 국어국문학과 박사 학위 논문, 1999.

제하고 있다. 작품 분석의 범위 역시 최서희가 중심 역할을 하는 2부까지로 한정되어 『토지』 전체를 아우르는 가족서사 연구에는 미치지 못하고 있다.

오세은[17]은 여성인물을 중심으로 하는 집안의 대물림 이야기라는 관점에서 『토지』를 여성 가족사 소설로 규정했다. 그 역시 박완서의 『미망』과 최명희의 『혼불』을 비교 연구하고 있는데, 보다 여성주의적인 차원에 논의의 초점을 두었다. 전통적인 가부장제 하의 남성 중심 가족주의적 예속에서, 여성이 가문의 맥을 잇기 위해 부상할 수밖에 없었던 시대적 배경에 주목하여 여성 가족사 소설이라는 장르 자체에 대한 관심을 환기시킨다. 따라서 개별 작품에 나타난 가족서사에 대한 깊이 있는 탐구보다, 페미니즘적 시각을 앞세워 타자적 여성의 주체화 과정을 조명하는 데 논의의 초점을 두었다. 아버지 질서의 몰락에 따른 딸/며느리 질서의 성립과 그를 통한 어머니 질서의 확장 과정을 살피고, 여성의 전복적 욕망이 어떻게 현실화되는가를 살피면서 여성주의적 권력의 형성 과정까지 논의의 폭을 넓혀간다. 여성을 중심으로 하는 가족사 소설의 대두가 현대 한국 문학의 지평을 넓히고, 다원화하는 현대의 가족 구성에 대한 전망을 구체화하고 있다는 점에서 이 연구의 의의를 찾을 수 있겠다. 그러나 여성이 중심인 가족서사에 대한 관심은 이혜경의 경우와 마찬가지로 최서희 가에 한정되어 작품 분석의 범위 또한 2부를 넘어가지 않는다. 『토지』의 통합적인 가족서사 조망이 확보되지 못하고 있는 것이다.

---

17) 오세은, 앞의 글.

______, 「여성 가족사 소설에 나타난 '아버지의 딸'」, 『동덕여성연구』 6호, 동덕여대한국여성연구소, 2001.12.

______, 「여성 가족사 소설의 '명명법과 권력이동'」, 『시학과 언어학』 1호, 시학과 언어학회, 2001.6.

이렇듯 『토지』를 가족 소설 장르에서 논한 연구가 많지 않은데 논의의 초점 역시 최서희 가를 중심으로 이루어지기 때문에 그 이외의 수많은 가족 이야기는 본격적인 연구대상이 되지 못했다. 인물 연구나 서사 연구에서 약간씩 언급되기는 하지만 대부분 최서희 가와의 연관관계 속에서 파악되고 있기 때문에 각 가족이 지니는 고유의 가족서사에 대한 폭넓은 관점은 아직 마련되지 않은 상태이다. 이어서 『토지』를 가족 소설의 개념으로 접근하지 않은 다른 연구들과 가족서사와의 연관 관계는 어떻게 이루어지고 있는지 검토해 보겠다.

가장 많은 연구자들이 『토지』를 역사소설이냐 아니냐 하는 점에서 활발히 논의하였다.[18] 가족서사가 가족의 역사를 포함하며, 가족의

---

18) 『토지』를 역사소설의 범주에서 주로 논한 글에는 1994년 솔출판사 간, 『恨과 삶』에 실린 평론들로 다음과 같은 것들이 있다. 강만길, 「소설 『토지』와 한국근대사」; 권오룡, 「『토지』의 인물과 역사의식」; 염무웅, 「역사라는 운명극」; 임진영, 「『토지』의 삶과 역사의식」 이외에도 임헌영의 「다양한 시대의 드라마」(『한국문학』, 1977.6월호)와 김병익의 「『토지』의 세계와 갈등의 진상」(『한국문학』, 1977.6월호), 이태동의 「『토지』와 역사적 상상력」(『부조리와 인간의식』, 문예출판, 1981), 홍성암의 「역사소설 연구방법론 서설」(『한국학 논집』 9, 한양대학교 출판부, 1986), 하응백의 「비극적 삶의 초극과 완성」(『토지 비평집』 1, 솔출판사, 1994), 조정래, 「생존의 원리와 역사성: 『토지』의 주제론」(문예중앙, 1995.5), 김치수의 「역사와 역사소설은 어떻게 대응하는가」(『대산문화』 6, 2002), 최유찬의 「한국 역사소설의 흐름」(『대산문화』 6, 2002) 등이 있다.
역사소설로서의 한계를 지적한 글로는 다음과 같은 것들이 있다. 김철, 「운명과 의지―『토지』의 역사의식」(『문학의 시대』 3, 1986); 서정미, 「『토지』의 한과 삶」(『창작과 비평』, 1980, 여름); 송재영, 「소설의 넓이와 깊이」(『문학과 지성』, 1974, 봄), 「삶의 좌절과 초극」(『문학과 지성』, 1976, 가을); 정호웅, 「해방후 역사소설의 성과」(『소설과 사상』, 1993, 여름) 등.
다소 절충적인 입장에서 이재선은 "『토지』는 엄격한 의미에서 <역사소설>은 아니다. 그러면서도 역사와 허구와의 친화력을 밀접하게 가지고 있는 <역사적인 소설>이다(이재선, 『현대 한국소설사, 1945~1990』, 민음사, 1991, 360~362쪽)"라고 말한 바 있다.

역사는 시대적 상황과의 관련 속에서 이루어진다는 점에서 역사 소설 논의는 가족서사와 밀접한 관련을 가질 수 있다. 가족서사를 역사적 관점의 논의로 끌어들이고 있는 최유찬은 안수길의『북간도』, 최명희 의『혼불』과 더불어 역사 그 자체에 대한 관심과 함께 인간 구원의 문제에 초점을 맞춘 가족사 형태의 역사소설이라고 보았다. 그러나 대부분의 연구는 우리 민족의 역사라는 대서사의 관점에서 작품을 논하고 있어 가족서사에 대해서는 상대적으로 관심이 적다. 작품의 구조가 당대의 역사적 현실과 대응하고 있다는 점이『토지』역사소설 논쟁의 시발점이지만, 거기에서 중요하게 다뤄지는 것은 가족 단위의 서사보다 개인의 운명과 생활, 시대적 감수성이 당대 역사와 어떻게 관련 맺고 있는가에 대한 것들이다. 작가 박경리의 역사의식 또한 그러한 대서사의 관점에서 비판된다. 김철이나 정호웅이 지적한바, 과도기에 있는 우리의 근대사를 배경으로 하고 있으면서도 엄정하고 냉철한 역사의식보다는 개인적이고 허무주의적 운명론에 경도되고 있다는 것이다.

역사소설 논쟁이 작품의 장르 복합체적인 성격에 밀려나면서 총체소설 혹은 총괄체 소설로 명명하자는 논의[19]가 있었으나 이 또한 개인과 역사와의 관계, 양반 가문의 몰락에 따른 근대화 문제 등에 초점을 맞춤으로서 가족서사에 대한 관심은 크게 부각되지 않는다.

농민소설[20]로서의『토지』연구에서는 평사리를 중심으로 한 농촌 공동체에 지향을 두고 있어 개인과 가족의 문제보다는 당대 농민들이 처해 있던 시대 상황과 그 시대에 대응하는 방식으로서의 동학혁명

---

19) 염무웅, 「역사라는 운명극」,『신동아』, 1973.11; 정호웅, 「『토지』론—지리산의 사상」,『동서문학』, 1989.12.
20) 송재영, 「소설의 넓이와 깊이」,『문학과 지성』, 1974, 봄.

등에 훨씬 큰 관심을 보인다. 계급으로서의 농민에 대한 관심은 작품이 지주─농민 간의 모순을 효과적으로 문제화 시키지 못하고 있다는 비판으로 이어지기도 했다. 따라서 가족서사가 면면히 이어지는 작품의 전체 내용을 대상으로 하기보다 1부에 대한 평가와 재해석에 그치는 경향이 있었다. 작품이 완간된 이후에는 이 부분에 대한 논의 자체가 진전되지 않았고, 가족서사에 관한 구체적인 관심 또한 표명되지 않았다.

주제론적인 측면에서의 논의는 작품이 완결된 1990년대 이후 활발하게 이어져 오고 있는데『토지』가 다양한 인물을 통해 일본 비판과 민족의 문제, 한과 애정의 문제, 근대 사상에 대한 관심과 생명의식 등을 두루 포괄하고 있기 때문이다. 이러한 논의들은 작가의식에 대한 탐구로 이어져 여러 분야에서의 연구 성과로 나타났다. 한과 생명사상의 표출로 본 연구,[21] 여성주의적 관점에서 접근한 연구[22]가 있었으며, 애정 묘사형태에 관한 연구[23]와 서사적 특성과 작가의식의 일

---

21) 이러한 범주에서 주로 논한 글에는 1995년, 솔출판사 간,『토지 비평집 2─한 · 생명 · 대자대비』에 실린 평론들로 다음과 같은 것들이 있다. 김진석,「소내(疏內)하는 한의 문학:『토지』」; 신덕룡,「『토지』의 삶과 역사」; 우찬제,「지모신(地母神)의 상상력과 생명의 미학」; 정호웅,「『토지』의 주제─한 · 생명 · 대자대비」; 천이두,「한의 여러 궤적들」; 황현산,「생명주의 소설의 미학」. 이 외에 1995년, 평민사간,『현대문학의 연구』에 실린 임진영의「개인의 한과 민족의 한─박경리의『토지』론」과 임명섭의「『토지』, 식민지의 삶과 글쓰기」(『현대비평과 이론』9집, 한신문화사, 1995, 봄 · 여름) 등이 있다.
  학위 논문으로는 조윤아의「박경리『토지』의 생명사상적 변모에 관한 연구」(서울여자대학교 대학원 국어국문학과 박사학위 논문, 1998)가 있다.
22) 김성희,「『토지』에 나타난 여성문제 인식과 역사의식」,『여성』3호, 1989.4.
  김동숙,「박경리 소설에 나타난 여성상 연구」, 효성가톨릭대학교 대학원 석사학위 논문, 1998.
23) 김명숙,「박경리『토지』에서 본 애정묘사형태의 특색에 대하여」, 중앙민족대학원 조선어문학부 석사 학위 논문, 1996.

단에 주목한 연구[24]도 있었다. 그러나 이러한 연구들은 가족서사에 대한 관심이 희박하다. 다양한 개성의 등장인물을 통해 연구자가 관심을 갖는 주제에 관한 탐구를 시도하고 있으나, 가족은 인물의 개성 발현에 있어 배경적 요소로서의 의미만을 갖는다.

인물의 형상화 방식과 갈등 구조, 유형화 및 성격화에 대한 연구[25]

채희윤, 「『토지』에 나타난 간통의 생태학」, 『토지 비평집 2―한 · 생명 · 대자대비』, 솔, 1995.

[24] 권은미, 「박경리 『토지』의 탈식민적 양상 연구」, 울산대학교 대학원 석사학위 논문, 2006.

김명준, 「박경리의 『토지』 연구―삼대담의 갈등구조를 중심으로」, 단국대학교 대학원 석사학위논문, 1992.

김인숙, 「박경리 『토지』의 대화성 연구」, 연세대학교 대학원 석사학위 논문, 2000.

박은정, 「『토지』에 나타난 박경리의 역사관 연구」, 외국어대학교 대학원 석사학위 논문, 2005.

[25] 평론으로 권오룡의 「『토지』의 인물과 역사의식」(『토지 비평집 2』), 이덕화의 「서술 의도에서 본 『토지』의 인물 유형」(『토지 비평집 3』, 솔출판사, 1996) 등이 있으며 학위 논문으로는 다음과 같은 것들이 있다.

강국희, 「박경리 『토지』의 여성인물 연구」, 경희대학교 교육대학원 석사학위 논문, 2004.

김수진, 「박경리의 『토지』 연구―인물 형상화를 중심으로」, 연세대학교 교육대학원 석사학위 논문, 1997.

박혜원, 「박경리 『토지』의 인물 연구」, 이화여자대학교 대학원 국어국문학과 박사학위 논문, 2002.

이상진, 「박경리의 『토지』 연구―인물 형상화를 중심으로」, 연세대학교 대학원 국어국문학과 박사학위 논문, 1998.

이수경, 「『토지』의 인물 성격화 방법에 대한 연구」, 전남대학교 대학원 국어국문학과 석사학위 논문, 2001.

최옥경, 「박경리 『토지』의 공간적 배경과 인물에 관한 연구」, 연세대학교 교육대학원 석사학위 논문, 1990.

하태욱, 「박경리의 『토지』 연구―등장인물의 한 맺힘과 풀림을 중심으로」, 연세대학교 교육대학원 석사학위 논문, 1997.

또한 상당 부분 이루어져 있는데 이 연구들에서도 가족서사의 위치는 배경적 요소에 머문다. 가족서사와의 관련에서 인물이 논해지긴 하지만 인물의 개성 발현에 관심이 집중되어, 인물을 둘러싼 가족 전체의 서사는 체계적으로 정리되어 있지 않다.

『토지』서사의 형식적 측면에 대한 접근 또한 평론[26]과 학위 논문[27] 등을 통해 다양한 각도에서 이루어지고 있다. 김은경은 전체 서사를 '가계적 서사'와 '일대기적 서사'로 나누고 가계적 서사를 남성인물들의 수직적 증식이라는 차원에서 분석하고 있다. 그러나 가족을 중심으로 전개되는 서사 과정보다는, 가계적 서사의 기능적이고 구조적인 측면에 집중하여 작품 전체의 서사 구조를 지배하는 패턴에 보다 큰 관심을 두고 있다. 최유희는 문학의 모티프라는 측면에서 인간의 생로병사에 따른 가족 문제를 논하고 있으나 탄생의 비밀, 성장, 애

---

26) 김진석, 「소내(疎內)하는 한의 문학:『토지』」, 『토지 비평집 2-한 · 생명 · 대자대비』, 솔출판사, 1995.

정현기, 「한국 소설의 이론을 위한 도전적 서론」, 『梅芝論叢』9집, 연세대학교 출판부, 1992.

______, 「박경리의『토지』연구-작품 형성의 사상적 기둥」, 『梅芝論叢』10집, 연세대학교 출판부, 1993.

______, 「『토지』해석을 위한 논리 세우기」, 『작가세계』, 1994, 가을호.

황현산, 「생명주의 소설의 미학」, 『토지 비평집 2-한 · 생명 · 대자대비』, 솔, 1995.

김은경, 「박경리『토지』에 나타난 굴절의 원리와 인물 정체성의 문제」, 『민족문학사연구』35호, 소명출판, 2007.

______, 「박경리『토지』의 유기적 인물 관계와 리좀적 서사구성」, 『관악 어문연구』제31집, 서울대 출판부, 2006.

27) 김은경, 「『토지』서사구조 연구」, 서울대학교 대학원 국어국문학과 석사학위 논문, 2000.

최유희, 「박경리의『토지』연구」, 중앙대학교 대학원 문예창작학과 박사학위 논문, 1999.

정, 싸움과 해방 및 욕망, 죽음의 모티프 안에서 가족 이야기를 다루고 있어 『토지』 전편에 산재한 수많은 가족서사에 대한 체계적인 언급은 하지 않는다. 다른 연구들 역시 작품의 서사 체계나 플롯의 문제를 논하거나, 신분 질서 극복을 위한 근대적 자아의 각성을 다루는 부분에서 부분적으로 가족들의 이야기를 논의하지만 배경적 요소로서의 의미로 부각하는 데 그친다.

『토지』에 관한 기존의 연구들을 살펴보면서 작가의식과 주제, 등장인물의 문제와 서사 형식의 탐구 등 실로 다양한 분야에서의 성과들을 접하였다. 그러나 작품 서사의 근간이 되는 인물의 탄생지인 가족서사에 대해서는 깊이 있는 연구가 축적되어 있지 않음을 알 수 있었다. 이 글은 이러한 문제의식에서 출발하여 『토지』의 방대한 서사가 품고 있는 수많은 줄기로서의 가족서사를 체계적으로 종합하고 분류한 다음, 작품 곳곳에 산재한 수많은 가족의 서사를 당대의 시대정신과의 관계에서 조명하고자 한다. 이러한 과정을 통해 『토지』의 인물들이 가족과의 관계망 안에서 표출해내는 다양한 개성을 포착하는 데 입체적인 전망을 제시하고, 『토지』 연구를 위한 또 하나의 길 찾기를 시도하려는 것이다.

3. 연구 범위와 방법

『토지』에서 자신의 이름을 가지고 적어도 1회 이상 등장한 인물의 수는 약 580명 정도이다. 여기에 '사내, 나그네, 노인, 나무 장사' 등의 이름으로 지나치는 인물까지 합치면 등장인물의 수는 700명 가까이 된다.[28] 이렇게 많은 등장인물들을 가족이라는 확대된 범위로 구분해

보면 이름이 거론되는 정도로 지나치는 가족을 제외하고도 최소 2대 이상의 가족이 등장하는 경우가 48가족, 부부나 형제로 구성된 경우가 19가족이다. 등장인물의 수만큼이나 가족의 수 또한 방대하기 이를 데 없다. 물론 그중에는 2세대 이상의 가족이 전체 서사의 맥락에 관여하는 경우도 있고, 한 세대가 주축을 이루면서 그 이외의 세대는 배경적 요소로 처리되는 경우, 중요 인물과의 관계설명을 위해 부차적으로 동원된 가족도 있다. 또한 전체 서사와는 큰 관계없이 당대의 시대상을 반영하는 전형적인 가족의 모습을 보여주기 위해 등장하는 가족도 있다.

이들 수많은 가족은 자신들이 처한 상황과 시대적 여건, 가족적 체험을 바탕으로 각각의 이야기 줄기를 형성해 간다. 『토지』가 각 가족들이 형성하는 이야기 줄기들을 부분으로 하여 전체 서사를 형성하고 있다고 보면 이 작품의 서사 체계는 단순할 수 없다. 게다가 개별적으로 등장하는 인물들 또한 엄청나기 때문에 가족 내부 구성원 사이의 관계, 한 가족과 다른 가족 사이의 관계, 각 가족 구성원과 개별 인물과의 관계까지 고려한다면 서사 체계는 더욱 복잡해질 수밖에 없다.

이런 점을 염두에 두고 『토지』의 가족서사를 체계적으로 종합하고 분류하기 위한 첫 작업으로 작품에 등장하는 가족 전체를 한눈에 확인할 수 있는 도표를 작성·제시하려고 한다. 각 가족의 주요 활동 무대를 중심으로 하동의 평사리, 서울, 진주 및 지리산, 용정 및 기타 지역으로 나누고 서사 관여 가족이 몇 세대에 걸쳐 있는가, 한 세대에 그친다면 부부인가, 형제인가 하는 점들을 분류의 기준점으로 삼는다.[29] 혼인, 입양 등의 사유로 한 인물이 두 가족 이상에 걸치는 경우

---

28) 이상진, 「『토지』 연구」, 월인, 1999.
29) 도표 1.

도 더러 있지만 각 가족의 서사가 분리될 경우 다른 가족으로 분류한다. 혼인관계가 아니더라도 귀녀와 강포수, 유인실과 오가다 지로의 경우처럼 자녀 생산을 한 경우는 2대 이상 가족의 범주에 포함시키고, 분류의 기준은 편의상 부계적 계보를 따르되 부가 불확실할 경우 모계 계보로 정리한다. 이는 서사 내부에서의 기여도에 따른 것이 아니라 작품에 등장하는 여러 가족을 총괄적으로 분류하는 것이므로『토지』의 가족서사를 종합적으로 검토 · 분석하는 기본 자료 역할에 그친다.

따라서 이 도표만으로는 각 가족이 작품의 전체 서사에 기여하는 정도와 특성에 대해 파악하기 어려우며, 여기에서 제시하는 모든 가족을 가족서사라는 범주에서 자세하게 논할 수 없다. 또한 가족의 어느 세대가 중심 역할을 하는지 알 수 없기 때문에, 2대 이상의 가족이 서사 맥락에 적극적으로 관여하는 가족과 한 세대만 관여하거나 주요 인물과의 관계 설명을 위한 경우, 시대상을 반영하는 가족 등으로 세분하는 도표를 작성 · 첨부하기로 한다.[30]

이러한 기초자료를 토대로『토지』가족서사의 전체적인 윤곽이 드러나면, 본격적인 논의는 2장에서 형태적 측면에 대한 고찰로부터 시작한다. 이를 위한 전제 조건으로 가족서사의 개념과 특성에 대한 기본적인 탐구가 선행되어야 한다.『토지』를 가족 소설이라는 장르적인 측면에서 연구한 경우는 더러 있어왔지만, 작품에 등장하는 수많은 가족을 대상으로 하는 가족서사에 관해서는 총괄적이면서 동시에 구체적인 연구 성과가 거의 없는 실정이므로 가족서사에 대한 개념 정리가 필수적이라고 보기 때문이다. 여기에서는『토지』를 직접적으로 언급하지 않았더라도 가족서사에 관해 연구한 내용들을 두루 살피고

---

30) 도표 2.

검토하여 이 글에서 논하려는 『토지』 가족서사의 개념을 확정하고 그 특성을 밝혀본다.

그런 다음 『토지』 가족서사의 형태를 몇 가지 방향에서 고찰하게 될 텐데, 어떤 '가족 이데올로기'를 지향하는가, 가족의 '중심이 되는 인물'이 누구인가에 따라 전자의 논의에서는 봉건주의적 가족서사와 근대적 가족서사를, 후자의 논의에서는 부계 가족서사와 모계 가족서사로 나누어 논의를 진행하겠다. 문학 작품에서 한 인물의 개성이 발현되는 데는 가족만큼 중요한 배경을 찾기 어렵다. 그렇기 때문에 가족 구성원 공동의 가치와, 그 가치를 실현하기 위해 가족을 하나로 통합하는 중심인물이 누구인가는 가족서사의 형태적 특징을 결정하는 중요한 요인이 된다.

논의의 기준이 되는 두 가지 방향은 『토지』의 시대적 배경이 중요한 지향점을 제공하였는데, 조선조 500년 동안 고수해 온 유교적 가족 이데올로기와 개인을 중요시하는 서구의 근대적 가치가 엄청난 마찰을 일으키며 혼융하던 시대였기 때문이다. 또한 국권 상실이라는 상징적 의미의 부권 공백상태 이외에도 구한말 동학 농민군 탄압, 일제의 수탈, 독립 운동 등 여러 요인으로 인한 가부장권의 약화가 모권의 등장을 가속화한 시기이기도 했다. 이렇듯 역동적인 가족 지형의 변화는 양반가의 며느리가 하인 남자와 야반도주를 감행하는 작품의 서두 부분에서 강렬하게 대두되는데, 이는 『토지』의 가족서사가 구세대 가치관의 몰락이라는 토대 위에서 진행될 것임을 암시한다. 그러나 강고하게 형성된 기존의 가치는 공동체 구성원들에게 일반적으로 내면화되어 있으므로 아무런 저항 없이 손쉽게 무너지지 않는다. 역사의 이러한 전환기에서 가족의 형태는 분화될 수밖에 없고, 그러한 가족들이 만들어내는 서사의 줄기 또한 다양해지게 마련이다.

　따라서 가족서사의 형태적 측면을 고찰하는 이 부분에서는 『토지』
에 등장하는 모든 가족을 그 대상으로 삼되, 분류의 준거점으로 삼은
가족 이데올로기와 중심인물의 면에서 전체 서사에의 기여도가 높고,
형태의 전형성에 근접하는 가족을 중심으로 논지를 전개하려고 한다.
이는 가족 단위로 수없이 분화하는 『토지』의 서사 갈래를 체계화하
고, 가족과의 관계망 안에서 탄생한 수많은 인물의 개성을 입체적으
로 조망할 수 있는 계기가 될 것이다.

　3장에서는 각 가족의 서사가 작품 전체를 통해 투영해 내고 있는 시
대정신에 대해 구체적으로 검토해 보고자 한다. 가족의 중요성이 강
력하게 표현되는 시점은 주로 사회적 위기의 순간이다. 현실의 모든
것이 깨졌다는 위기의식과 그로 인한 심리적 불안감이 팽배해졌을 때
가족적 관계에 대한 요구가 집단적으로 표명될 수 있다.31) 그러나 이
러한 요구는 실질적으로 가족이 한 울타리 안에서 온존하지 못하다는
것의 반증이다. 수많은 가족의 서사를 당대의 시대정신과의 관계에서
조명해 보아야 하는 까닭이 여기에 있다. 개인들의 가치관 형성과 개
성의 발현을 가능케 하는 삶의 토대로서의 가족은 시대정신이 구체적
으로 수용되고 또 표출되는 최소단위의 사회 공동체이기 때문이다.

　맨 먼저 살펴볼 것은 우리 민족 고유의 정서인 한에 대해서다. 한은
한국인의 심성 저변에 널리 깔려 있다고 흔히 얘기되지만, 논자에 따
라 설명하는 방식이 다르므로 그것에 대한 정의는 확실하게 규정되어
있다고 보기 어렵다.32) 이 글에서 살펴볼 것은 한에 관한 구체적인 정

---

31) 권명아, 앞의 책, 34~35쪽 참조.
32) "한은 그 정서적 국면마저도 스스로의 논리적 조명을 받기가 거의 불가능하게 되
　　어 있으며, 숙명적으로 논리적이기 어렵고 또 산문적이기도 어렵다." 천이두, 「한
　　의 미학적·윤리적 위상―그 개념정립을 위한 시론」, 『한국문학』, 1984.12, 279쪽.

의가 아니라 개인적인 차원에서 발현되는 한, 또는 원한에 관한 것으로 맺힘과 풀림의 변증법적 과정에 놓여있는 과정으로서의 한이다.

이는 가족서사라는 프리즘을 통해 구체화되고 현실화되는 것으로서 전적으로 개인적인 차원에 머물러 있을 수 없다. 예컨대 삼대에 걸친 최씨 가의 여인들(윤씨부인—별당아씨—최서희)이 품은 한은 그들의 아들이자 남편이며 아버지였던 최치수가 품은 한과 인과관계가 분명한 연쇄 고리를 이룬다. 그리고 그 연쇄 고리는 시대 상황과의 관련 속에서 맺어졌다가 시대의 흐름과 함께 풀리거나, 풀리지 않고 새로운 한으로 전이되는 과정으로 이행한다. 서로가 서로에게 영향을 미치는 가족적인 한의 고리의 연쇄과정은 결코 개인적이지 않다. 이렇듯 하나의 사건과 그것의 전개 과정은 가족들 간의 관계망 속에서 한으로 맺히거나 풀려가는 과정으로서 바로 당대의 시대정신을 표출하는 기제가 된다. 최서희 가를 중심으로 서사 맥락에 적극적으로 관여하는 몇몇 가족들을 집중적으로 분석하여『토지』전체에 걸쳐있는 시대정신으로서의 한을 재조명해 보겠다.

다음으로 논하고자 하는 것은 근대의식에 관해서이다.『토지』의 시대적 배경인 구한말에서 해방까지의 시기는 우리 민족사에서 유례가 없는 피식민지 경험과 근대로의 이행이라는 모순적인 상황이 겹치는 격변의 시기[33]였기에, 민족적 각성을 비롯한 근대의식의 확장은 구체적 실천 속에서 한 방향으로 통일되어야 하는 것이다. 그러나『토지』

---

33) "한국의 근대사 초기는 국가 공동체의 운명을 책임진 주체적 정치집단이 없거나 매우 미약한 가운데 신분제의 문란, 민중의 봉기, 외세의 압력, 여러 차례의 전쟁의 소용돌이 속에 대다수의 백성들이 빈곤과 혼란을 경험하는 시기였다. 즉, 국가 공동체의 존립이 심하게 흔들리고 거세된 시기로, 공적·제도적 영역이 붕괴 내지 축소되어 갔으며 대신 '가족 단위 중심의 생존'이 개개인의 삶의 목표가 되었던 시기로 볼 수 있다." 조혜정, 앞의 책, 102쪽.

인물들의 실제 삶에서 근대의식의 확립 및 실천 과정을 하나의 범주로 묶어 설명하기에는 상당한 어려움이 따른다. 그러므로 여기에서는 논점을 몇 가지로 나누어 민족주의, 자본주의, 여성들의 근대의식이라는 세 측면에서 분석해 보고자 한다.

『토지』는 시종일관 동학의 입장에서 당대 민족운동을 설명하고 있다. 이는 민중의 구체적 삶에 뿌리내린 독립운동에 대한 작가의 의도 표명으로 보이며, 이는 동학 세력의 관점과 민족운동의 분화라는 관점에서 나누어 살펴봄으로써 확인할 수 있을 것이다. 자본주의를 논하는 부분에서는 일제의 식민 침탈 아래 진행된 우리의 식민지 자본주의가 어떤 방향으로 흘러갔으며, 우리 근대사에 어떤 영향을 끼쳤는지 구체적으로 검토해 보겠다. 이는 지주―소작인 관계의 변화와 토지관의 변화, 도시화·산업화에 따른 경제구조의 변화를 다각적인 방향에서 살펴보는 과정으로 진행된다. 다음으로는 사회의 주류로서 중심 역할을 해온 남성에 비해 근대화의 물결 속에서 변화의 폭이 훨씬 넓고 깊었던 여성들의 근대의식을 교육받은 지식인 여성들의 입장에서 살펴보려고 한다. 논의의 과정은 근대식 교육의 수혜자들로서 부러움과 동시에 지탄의 대상이 되었던 신여성들과 그 이후 세대 여성들의 삶을 비교 분석하는 방식이 될 것이다.

한 시대에 대한 상이한 여러 인식들은 각자의 삶에 막대한 영향력을 행사하고, 개인의 작은 인식 차가 전체 가족서사를 전혀 다른 방향으로 몰고 가기도 한다. 그렇기에 민족주의와 자본주의, 여성들의 근대의식을 각 가족의 서사에 비추어 논의해 보는 것은, 『토지』 인물들의 실제 삶이 드러내 보이는 시대정신의 일단을 구체화시켜줄 것이다.

따라서 가족서사에 투영된 시대정신을 탐구해 가는 과정은 가족서사 단위를 굳이 구분하지 않고, 전체 서사 맥락과의 차원에서 당대의 시대상을 드러내는 지표들로 묶어 통합하여 분석하겠다. 이는 하나의 지향점을 향해 가족 공동의 가치를 추구하는 공고한 가족 속의 개인이 아니라, 가족 안에서 자기 개성을 충분히 발휘하고 나아가 가족을 재편하는 개인을 시대정신의 차원에서 조명함으로써『토지』가족서사의 입체적인 특성을 충분히 드러내 보려는 의도에서다. 연구의 대상 범위는 작품이 완간될 당시의 판본인 1994년 솔출판사 간,『토지』완결본 전 16권으로 한다.[34]

<도표 1>『土地』에 등장하는 가족(전체)

(# 삼촌, 조카관계, ○ 입양관계, * 혼인 또는 자녀생산 관계)

등장세대 활동무대	4대이상	3대	2대	부부	형제
평사리	· 최씨가 (윤씨부인→ 최치수→ 서희→환국/ 윤국→재영) · 조씨가 (조씨조모→ 조준구→ 병수→ 남현/종현)	· 김훈장가 (→점아기/ 한경→범석) · 이동진가(→ 상현→시우/민우) · 정한조가(→ 석→성환/남희) · 이용가(→홍 →상의/상근) · 김이평가(→ 두만/영만/선이 → 기성/기동)	· 김개주(→환) · 월선네(→공월선) · 막딸네(→막딸) · 김영팔(→판술/제술) · 야무네(→야무/딱쇠/푸건) · 강봉기(→두리/도식) · 칠성이(→임이) · 김강쇠(→휘) · 마당쇠(→천일) · 영산댁(→○이숙)	· 바우할아범* 간난할멈 · 육손이*순이 · 삼수*삼월 · 복이*연이 · 억쇠*유월	· 김개주/우관 · 이숙/몽치

---

34) 본문에서 인용문을 표시할 때는 1권에서 16권까지 전체 일련번호로 구분된 권수와 각 권의 쪽수로 표시한다.

		·김평산가(→거복/한복→영호) ·서금돌가(→복동네→○복동) ·봉순네(→봉순→양현)	·허윤균(→보연) ·김서방(→남이/개똥이) ·송관수(→영광/영선) ·오서방(→성구/엽이) ·김진사댁(시모→며느리) ·우서방(→개동/일동/재동) ·장서방(→선이남편/#연학)		
서울		·황춘배(→태수→덕회)	·임덕구(→명빈/명회) ·서참봉(→의돈) ·조병모(→용하/찬하)	·강선혜* 권오송 ·홍천댁* 차서방	·선우일/우신 ·유인성/인실
진주 및 지리산		·웅이할매(→모화→웅이)	·양재문(→소림) ·이도영(→순철) ·조막손이손가(→태산) ·염서방(→장이) ·윤도집(→필구) ·길노인(→막동) ·여선주(→동철) ·안서방(→순이)	·최상길부부 (←길여옥) ·박의사부부 ·짝쇠부부	·양필구/을례 ·소지감/민지연(이종사촌)
용정 및 기타지역		·송병문가(→영환/장환→유섭) ·강포수(→두메→연우/난우)	·심운회(→수연/수앵) ·공노인(→○송애) ·박재연(→#정호/정순/정석) ·옥이네(→옥이) ·오가다지로(→쇼지) ·심운구/운회(→재용)	·김두수* 심금녀 ·오득술부부	·양차생 형제

<도표 2>

1) 2대 이상 가족이 서사 맥락에 적극적으로 관여하는 경우

(*혼인 또는 자녀생산 관계, ····· 애정관계, / 형제)

세대 가족	1대	2대	3대	4대	5대
최씨가	윤씨부인	최치수*별당아씨	최서희*김길상	최환국*황덕희 /윤국	최재영
조씨가	조씨조모	조준구*홍씨	조병수	조남현/종현	
이동진가	이동진*염씨	이상현*박씨	이시우/민우		
김훈장가	김훈장	점아기/김한경	김범석		
이용가	이용*강청댁 *임이네 ─공월선	이홍*허보연	이상의/상근		
김평산가	김평산*함안댁	김거복 /김한복*영호네	김영호*이숙		
김이평가	김이평*두만네	김두만*막딸 ─쪼깐네 /김영만/선이	김기성/기동		
봉순네	봉순네	봉순(기화)* 이상현	이양현		
월선네	월선네	공월선			
정한조가	정한조*석이네	정석*양을례 /정복연/ 순연	정남희/성환 귀남		
김개주가	우관선사 /김개주*윤씨부인	김환─별당아씨			

송관수가	송관수	송영광 – 이양현/ 영선			
임역관가	임덕구	임명빈/명희			

2) 기타 서사관여 가족

주요 활동무대 \ 서사관여 특성	한 세대가 주축을 이루는 경우	중요인물과의 관계설명을 위해 동원된 경우	당대 시대상의 반영
평사리	강포수*귀녀	강봉기가, 마당쇠가 김서방네, 김영팔가 바우할아범 부부	서금돌가(복동네) 야무네, 막딸네 우서방(개동)네
서울	조용하*임명희/조 찬하	황춘배가, 강선혜*권오송	서참봉가 선우일/우신
진주 및 지리산	김강쇠가	조막손이 손가, 윤도 집가	소지감/민지연 (사촌간) 최상길····길여옥 이도영가, 길노인네 양재문가(양소림* 허정윤)
간도 및 기타지역	유인실*오가다지로	공노인가, 옥이네, 박 재연가	송병문가, 심운회가 김거복*심금녀 강두메 가족

제2장

『토지』가족서사의 형태적 고찰

1. 『토지』가족서사의 개념 및 특성

이 글에서 가족의 개념은 결혼 및 혈연에 의한 부계적 지속성을 원칙으로 하는 전통적인 개념을 따르면서 혼외 출생이나 입양, 모계적 지속성 또한 포함하는 넓은 개념으로 사용하고자 한다. 여기에서 가문이나 가정, 가계 서사라는 명칭을 피하려는 것은 다음과 같은 이유 때문이다. 대대로 내려오는 그 집안의 신분과 지위를 사전적 의미로 삼는 '가문'은 남성적 계보를 종축으로 하고 자매를 제외한 형제간의 결속을 횡축으로 하는 씨족집단의 의미가 강하기 때문에, 다양한 형태로 분화되어 있는 『토지』의 가족 이야기를 충분히 포괄하기 어렵다. '가정'은 집이라는 물리적 공간 안의 가족 구성원에 대한 협의의 의미를 강하게 내포하고 있어 여러 세대에 걸친 가족 이야기에 대한 개념어로 적합해 보이지 않는다. '가계' 역시 한 집안의 계통 또는 혈통이라는 사전적 의미에 비추어 볼 때 남성 혈연을 중심으로 하는 위계적 질서를 강조하고 있어, 혼외 출생이나 모계적 구성에 따른 가족 이야기를 포괄하기 어려워 보인다. 도표 1은 그런 전제를 토대로 작품에 등장하는 각 가족의 구성원을 총괄적으로 나타낸 것이다.

서사의 측면에서는 여러 가지 다양한 해석이 있을 수 있으나 여기에서는 기존 의미의 서사, 즉 말해진 일련의 사건들이라는 측면에서 접근하고자 한다. '서술된 이야기(narrative)'에 초점을 맞추겠다는 것이다. 그러나 작가의 서사 전략이나 서사 형식에 대한 관심을 배제한 채 『토지』의 가족서사를 충분히 설명할 수 없다. 따라서 각 가족의 서사를 총체적으로 살필 경우 스토리 중심으로 접근하여 세대를 이어 연결되는 이야기 줄기를 분석의 기초 단위로 삼되, 실제 작품 서술에서 사건이 일어난 순서와 지속 시간, 빈도 등[1]을 고려하면서 작가의식의 근저를 탐구해 보려고 한다.[2] 즉 한 가족의 구성원에 의해, 작품 전편에 산발적으로 흩어져 있으나 하나로 연결해 낼 수 있는 가족 공동체의 이야기 줄기가 형성되어 있다는 것을 전제로 하여, 그 가족 고유의 '가족서사(family narrative)'를 추출하고 그것을 중심으로 다양한 관점에서의 논의를 이어가겠다는 것이다.

『토지』 가족서사의 특성은 연구목적에서 이미 밝힌 바 있으나 앞으

---

1) "쥬네트의 『서사담론』은 형식의 측면에서 스토리의 시간과 서사의 시간을 살핀다. 스토리에서 사건이 일어나는 순서와 서술에서 사건이 일어나는 순서는 어떻게 다른가, 둘 사이에서 사건이 지속되는 시간의 길이는 어떤가, 둘 사이에서 사건이 일어나는 빈도수는 어떤가. 관점에서의 새로움은 등장인물과 서술자의 틈새를 비집어 본 것이다." 권택영, 『소설을 어떻게 볼 것인가』, 문예출판사, 2000, 217쪽.
2) "서사란 오직 그것이 어떤 스토리를 말하는 한 존재하고, 스토리 없이는 서사가 아니며 반드시 누군가에 의해 말해져야만 한다. 말하는 사람 없이는 담론이 될 수 없다. 서사는 그것이 얘기하는 스토리와의 관계 속에서 살고 담론은 그것을 말하는 서술 행위와의 관계 속에서 산다." 제라르 쥬네트, 권택영 역, 『서사담론』, 교보문고, 1992, 18쪽.

로의 논의가 그런 특성을 중심으로 이어질 것이므로 여기에서 보다 세밀히 살펴보기로 하겠다. 그러기 위해 전통적으로 가족 소설로 분류되어 온 문학 작품들 속에서 가족서사는 어떤 형태로 구성되고 있는지 잠깐 살펴보는 것도 의미가 있을 것이다.

문학의 중심 소재로 가족이 등장하게 된 때는 문학의 발생과 그 연원을 같이한다고 보아도 크게 틀리지 않는다.[3] 가족은 소설이 탄생하기 이전에 서사시, 오페라, 경극, 판소리 등에서 하나의 모티프로 작용해 왔다. 특히 우리 민족의 문화는 개인이나 다른 집단보다 가족주의적 규범과 가치체계를 중요하게 여기는 특성을 갖는다. 가족주의란 개인이나 어떤 다른 집단보다 가족 집단을 중요시하면서 이의 연속성과 번영을 추구하며, 가족의 질서를 가족 외의 외부 사회에까지 확대하는 한국인의 대표적인 사회적 성격을 말한다.[4] 가족주의의 규범과 가치체계가 우리 문화의 핵심적인 특성 가운데 하나라는 점에서 우리 문학은 그것과 밀접한 관련성을 가질 수밖에 없다. 멀리는 우리의 상고신화인 단군신화(환인–환웅–단군)나 고구려 건국신화(천제–해모수–주몽–유리)에서도 가족의 계보적 규범성을 발견할 수 있고, 가까이는 조선조 가문소설[5]들과 개화기 신소설[6]들에서 그러한 관련성

---

3) "서구 문학사에서 가족이 작품의 중요 모티프로 작용한 예는 호머의 『오디세이』까지 거슬러 올라간다. 우리 문학사에서도 고대의 『단군 신화』와 『동명왕 신화』 등에서 가족이 중심 소재로 채용되고 있음을 볼 수 있다." 이혜경, 앞의 글, 2쪽.
4) 류중열, 앞의 책, 26쪽.
5) "가문 소설은 OO양문록, OO삼대록, OO세대록 등으로 제목이 붙여져 있다. 가문 소설에 등장하는 인물 범주는 통시적으로 3~6대에 이르며, 공시적으로는 형제, 자매나 사위, 며느리 그리고 그들과 관련된 인물까지 매우 폭이 넓다. 특히 삼대록은 삼대라는 연대기적 서술을 통해 그 가문의 종적이고 횡적인 부귀영화와 가문 지속 등을 말하고 있다." 류중열, 앞의 책, 29쪽.
6) 이인직의 『혈의누』, 『귀의성』, 『치악산』, 『은세계』 등이 여기에 속한다.

을 찾아볼 수 있다.

이러한 소설들의 일반적인 특징은 중심이 되는 한 가족의 이야기가 소설 전체 서사의 핵심을 이루고, 가족의 범주는 전적으로 부계적인 계보를 따른다. 가족 구성은 위계적 질서에 의해 이루어지며 대부분 3세대 이상의 가족사가 연대기적으로 서술된다. 이런 사정은 근대의 가족사 소설[7]들에서도 크게 달라지지 않는데, 1930년대 대표적 가족사 소설로 꼽히는 염상섭의 『三代』(1931)와 채만식의 『太平天下』(1938)를 예로 들어보아도 그러하다.[8] 가부장권에 대한 도전이나 세대 간의 갈등구조가 거의 형상화되지 않는 전대의 가족 소설들에 비해 세대 간 갈등이 표출되기는 하나, 그것이 가부장권의 상실이나 부계적인 계보의 연속성을 단절하는 데까지 이어지는 경우는 없다.[9] 또한 중심이 되는 한 가족의 이야기 이외에 다른 가족의 이야기가 연대기적 서술 형태로 동반되지 않는다.

이에 반해 『토지』 서사의 중심인 최서희 가 4대의 가족 이야기는 부계적인 계보의 연속성에서 벗어나 있다. 할머니 윤씨부인으로부터

---

7) 우리 소설사에서 가족을 중심 소재로 한 작품들에 대한 일관된 명칭은 확정되어 있지 않다. 기존 논의를 검토하는 과정에서 언급했던 가문 소설, 가계 소설, 가정 소설, 가족사 소설 등의 명칭 이외에도 가족 소설, 가족사·연대기 소설이라는 명칭이 연구자의 입장과 성향에 따라 두루 쓰이고 있기에 여기에서는 가족사 소설이라는 명칭으로 뭉뚱그려 동일한 개념을 나타내도록 한다.

8) 권명아는 이 작품들이 "근대성을 서사화하는 과정에서 서구의 중요한 서사 형식으로 발생한 패밀리 플롯을 구체화"하고 있는 것으로 본다. 패밀리 플롯은 "기존의 봉건적 제도와 부르주아 질서 사이의 강력한 길항관계로 인해 아버지와의 불화나 부친 살해, 아버지 없는 세상에서 길 찾기 등으로 나타난 서사의 새로운 모색"으로 부계적 가족 구성을 그 기본항으로 삼는다. 권명아, 앞의 책, 145~146쪽 참조.

9) 『三代』는 부계 3대(조의관-조상훈-조덕기)의 가족 이야기가 서사의 골격을 이루고, 『太平天下』는 부계 5대(윤용규-윤직원-윤창식-윤종수-윤경손)의 가족이 서사의 중심 줄기를 이룬다.

아버지 최치수를 이어 딸인 최서희 자신이 가문의 계보를 잇고, 가문의 외손에 해당하는 그녀의 아들들에게는 성(姓)을 바꿔치기 함으로써 최씨 가문의 대를 잇게 한다. 조—부—손으로 이어지던 부계적 규범성이 완전히 무너져 전통적인 가족사 소설과는 그 형태가 현저히 달라진다.10) 이는 어머니 중심의 가계 질서로 재편되었다는 외적인 형태만을 지적하는 것이 아니다. 남편 김길상과의 합의 과정을 거치지 않고 그와 아들들의 성을 바꿈으로써, 부계적 합법성까지를 가장한 다소 복잡한 내용의 변화인 것이다. 이러한 변화는 작품의 시대적 배경과 무관하지 않으며 봉건주의적 가족으로부터 근대적 가족으로 이행해가는 과도기적 양상의 한 표현일 수 있다.

이러한 가족 지형의 변화는 최서희 가에만 국한되지 않는다. 부권(父權)의 공백상태가 초래되거나 부계적 규범이 흐트러진 자리에는, 어머니를 정점으로 하는 가족서사가 새로이 등장하거나 형제간의 횡적 결속이 무너져 가족서사에 균열이 일어나기도 한다. 전자의 경우에는 월선네를 비롯하여 봉순네, 막딸네, 야무네, 임이네(칠성이 사후 아들 홍을 낳게 될 때까지) 등의 가족이, 후자에는 김평산의 두 아들이나 조병모 · 송병문 가의 아들들의 경우에서 찾아볼 수 있다.

다음으로 중요한 특성은 중심인물 최서희 가족 이외에도 수많은 가족의 이야기가 가족사 형태로 등장한다는 것이다. 최씨 가 몰락의 최대 수혜자인 조준구의 가족사는 3대 이상에 걸쳐있고, 하인이었던

---

10) 본격적인 가족사 소설에 대한 논의는 1970년대 후반 이재선으로부터 시작되었는데 그는 문학의 역사적 전개와 가족의 변화는 매우 밀접한 상관성을 지니며 가족 기능이 관습의 원리로부터 개인의 원리로 이행하는 과정은 소설사에서의 변화와 긴밀하게 유기화 되어 있다고 본다. 이재선의 대표적 연구로는 「현대가족사소설의 전개」(『현대한국소설사』, 홍성사, 1979)와 「가족사 소설과 집의 공간 시학」(『한국문학의 원근법—방법론적 성찰』, 민음사, 1996) 등이 있다.

봉순네, 평사리 향반인 이동진과 김훈장, 김평산 등의 가족사 역시 3대에 걸쳐 이어진다. 최씨 가문의 작인이었던 이용, 김이평, 정한조 등도 3대 이상의 가족사로 서술되고, 그 이외 서울의 지식인 및 지리산과 간도의 독립운동가들 역시 최소 2대 이상의 가족 이야기로 서술되고 있다. 도표 2에 나타난 것처럼 2세대 이상의 가족이 자신들의 가족 이야기를 통해 전체 서사 맥락에 관여하는 경우가 13가족에 이르고 그 이외에도 서사에 역동성을 부여하는 가족 이야기가 적지 않게 등장한다.

이처럼 많은 가족의 이야기가 등장한다는 것은 거기에 포괄되는 인물 수의 방대함을 새삼 확인하게 한다. 각 가족의 서사가 그들 고유의 이야기 줄기를 형성해 가는 과정에서 수많은 인물의 개성을 표출하게 하는 중요한 요소로 작용하는 것이다. 다시 말해 다양한 가족서사의 전개는 수많은 개성적 인물을 배출함으로써 『토지』 전체 서사를 살아 있게 하는 중요한 요인이 된다.

『토지』 가족서사의 또 다른 특성은 모든 가족들의 이야기가 중심 가족인 최서희 가와의 연관선상에서만 이루어지는 게 아니라는 점이다.[11] 최서희 가와의 직접적이고 구체적인 연관 없이도, 수많은 가족이 자기 가족 내부의 관계 지형에 따라 독립된 가족 이야기를 형성해 가고, 소설 내부에서 나름의 위치를 점한다. 경우에 따라서는 전체 서사 맥락에 비추어 빼버려도 크게 아쉽지 않거나, 반드시 필요해 보이지 않는 경우도 있는데, 당대의 전형적인 농촌 가족의 모습을 보여주

---

11) "중심 플롯을 이루는 최참판댁의 역사와 더불어 크고 작은 부차적인 플롯을 이루는 많은 민중들의 일대기나 가족사가 평행적으로 또는 나선적으로 전개되어 나가고 있다. (중략) 그것은 온갖 삶의 벽화이다." 이재선, 「역사적 경험의 미적 형태」, 『현대한국소설사 1945~1990』, 민음사, 2002, 378쪽.

는 복동네나 야무네, 두리네 가족이 그러하고, 근대적 자본가로서 도시 부유층의 모습을 보여주는 이도영 가나 양재문 가 등이 여기에 속한다.

이들 가족의 서사는 따로 떼어내도 완결된 이야기 한편을 새롭게 구성할 수 있을 만큼 중심 서사에 예속되지 않은 채 자기 가족 고유의 이야기 줄기를 형성한다.12) 이는 가족사 소설로 분류되는 여타의 소설들과는 전혀 다른 『토지』만의 특성으로, 중심 가족의 서사와 큰 관련 없는 부차적인 가족서사가 연대기적인 흐름으로 작품 전체에 산재되어 있다. 이들 가족의 서사는 중심 가족의 서사를 지연시키고 분산시키면서 당대인들의 실존적 삶의 모습을 총체적으로 보여주는 데 기여한다. 각 가족의 서사가 서로 직접적이나 구체적인 인과관계로 연결되어 있지 않더라도 시대상의 반영이라는 측면에서 상호 유기적인 연관관계를 맺는 것이다.13)

---

12) 김진석은 『토지』의 이러한 서사 형태를 '다하(多河)'의 개념으로 설명한다. 서사에 어떤 긴 흐름이 있긴 하나 그것이 끊이지 않는 물줄기의 모습으로 점점 굵어지면서 "다른 자잘한 흐름들과 줄기들을 남김없이 스스로 안에 통합하는", 그리하여 아울러 "바다로 들어가는 강같은" 흐름이 아니라는 것이다. "곁가지를 통합하고 결정할 규칙으로서의 줄거리나 강은 차라리 부재"한다고 본다. 흐름들은 갈라지고 또 갈라지면서 "더 이상 흐를 수 없는 데까지 가면서 흐른다"고 설명한다. 따라서 『토지』에 긴 흐름이 있다면 이는 "점점 굵어지며 통일되는 데서 오는 게 아니라, 여러 흐름들이 서로 겹치고 만나고 갈라지는 데서 온다"는 것이다. 김진석, 「소내(疎內)하는 한의 문학: 『토지』」, 『토지 비평집 2』, 솔, 1995, 235~236쪽.
13) 이재선은 『토지』가 "시공의 축선과 범역이 길고 광대해서 장중한 연대기적 성격을 지닌 현대의 서사시"라 할 수 있다고 말한다. 그러나 이때 서사시의 묘사 대상은 "諸神이나 역사적인 영웅의 행위에 대한 찬양으로서가 아니라" 우리나라 근대사의 흐름 속에서 "민족 집단의 운명이나 인간 개개의 역사적인 삶을 웅대하게 묘사"하는 것이다. 그렇기에 『토지』는 "거대한 인간 벽화"와 같은 작품이며 그 근원적인 성격은 "역사적 상상력에 의해 그려지고 극화된 역사의 상상적인 초상"이라 할 수 있다. 이재선, 앞의 글, 359~360쪽.

이러한 특성들은 『토지』가 가족 단위의 이야기를 중심으로 하는 서사구조를 갖고 있음에도 가족사 소설이라는 좁은 의미의 장르로 한정될 수 없게 한다. 또한 수많은 가족 이야기는 우리나라의 근대사, 당대의 생활사 · 문화사 · 풍속사 등의 내용을 두루 포괄하고 판소리나 조선조 가문소설 같은 고전문학적 전통까지 계승해 내는 원동력이 된다.

그러므로 이 글은 『토지』에 나타나는 다양한 가족 이야기를 작품의 서사적 특성14) 일부로 보아, 소설 전편에 흩어져 있는 여러 가족의 이야기를 각각 독립된 이야기 줄기(story line)로 분리하고, 그것을 각 가족 고유의 가족서사로 확정하여 분석의 준거점으로 삼고자 한다. 『토지』 전체의 가족서사가 그 대상이므로 중심인물인 최서희의 가족 이야기 역시 『토지』의 수많은 가족서사 중 하나라는 관점에서 논의하기로 한다.

2. 가족이데올로기에 의한 서사 형태

가족이란 절대적 정당성과 자연성을 가지는 고정된 실체라기보다 사회와의 상호작용을 통해 구성된 것으로서, 가족 혹은 가족주의가 그 자체로 봉건적이거나 근대적인 가치를 지닌다고 볼 수 없다. '가족이란 어떠어떠한 것이다'라는 개념이 형성되는 사회적 역학관계에 따

---

14) 김은경은 『토지』의 서사체계를 1 · 2부와 3 · 4 · 5부 두 개의 단위로 나누고 "최참판가의 갈등이 일단락되는 지점에서부터 중심적인 서사 없이 다수 서사 라인들이 상호 중첩되거나 분지하면서 전개되는 양상"으로 흐른다고 하면서 "이러한 서사 구성의 특이성을 '리좀적'인 특성으로서 성격화"할 수 있다고 보았다. 김은경, 「박경리 『토지』의 유기적 인물 관계와 리좀적 서사구성」, 『관악 어문연구』 제31집, 서울대 출판부, 2006, 317~318쪽.

라 봉건적이거나 근대적인 성격의 가족 이데올로기로 구성되는 것이
다.15) 사회제도로서의 가족 자체와 그것을 규율하는 이념, 도덕, 규범
등이 인물의 성격은 물론 작품 구조와 작가의 상상력에 어떤 양상으
로 작용하는가를 살피면, 우리 소설의 핵심적 국면 가운데 일부가 드
러날 수도 있다.16) 이런 점에서 가족서사와 가족이데올로기의 관계에
주목할 필요가 있다.

전통적으로 농업경제에 의존하여 집합적 가족주의를 지향하는 우
리나라에서 가족의 기능은 아버지의 기능이었으며,17) 가족 제도는 가
부장적 가족 구조 원리를 바탕으로 형성되었다. 한국의 가부장제는
초기 국가형태를 띠었던 삼국 시대 또는 그 이전부터 발견된다고 보
거니와18) 부계적 신분질서를 강조하는 유교 국가인 조선조에 와서 이
념적, 제도적으로 더욱 공고해졌다. 그런데 조선 왕조 말기와 일제 강
점기를 거치면서 변화를 겪게 되는데, 경제 생산 형태의 변화와 근대
적 평등 이념의 전파, 점진적인 공업화와 도시화 및 일본식 교육의 전
개 때문이다.

『토지』의 가족서사 역시 그러한 시대상을 반영한다. 전통적인 가족
이데올로기의 혼란 속에서 봉건주의적 가족 이념을 더욱 고수하려는
측과 근대적 가치를 받아들여 변화하려는 가족의 형태가 공존하는 과
도기적 양상을 띠고 있다. 『토지』 가족서사의 중심이 되는 최서희 가
의 경우만 보더라도 세대에 따라 가족서사의 형태가 달라지고 있는
데, 가문을 유지해온 봉건주의적 가족 개념은 1세대인 윤씨부인에게

---

15) 권명아, 앞의 책, 14~15쪽.
16) 최시한, 「경향소설에서의 '가족'」, 『현대소설의 이야기학』, 프레스21, 2000, 409쪽.
17) 채희윤, 「한국 근대소설의 부상 연구—대리부의 유형을 중심으로」, 서강대학교
    대학원 국어국문학과 박사학위 논문, 1994, 16~17쪽.
18) 조혜정, 『한국의 여성과 남성』, 문학과지성사, 1999, 68쪽.

서 이미 균열의 조짐을 보이고, 2세대인 별당아씨는 강고한 이념의 벽을 온몸으로 뛰어 넘으며, 3세대인 최서희는 그동안의 사회가 규정해온 보편적 가족 이데올로기를 거부하는 방향으로 나아간다. 이는 한 가족의 서사가 세대를 거듭하면서, 당대 사회의 이념이 규정하는 당위와 가족 구성원 개인이 느끼고 받아들이는 현실과의 괴리를 해석하고 수용하는 방식의 차이에서 기인한다. 그리고 방식의 차이는 시대상의 변화와 맞물리면서 가족이데올로기의 변화를 가속시키는 힘으로 다시금 작용하게 된다.

이러한 형태의 가족이데올로기 변화 과정은 『토지』의 수많은 가족서사 안에서 다양하게 변주된다. 이때 세대의 교체는 가족서사의 이데올로기적 변화에서 강력한 추진력으로 작용하지만, 같은 세대라고 하여 동일한 힘과 동일한 방향으로 그 추진력을 발휘하지는 않는다. 그 극단적인 예가 윤씨부인의 두 아들 최치수와 김환의 경우이다. 한 어머니에게서 태어났으나 출신 계급과 성장의 배경이 다르고, 가족서사에서 차지하는 위상차가 현저한 이들은 『토지』 가족서사의 형태에서 각각 봉건주의적 가족서사와 근대적 가족서사의 전범을 보인다.

여기에서 논의할 봉건주의적 가족서사는 가부장의 권위를 중심으로 하여 충(忠)·효(孝)·열(烈)의 전통적 유교 윤리를 근간으로 전개되는 가족의 서사이다. 이때 가족 구성원은 가문의 일원으로서의 위상이 중시되며, 그가 추구해야 할 중요한 가치는 가문 유지와 계승 발전에 있다. 이에 비해 근대적 가족서사는 자신의 주체적 자아를 각성한 개인이 집합적 가족주의를 거부하고, 개인의 감정과 욕망을 가문의 요구에 가두지 않으려는 의지에서 비롯된다. 가족 구성원간의 결속보다는 개인의 개성 발현에 초점이 모아지기에 자본주의의 물결을 타고 가족 이산과 파편화를 향해 치닫게 되기도 한다.

동일한 시대에 다른 방향으로 추동되는 두 가지 형태 가족서사의 분석은, 가족 구성원 중 서사의 전면에 등장하는 각 세대별 중심인물을 논의의 초점으로 삼아, 가족서사가 그를 통해 어떤 형태로 구현되는지 확인해 가는 과정이 될 것이다.

1) 봉건주의적 가족서사

봉건적 신분제 사회였던 조선왕조에서 양반 지배계급은 정치, 경제, 문화의 모든 측면에서 농민을 비롯한 대다수 상민과 천민 위에 군림하며 신분적 우위를 점하였다.[19] 유교적 국가 이념은 이들의 신분 질서를 제도적으로 안착시켜, 제도의 정점에서 온갖 혜택을 누리는 양반 이외에도, 착취와 수탈의 대상이었던 농민 및 천민에게까지 확고한 가치관으로 자리 잡았다. 특히 향촌에 많은 토지와 노비를 소유하고 있던 양반들은 막강한 경제력과 신분 질서의 정점에 서 있다는 이념적 우위를 바탕으로 제왕적 권력을 행사하면서, 물질적인 측면에서만이 아니라 정신적인 지주로서 마을 사람들의 감정적 · 정서적 중심의 역할도 하였다.

『토지』에서 최서희 가와 평사리 마을 사람들의 관계가 바로 이러한 상황을 전형적으로 보여준다. 특히 개인 대 개인의 대응이 최서희 가 인물과 다른 가족 내 인물일 경우 그 자체가 계급적 위상에 따른 가족

---

19) "조선왕조에 있어 지배계급이 정치적으로 관료, 경제적으로 지주, 신분적으로 양반, 문화적으로 선비들이었음은 주지의 사실이다. 물론 경우에 따라서는 이 중의 어느 하나를 결여하는 수도 있었고, 지배 계급 내에서의 등차도 있었으나 기본적으로는 모두를 겸할 수 있는 자격과 권한이 제도적으로 보장되어 있었다. 이들은 국민의 절대 다수인 농민계급과 더불어 봉건사회를 구성하는 두 개의 기둥이었다." 염무웅, 「운명이라는 역사극」, 『민중시대의 문학』, 창작과비평사, 1991, 292~293쪽.

단위 서사를 생산해 내는 기제가 되므로 각 세대의 주축이 되는 인물에 대한 분석은 필수적이다. 여기에서는 봉건주의적 가족서사를 이끌어 가는 인물들을 중점적으로 살펴보면서 그들 가족의 서사가 최서희가와의 관계에서 어느 방향으로 진행되어 가며, 그것이 전체 서사에 미치는 영향을 구체화시켜 보기로 한다.

『토지』 가족서사의 중심은 최서희를 정점으로 하는 최씨 가의 서사이다. 이들의 가족 계보를 도표화한 다음 각 세대의 중심인물이 지니는 가족 가치와 그의 가치관이 가족서사를 어떤 형태로 이끌어 가는지 살펴보기로 하겠다.

| 1세대 | 2세대 | 3세대 | 4세대 |

치수 부×윤씨부인→ 최치수×별당아씨→ 최서희×김길상→ 최환국 / 최윤국

　　(×김개주)　　　／↙

　　　　＼ 김 환

세대가 바뀌면서 이들의 가족 이데올로기 역시 변화해 가지만, 그 기반은 봉건주의에 두고 있다. 최씨 가 뿐만 아니라 모든 가족서사를 논하는 데 있어 가장 결정적인 영향을 미치는 1세대 윤씨부인의 가족 이데올로기는 철저한 봉건주의적 가치 위에 세워져 있다. 숨겨진 아들이 그 정체를 드러낸 이후 보이는 윤씨의 행적은 당대의 통념으로는 수용하기 힘든 파격성을 보이지만 그 파격마저도 봉건적 가족 이데올로기 안에서 설명될 수 있는 요소가 너무 많다.

어린 아들을 가진 청상과부 윤씨부인은 죽은 남편의 명복을 빌기 위해 연곡사로 백일기도를 하러 들어갔다. 거기서 그녀는 훗날 동학 장수로 활약하게 되는 김개주에게 겁간을 당함으로써 전혀 다른 운명

의 길로 들어선다. 그 사건이 있기 전까지 윤씨는 조선조 유교적 가족 이데올로기를 온몸으로 체현하는 현숙하고 절개 높은 양반가의 부인 이었다. 그녀가 내면에 체득하고 있는 양반가 부인으로서의 효열(孝烈) 과 봉건적 신분 질서에 대한 믿음은 결코 훼손되거나 흐트러질 수 없 는 것이었다. 그러나 운명은 겁간을 당한 것으로 끝나지 않고 더욱 가 혹한 시련으로 그녀를 내몬다. 중인 신분의 문의원과 천민인 김서방 내외, 무당 월선네의 목숨을 건 도움으로 비밀의 아들을 출산하게 된 것이다. 신분과 혈통이 다른 두 아들 사이에서 그 누구의 어미 노릇도 해내지 못한 채 그녀는 자책과 인고의 세월을 살아간다. 또한 겁간의 형식으로 다가왔지만 자신의 속마음을 흔든 사내 김개주에 대한 애증 을 철저히 은폐하는 반면, 형수를 탐한 둘째 아들을 그 형수와 함께 도 망치게 함으로써 근친상간의 불륜조차 용인해 낸다.

윤씨부인의 이러한 양면성은 강고하게 자리 잡은 봉건적 가족 이 데올로기의 성실한 수행자[20]이면서 동시에 파괴자 모습을 드러낸다. 『토지』 가족서사에서 가장 문제적인 인물이 아닐 수 없다. 여인의 정

---

20) 이재선은 윤씨부인을 "역사적인 이중성의 매듭을 갖고 있는 인물"이라고 하면서 도 "과거와 전통적인 문화와 질서를 고수하는 속성을 지니고 있다"고 평가한다. 윤씨부인은 "그의 선대의 여인들과 마찬가지로 최참판 가를 억척스럽게 지탱해 나가는 여인이며 자손이 귀한 최씨 가의 가족사에 있어서 세대적 결속과 지속을 표상하는 핏줄을 이어주는 여인으로서의 의무에 열성적일 뿐 아니라 최씨 가를 향해서 도전해 오는 일련의 외풍에 대한 안전의 마지막 바람막이" 역할을 하는 적극적인 기능의 인물이라는 것이다. 이재선, 「농경적 상상력과 『토지』」, 앞의 책, 366쪽.
채희윤은 윤씨부인이 "오히려 추상화된 관념적인 하나의 '정신(이를테면 곳곳에 서 서희는 할머니의 영상과 할머니의 가르침과 반가의 여인들의 전범의 모델로 삼아 모방하는 행위를 한다)'으로 존재"하고 있다고 하면서, "그것이 이 소설을 전통적 회로에 갇혀진 느낌을 강하게 주는 결점으로 생각될 수 있다"고 보았다. 채희윤, 「박경리론―『토지 1』를 중심으로」, 『한국 서사문학의 통사적 고찰』, 280쪽.

조와 절개를 그 밑바탕에 깔고 있는 조선조의 봉건적 가족 이데올로기 속에서 태어나고 자란 윤씨부인으로서는, 가장이라는 울타리가 무너진 자리에서 불가항력의 훼절과 그로 인한 임신과 출산, 자녀 유기의 고통을 고스란히 자신의 몫으로 감당해야 했다. 여기에서 나타나는 그의 분열적 자기 인식은 『토지』의 시대적 배경에서 생산되는 어떤 가족서사도 철저하게 봉건주의적이거나 근대적일 수 없고, 양면을 동시에 구비하기 마련이며, 가족 구성원 개개의 차이에 따라 그 수용과 변화의 양상이 갈라질 것이라는 점을 상징적으로 보여준다.

그러나 윤씨부인이 실제로 서사에 끼친 영향과 상관없이 그는 봉건주의적 가족 이데올로기를 지키려고 몸부림쳤던 대표적인 인물이다. 그는 죽은 남편에 대한 절개가 타의에 의해 훼손되고 임신까지 하게 된 정황에 깊은 절망을 느끼고 몇 번이나 자살을 시도했다. 문의원의 눈에 비친 당시의 윤씨부인 모습은 스스로에 대한 살기로 충만해 있었다.

> 문의원은 오늘까지 이십여 년 전에 비수를 품었던 한 여인의 눈을 잊지 못한다. 여인의 눈은 정녕 칼날이었다. 제 목을 찌를 수도 있고 남의 목을 찌를 수도 있는. 어둠이 밀려오기 시작한 방에 여인은 죽은 듯이 눈을 감고 누워 있었다. 머리카락 하나 움직이는 것 같지 않았다.
>
> (1권, 276쪽)

문의원에게 윤씨부인을 살려달라고 간곡히 부탁하는 종 김서방 역시 그런 정황을 증언한다.

> "아씨께서는 아무 죄가 없으십니다. 우리 아씨가 어떤 분이신데 사,
> 산에서 목을 멜라고 하셨지요."

"우리 내외가 주야로 아씰 지켰십니다. 세상에 이리 억울한 데가 어디 있겠십니까."

(1권, 279쪽)

윤씨부인은 사대부가 여인으로서의 명예를 죽음으로 지키려 했다. 김개주의 겁간 자체에 대한 분노를 드러내지 않고 항의하지도 않으며, 아들 치수와 태아에 대한 모성조차도 포기하면서 당대의 가족 이데올로기가 사대부가의 부인에게 요구했던 바를 쫓으려 했던 것이다. 이러한 태도는 아들 김환이 성년이 되어 찾아왔을 때도 별로 달라지지 않는다. 하인 이상의 대접을 하지 않으며, 유심히 바라보는 이외에 개별적인 관심을 표하지도 않는다. 그나마도 작품 안에서는 딱 한 번의 서술로 그친다.

윤씨는 젊은이를, 그의 얼굴을 유심히 바라보다가 아무 소리 없이 눈을 감았다. 젊은이는 고개를 꼿꼿이 세우고 눈만 내리깔고 있었다. 무슨 생각을 했던지 윤씨는 한참 만에 있고 싶으면 있어보라 하고 젊은이의 이력이나 근본 같은 것은 묻지를 않았다.

(1권, 28쪽)

젖 한 번 물려보지 못한 아들에 대한 절절한 죄책감으로 고뇌하면서도 집안과 자신의 명예에 흠집이 나지 않도록 아들의 신분 노출을 철저히 차단한다. 며느리 별당아씨와 각별한 관계가 되었음을 알게 된 이후 윤씨부인의 처신은 그의 봉건주의적 사고방식을 가장 명확하게 드러낸다. 스스로는 두 아들 사이에서 저울의 추가 되어 평생을 누구에게도 기울지 못한 채 무거운 죄의 고통 속에서 살았다고(1권, 270~280, 356~366쪽/ 2권, 208~220쪽 참조) 술회하면서, 며느리

별당아씨와 숨겨진 아들 김환의 사랑을 수용하는 것 같지만, 그 이면
에는 사대부가 여인의 철저한 봉건적 가족 의식이 깔려 있음을 보게
된다.[21)

두 사람 사이의 불륜이 별당아씨의 남편이자 자신의 큰아들인 최치
수에게 알려지고 하인들을 통해 소문이 나게 된다면, 윤씨부인이 감
당해야 하는 것은 단지 며느리와 하인 사이의 불륜 문제가 아니다. 김
환의 정체와 함께 이십여 년 전에 벌어진 겁간 사건이 드러나고 말 것
이다. 철저히 비밀에 부쳐졌던 윤씨 개인의 고통스러운 회한이 엄청
난 파장을 몰고 올 게 틀림없다. 이는 최씨 가문이 그동안 쌓아올린 부
와 명성, 아들과 손녀를 통해 대대손손 이어져야 할 가문의 제왕적 권
력[22)이 무너지는 것을 의미한다. 최치수의 출타를 틈타 그들을 형식
적으로 광에 가뒀다가 도망치게 한 의식의 저변에는 부인의 내면에
체득되어 있는 봉건적 가족의식이 놓여있다. 욕정에 눈먼 젊은 며느
리와 어디서 흘러 들어온지 모르는 하인 사이의 애정 행각으로 그 의
미를 축소함으로써, 죽음으로 갚지 못한 자신과 그녀가 속한 최씨 가
문의 오점을 지워내려는 의도가 작용한 것이다. 그들의 생사에 관한

---

21) "유교의 우주론은 음양원리에 기반을 두고 우주의 투영인 사회적 인간관계의 질
서 또한 음양원리의 기초 위에서 규정한다. 따라서 양의 원리인 남성의 우월성과
지배권이 인정되는 만큼 음의 원리인 여성의 열등성 및 예속성이 하나의 자연법
칙으로 고정화되는 결과를 초래하였다. 따라서 유교적 사회관계는 성차별적 사
회관계의 대표적인 모델로 간주된다." 신옥희, 「동양의 전통사상과 한국적 여성
철학의 전망」, 『한국여성철학』, 한울아카데미, 1995, 12쪽 참조.
22) "이야기의 중심 가족인 최참판 가는 지난 백년간을 평사리의 양반토호로서, 양반
으로서의 절대적인 권위를 확보해가고 있을 뿐만 아니라 지주로서의 치부과정을
알차게 밟아감으로써 평사리에 있어서는 녹을 먹이는 <임금>, 즉 하나의 군주
의 城과 같은 권능을 가진 가문이다." 이재선, 『현대 한국소설사 1945~1990』, 민
음사, 2002, 365쪽.

윤씨의 지극한 관심은 그런 의도로 아들을 또 한 번 내쳤던 자신의 이기심에 대한 통렬한 죄책감에서 나왔다. 따라서 사건은 『토지』의 전체 가족서사에서 봉건주의적 가족 이데올로기가 근대적 가족 의식으로 넘어가는 과도기적 양상의 한 표현으로 비춰진다. 기존의 가족 이데올로기를 지키려는 처절한 몸부림 안에 그것에 대해 고뇌하고 고통받는 개인의 의식이 자리하고 있기 때문이다.

이에 비해 2세대 최치수의 행각은 봉건적 가족 이데올로기가 현실에서 구현되는 방식을 보다 적나라하게 드러내 보인다. 그가 도망친 남녀를 살해하기 위해 총을 사들이고 그들의 뒤를 쫓아 지리산을 헤매는 과정은 당대의 가족 이데올로기에 비추어 정당하고도 당연하다. 집안 권속들의 잘잘못을 판단하고 그들의 생사여탈을 손에 쥔 가부장[23] 최치수는 양반가에서 일어나서는 안 되는 창피한 사건의 희생자이기도 하므로, 자신이 직접 나섬으로써 비정하다는 평가를 받게 되는 것 말고는 누구에게도 그의 행동을 제재 받거나 비난 받을 처지가 아니다.

그는 소년 시절 어머니의 기이한 출가가 그저 단순히 치병을 위한 출분이었다고 생각하지 않았으며, 아내 별당아씨가 하인 구천과 함께 정분이 나서 도망친 사건과 어떤 연관관계가 있다는 걸 직감적으로 깨달았다. 그러나 효를 그 근본 가치로 하는 봉건적 가족 이데올로기에 충실한 그는 단 한 번도 어머니에게 진실을 따져 묻지 못한다. 진실의 왜곡은 그의 가족 의식을 병적인 집착으로 변모시키고, 어머니의 부정에 대한 강한 의심은 아내 별당아씨에 대한 냉대와 무시로

---

23) "아버지 중심의 가부장제는 바로 아버지라는 존재 하나에 의해서 가족의 운명이 좌우되는 것이다. 가족의 공동운명체가 아니라 가족의 운명의 개인화 현상이 바로 가부장제라고 볼 수 있다." 채희윤, 앞의 글, 16쪽.

이어진다. 기생집을 전전하다 남성으로서의 기능을 상실하게 되는 것도 왜곡된 가족 이데올로기가 한 개인의 심성에 어떤 영향을 끼치는지 잘 보여준다. 결국 도망친 남녀에 대한 추적은 아내에 대한 사랑이나 아내를 훔친 하인에 대한 분노가 아니라, 자기 권위에 대한 손상을 용서치 못하는 봉건적 가부장으로서의 권위의식의 발로라고 보아야 한다.

> 치수는 자기 권위에 대한 손상을 용서치 않았다. 어떤 방법으로든 끝장을 보아야 했던 것이다. 방법이라면 다른 쉬운 방법이 있었을 것이다. 사람을 사방에 풀어서 남녀를 잡아올 수도 있을 것이며 미리 손을 써서 행방을 안 뒤 떠나올 수도 있었던 것이다. (중략) 자기 혼자 자신을 납득시킬 수 있으면 그만이었던 것이다. 자기 혼자서 손상된 권위를 찾았다 생각하면 그만인 것이다.
>
> (2권, 39~40쪽)

최치수의 냉소와 집착의 이면에는 이러한 봉건의식이 확고하게 자리하고 있다. 그러므로 봉건주의적 가족 개념과 가장 동떨어져 있는 별당아씨와 김환이 최치수의 증오의 표적이 되는 것은 당연한 귀결이다.

3세대 최서희의 경우도 봉건적 가족 이데올로기를 떠나 설명하기 어렵다. 이전에 최씨 가문이 가졌던 영지와 실질적 권력을 회복하여 몰락했던 가문을 일으켜 세우는 과정은 그가 딸이라는 점 말고 특이성을 찾아볼 수 없다. 하인 신분의 김길상을 남편으로 맞아들였다는 점에서 그의 가족 개념이 신분의식으로부터 탈피하여 근대적인 방향으로 변화되어 갔다는 평가를 내릴 수도 있다. 그러나 그 저변에 깔린 의식을 분석해 보면 개인적인 감정보다 가문에 대한 고려가 결혼의 결정적인 이유였음을 확인할 수 있다. 근대 의식의 밑바탕이 되는 '개인의 이성과 자유에 대한 믿음'이 최서희의 결혼 결정과는 별 관련이 없는 것이다.

이러한 그의 봉건적 가족 의식은 남편과 아들들의 성을 바꾸는 데서 또 한 번 확인할 수 있다.[24] 그는 자신과 남편의 성을 바꿔치기 함으로써 자식들이 법적·제도적으로 최씨 가문의 대를 잇는 데 하자가 없도록 한다. 실질적으로는 자신이 가족의 중심에 있으면서도 이념적 중심은 남편에게로 이양함으로써 부계적 계보의 규범성을 확보하고자 하는 것이다. 그리고 그 과정은 남편을 최씨 가의 적법한 후계자로 변모시키는 행위로 나타난다. 이는 할머니 윤씨부인과는 또 다른 차원에서 봉건주의적 가족 이데올로기를 실현하는 것인데, 각자가 지닌 위상 차 때문에 어쩔 수 없는 선택이기도 했다. 할머니 윤씨는 최씨 가의 종부로서 청상이 되어서도 집안을 더욱 부흥시키고 가문을 이을 아들을 생산했다는 점에서 다른 장치 없이도 계보적 규범성의 한 축을 담당하는 데 아무런 흠이 없다. 그러나 최서희는 다른 가문으로 출가한 딸이라는 점에서 이미 태생적으로 부계 계보를 이을 수 없는 약점을 지니고 있다. 따라서 최씨 가문의 존속이 자기 삶의 목표이기도 한 봉건적 가족 이데올로기의 성실한 수행자 최서희로서는 다른 선택이 있을 수 없다. 가문의 계보가 불분명한 하인 출신의 김길상을 남편으로 맞아 그를 적법한 후계자로 만들 수밖에 없는 것이다.

근대적 교육을 받은 최서희의 아들들 역시 증조할머니와 할아버지

---

24) "인물의 姓 혹은 이름은 가족 구성 안에서 가족의 기대와 기준을 반영하는 대표적인 상징 기호이다. 인간은 모두 자신의 이름에 함의된 가족의 정신적 유산을 짊어지며 살아가도록 기대되어 있다." 오세은, 「여성 가족사 소설에 나타난 '아버지의 딸'」, 『동덕여성연구』 6호, 동덕여대한국여성연구소, 2001.12, 434쪽.

에 이은 어머니의 봉건적 가족 이데올로기를 별 고민 없이 받아들인
다. 아버지의 신분적 열세에서 오는 그들의 열등감은 어머니의 독단
에 대해 아무런 반항을 하지 않는 것으로 나타난다. 어머니의 성을 물
려받고 어머니 가문의 후계자가 되는 것이 조선 시대 봉건적 가족 이
데올로기에 비추어 근대적이라고 볼 수도 있으나, 내부적으로 형성되
어 있는 그들의 인식을 들여다보면 뿌리 깊게 내면화된 신분의식을
확인할 수 있다. 양반가의 후손이라는 강한 자의식은 아버지의 신분
에 대한 부정으로 나타난다. 서희 일행이 용정에서의 고달픈 여정을
끝내고 고향으로 돌아올 때 길상이 독립운동을 핑계로 남았던 것도
그러한 신분의식에 대한 두려움 때문이었다. 진실을 말하는 친구 순
철에 대한 환국의 폭력은 그러한 정황을 뒷받침한다.

> "니 어매는 양반인지 모르겠다마는 니 애비는 종놈이다 그 말이라구."
> 겨드랑이에 끼었던 책이 땅바닥에 떨어졌다. 어느새 그랬는지 눈 깜
> 짝할 사이였다. 돌을 주워든 환국이는 순철이를 밀어뜨리고 깔고 앉은
> 채 얼굴을 내리찍고 있었다.
>
> (8권, 169쪽)

　　최서희 가의 가족서사는 이렇듯 봉건적 이데올로기 위에 서 있다.
가문의 부계적 계보의 규범성에 대한 집착, 반상을 구분하는 철저한
신분의식은 그들이 겉으로 드러내 보이는 파격적인 모습과는 사뭇 다
르다. 윤씨부인에 이어 손녀 딸 최서희가 집안의 당주 역할을 이어받
는다는 점에서 근대적인 여권 신장의 일단을 찾아낼 수 있고, 모계 자
손에 의한 가문 존속이라는 차원에서 엄격한 부계적 계보가 무너진
근대적 가족서사25)라 볼 수도 있다. 그러나 이는 당대의 시대적 상황
과의 연관선상에서만 해득될 수 있는 복잡하게 변형된 봉건주의적 가

족서사의 한 형태이다. 그들과 다른 차원에서 논의될 수 있는 가족 구성원은 별당아씨와 김환의 경우일 것이다.

최서희 가의 경우와는 다른 방향에서 봉건주의적 가족 가치를 지키려는 이는 김훈장[26]이다. 그에게는 딸 점아기가 있으나 조상 제사를 받들고 대 이을 아들이 반드시 있어야 한다는 생각을 버리지 않는다. 김훈장은 십촌이 넘는 떠돌이 노총각을 양자로 들이기 위해 추수가 끝날 때마다 그를 찾아 마을을 떠난다. 김훈장에게 양자를 들이는 일은 효(孝)의 완성이며 가문 존속의 유일한 방편으로서, 조선조 가족 이데올로기를 실천하는 것이다. 마침내 그가 노총각 한경을 찾아 양자로 들이게 되자 아들을 낳지 못했다는 죄책감이나 가문의 대가 끊길지도 모른다는 두려움은 완전히 사라진다. 조상에 대한 자신의 의무를 다했다고 생각하는 것이다. 자신의 목숨을 걸고 동학 잔당들과 함께 친일파 조준구를 치죄하러 나서는 마당에서도, 그는 조상들의 신

---

25) 오세은은 최서희의 주체적 자아로서의 탄생이 선대 인물들의 연속적인 죽음을 통해 구현되는 전통적 가치관의 몰락과 부권적 잔재의 종말에서 비롯되었다고 본다. "최씨가를 둘러싼 전통적 권위와 부권적 가치는 고아인 서희에 의해 새로운 권위와 가치로 재탄생 되기에 이른다"며 "선대 인물의 죽음과 후대 인물의 탄생은 가족의 순환 영원성이라는 차원을 넘어서 새로운 질서의 가능성을 시사해 준다"고 말한다. 오세은, 「여성 가족사 소설 연구」, 서강대학교 대학원 국어국문학과 박사학위 논문, 2001, 46쪽.

26) 『토지』의 인물 연구에서 다수 연구자들은 김훈장을 봉건적 사고가 확고한 몰락 양반으로 완고하고 융통성 없으며, 새 시대를 꿰뚫어 볼 시각이나 전망을 갖추지 못한 봉건적 인물의 전형으로 분류한다. 선비로서의 강한 자존심과 양반의 도리와 윤리에 대한 철저성은 몰락하는 구시대의 안타깝고 슬픈 잔영으로 평가된다. 박혜원, 「박경리 『토지』의 인물 연구」, 이화여자대학교 대학원 국어국문학과 박사학위 논문, 2002, 78쪽; 이상진, 「박경리의 『토지』 연구 – 인물 형상화를 중심으로」, 연세대학교 대학원 국어국문학과 박사학위 논문, 1998, 62쪽; 이수경, 「『토지』의 인물 성격화 방법에 대한 연구」, 전남대학교 대학원 국어국문학과 석사학위 논문, 2001, 36쪽.

주와 그 신주를 받들어 모실 후손을 안전한 곳으로 피신시킴으로써
자신의 책무를 다한다. 아래의 인용문은 김훈장의 그러한 봉건적 가
족 이데올로기를 가장 극명하게 보여준다.

> 이미 선택은 끝난 뒤다. 화적떼 같은 소행이라고 끝내 노여워하고 반
> 대했던 일은 지금 저질러지고 있다. 그러나 김훈장은 그들과 함께 이곳
> 을 떠날 것이다. 해 떨어지기 전에 신주와 손자를 안겨 아들 내외를 산
> 천 사돈댁으로 떠나보냄으로써 김훈장은 배수의 진을 친 셈이다. 지난
> 번 떠날 때와 마찬가지로 아들 내외에게 어떻게 하든 명 보전하여 절손
> 의 불효를 해서는 안 된다는 당부를 김훈장은 잊지 않았다.
>
> (3권, 387쪽)

여기에서 보이는 김훈장의 봉건적 가족 이데올로기 실천 양상은 복
잡하다. 그의 의식은 양자로 들일 아들 하나를 찾아 헤매던 때의 단순
함에서 훨씬 확장되어 있다. 봉건적 신분질서에 대한 자신의 완고한
가치체계를 스스로 무너뜨리고 상민들의 집합인 동학 잔당들의 의거
에 가담한 것이다. 이런 역설이 그에게서 가능했던 것은 친일파 치죄
라는 대의명분이었다. 효의 확대 개념인 충은 반상의 신분질서보다
우위의 가치다. 왕이 존속하는 태평성세 같았으면 어림없었을 상민들
과의 연대가 충의 실천을 위한 방편이 되는 것은 그런 까닭이다. 그렇
다고 하여 그의 의식이 신분질서를 뛰어넘는 근대적 가치의 수용에서
비롯되었다고 말할 수는 없다. 그가 양자 한경을 통해 대 이을 손자를
보지 못했다면 감히 생각할 수 없는 일이기 때문이다. 그에게 부계적
계보의 연속성을 유지하게 만든 효의 완성은 충으로의 의식 확대를
가져왔으며, 그것이 강고한 신분질서의 훼손마저도 용인하게 만드는
의식의 변화로 나아가게 했을 뿐이다.[27]

양자 한경 역시 김훈장의 훈도를 받아들여 조선 왕조의 봉건적 가치체계를 고스란히 답습한다. 오랜 떠돌이 생활로 체계적인 교육을 받지 못한 터라 김훈장이 품고 있던 근왕적 국가주의에까지 이르지는 못하지만 조상 숭배와 부모에 대한 도리, 자녀 훈도, 이웃들과의 교유에서 반가의 후손에 걸맞는 행동거지와 품위를 유지하기 위해 노력한다. 손자 범석은 사회주의 사상을 받아들이면서 선대와는 다른 길로 접어들지만 김훈장을 중심으로 하는 그들 가족의 서사는 봉건주의적 이데올로기 틀 안에서 해석될 수 있다.

이동진 가족의 서사는 최서희 가나 김훈장 가와는 또 다른 측면에서 봉건적 가족서사를 이어간다. 독립운동에 투신하여 일찍 가족을 떠난 이동진의 경우는 물론이고 그의 아내 염씨나 아들 이상현과 며느리 박씨, 손자인 시우, 민우 역시 봉건적 가족 가치를 내면화하고 있다. 가족 계보도를 살펴보면 그의 가족서사는 상당히 복잡한 양상으로 진행되어 감을 알 수 있다.

1세대	2세대	3세대

이동진×염씨→ 이상현×박씨 → 이시우 / 이민우

×봉순(기화) → 이양현

---

27) "최치수와 같은 오만하고 냉소적인 봉건주의자, 이동진과 같은 지조있는 민족주의자, 김평산과 같은 인간적으로 파산한 계급탈락자, 조준구와 같은 사악한 친일파 등 여러 유형의 양반 중에서도 김훈장은 양반−선비의 미덕과 허구성을 전형적으로 보여준다. 그는 최치수에 비하면 시대착오적 보수주의자이며, 김평산에 비하면 도덕적 군자요, 조준구에 비하면 민족적 양심을 지키는 애국지사이다. 동시대의 민중운동에 대한 그의 심각한 자기분열은 당연한 귀결이다. 그의 반양반적 성격이 동학란을 증오하게 하면서 반제국주의적 성격은 동학란을 인정하지 않을 수 없게 만든다." 염무웅, 앞의 책, 296쪽.

이동진은 조선 말기의 대표적 양반가 후예로 나라가 망하게 되자 가족이라는 작은 울타리를 지키는 데 급급할 수 없다는 대의명분을 내세워 젊은 아내와 어린 아들을 남겨두고 독립운동의 길로 나선다. 그는 간도, 연해주 등지에서 활약하며 수많은 인물들을 만나고 의식의 지평을 넓히면서, 아들 이상현에 비해 하인 출신 김길상의 인물됨이 호방함을 인정할 정도로 관대해진다. 최서희가 김길상과 결혼하겠다고 하자 이를 주선하러 기꺼이 나서기까지 한다. 그러나 김훈장의 적극적인 반대에 부딪히고 길상이 한발 물러서자 오히려 안도감을 느끼며 더 이상 길상과 서희의 혼담 문제에 관여하지 않는 것으로 일관성 없는 태도를 보인다. 극복했다고 생각하지만 내면화된 신분의식은 결정적인 순간에 그의 의식을 지배하는 기제로 작용하는 것이다.

그의 아들 이상현은 봉건적 가족 가치에 관한 한 더 철저하다고 볼 수 있다. 최서희를 마음에 두고 있으면서도 부모가 정혼한 박씨와 결혼하고, 기생 기화를 사랑했으면서도 끝까지 그 사랑을 부인한다. 기화가 자신과의 사이에서 낳은 딸이 있다는 걸 알고서도 그런 사실을 인정하려 들지 않으며 딸을 찾지도 않는다.

    "미친 소리 말어. 기생년도 애비 있는 자식을 낳아? 일없어!"
    "이 개자식이!"
    산호주의 손이 상현의 뺨따귀를 갈긴다. 반사적으로 상현의 손도 산호주 뺨을 향해 날았다. 그리고 다시 덤비려는 산호주의 손목을 꽉 잡는다. 상현의 눈은 미치광이처럼 번쩍번쩍 빛났다.
    "잘 들어. 차후 두 번 다시 내 앞에서 그런 말 했다간 주둥이를 찢어 버릴 테다!"

(8권, 141쪽)

이상현은 사랑했던 여인의 신분을 기생이라고 비하하면서 그와의 사이에서 태어난 딸 또한 부정하고 있다. 양반가의 후예로서 내면화한 봉건적 가족 가치가 그의 솔직한 자기 응시를 가로막고 있는 것이다.[28]

이들 가족의 서사에서 봉건적 가족 이데올로기 구현의 희생자이면서 동시에 수호자로서 이상현의 아내를 눈여겨 볼 필요가 있다. 그녀는 남편이 자신을 사랑하지 않으며 가정을 지킬 의사나 자식을 돌볼 의지도 없다는 걸 알면서 끊임없이 그의 뒤를 돌보고 그를 기다린다. 삯바느질을 해야 할 만큼의 가난을 숙명으로 받아들이며 반가 부인다운 절제와 인내심으로 자식들을 가르치고, 남편이 기생에게서 얻은 딸을 입적시키기까지 한다. 그녀의 남편을 향한 감정이나 생활의 고통은 조선조 유교 이념이 요구하는 부덕(婦德)[29]으로 극복된다. 그렇기에 어려운 살림의 뒤를 보아주는 최서희에 대해서도 전혀 꿀리지 않는 당당함으로 대한다. 특히 하인 출신 김길상이 최씨 문중의 사위가 되었다는 사실에 대해서는 양반의 불명예라 여기며 그런 측면에서는 자신이 오히려 서희를 압도하는 위치에 있다고 생각한다.

---

28) 이상현의 이러한 성향은 『토지』 개화지식인들의 일반적인 모습으로 그려진다. 선우신·우일 형제, 서의돈, 황태수, 임명빈 등은 각자의 행동에 있어서 개성을 지닌 인물로 그려지지만 "함께 모여 시국에 대한 토론을 할 때는 익명의 인물들, 성격은 없고 시국에 대한 정보와 시각, 주장만 난무하는 집단인물이다. 이들은 현실에 대한 무능력과 무의지 때문에 방황하며, 모이기만 하면 술을 마시고 3·1 운동의 패배를 포함한 현실을 한탄"하지만, 그들의 대화 안에는 "옹졸한 자존심과 무력한 지식인의 자기 합리화가 숨어"있는 경우가 대부분이다. 이상진, 앞의 글, 64~65쪽 참조.

29) "당시 여성이 '자발적'으로 부권 사회에 충성을 한 현상을 이해하기 위해서는 여성이 나이를 먹어가면서 자식을 통해 자신이 원하는 바를 성취해갈 수 있었고, 행실범절을 통해 또는 집안 살림을 일구어놓음으로써 사회적 인정을 받을 수 있었다는 점에 주목할 필요가 있다." 조혜정, 앞의 책, 87쪽.

길상에 대해서는 대개 지칭이 없는 것이 박씨 대화의 특색이었다. 길상을 어떻게 불러야 할까 하는 망설임 때문은 아니었고, 삼십 년 넘게 세월이 흘렀으며 자식들이 장성하여 손자까지 본 마당에, 변함없이 확고부동한 박씨의 의지표명이었다. 최참판댁의 하나 남은 혈육 최서희와 혼인을 했다해서 하인 김길상을 격상할 생각은 추호도 없었던 것이다. 문벌과 부와 미모, 강인하며 위엄으로 무장이 된 최서희를 대적하기에는 너무나 초라한 박씨였지만, 그들 최서희와 김길상의 결합을 철저히 부정하는 면에서는 단연 압도적이라 할 수 있었다. (중략) 그것은 최씨 문중의 불명예였을 뿐만 아니라 이부사댁도 무관하지 않는 것으로 간주하는 박씨였다. 길들여진 가치관, 그 가치관은 그토록 오래 인고를 지탱할 수 있었던 지렛대이기도 했다.

(13권, 256쪽)

이처럼 그녀 안에 내면화된 봉건적 가치는 그녀를 지키는 힘이며 모든 고통을 감내하게 하는 지렛대이다. 확고한 가치 위에 서 있기에 그녀는 한 가문의 충실한 며느리이자 신의를 저버린 지아비의 성실한 부인이며, 아비에게 버림받은 자식들을 거두는 모성의 구현자로 당당하게 자기 자리를 지킬 수 있었다.[30) 이런 어머니의 영향을 받아 근대적 교육을 받은 아들 시우와 민우 역시 이복동생 양현을 자기 가문의 일원으로 받아들이는 일에 적극성을 보인다.[31)

봉건주의적 가족 가치에 헌신한 또 한 명의 여성 인물로 김평산의 아내 함안댁[32)을 들 수 있다. 그녀는 중인 출신으로서 양반가의 부인

---

30) "대다수의 여성들은 열심히 일하고 참기만 하면 언젠가는 어머니로서 보상을 받게 되며 남편 집안의 당당한 조상이 된다는 확신을 갖고 있었으며 따라서 가부장적 체계에 자발적으로 충성을 하여온 것이다." 조혜정, 위의 책, 89쪽.
31) 자유연애와 개인적 감정의 표출에 대한 이들 3세대의 변화는 그들의 가족서사가 봉건적 이데올로기에서 서서히 벗어나고 있음을 시사한다.
32) 강국희는 함안댁을 투철한 계급의식을 가진 인물로 보았다. "그녀가 동네에서 망

이 되었다는 자부심에, 게으르고 악독하며 허황된 꿈에 사로잡힌 남편 김평산을 하늘처럼 떠받든다. 남편의 술타령과 도박, 자신에 대한 폭력까지를 그녀는 출세하지 못한 양반가 후손의 한풀이라 여겨 기꺼이 받아들인다. 먹을 것이 없어도 남편의 의관은 남부럽지 않게 손보며, 자식 교육에도 정성을 기울인다. 아비를 닮아 손버릇이 나쁜 큰아들 거복에 대해서는 가차 없는 훈육의 회초리를 들이댄다. 그것이 쇠락한 집안을 일으키고 남편을 출세시키며, 가문을 이을 자식들에 대한 반가 부인의 도리라고 굳게 믿는 까닭이다. 남편이 살인 죄인으로 처형을 당하자 스스로 목을 매 죽는 것도 이러한 의식의 연장선상에 있다. 남겨진 두 아들에 대한 모성애보다도 양반으로서의 체면과 권위를 지키지 못한 부끄러움이 그녀에게는 더욱 컸던 것이다.

김평산의 파멸은 자기 안에 내면화되어 있는 봉건적 가족 가치가 아내 함안댁에 의해 더욱 강화됨으로써 양반이라는 허명과 재산에 대한 탐욕으로 나타난 결과라 볼 수 있다. 함안댁이 마을 아낙들과 나눈 대화를 살펴보면 그런 정황이 확연히 드러난다.

> "그 양반도 세상을 잘못 만나 그렇지, 뭣한 시절이면 중인 집안에 혼살 했겠나."
>
> "……."
>
> "가문 뜯어먹고 살더라고, 어려서는 외가 것 먹고 성례 후엔 처가 것 먹고 늙으면 사돈댁 것 먹는다 안 하든가?"
>
> "성님도 짓덕이사 많이 타가지고 안 왔십니까?"

나니로 치부되는 김평산에게 무조건적인 복종을 하고 고된 자신의 삶을 참아내며 사람들의 동정에 자존심 상해 하는 것은 김평산이 양반의 핏줄이란 사실이기 때문"이라고 평가한다. 강국희, 「박경리 『토지』의 여성인물 연구」, 경희대학교 교육대학원 석사학위 논문, 2004, 58쪽.

　　"글세……. 친정 살림, 그거 다 허한 거라네."

　　"그래도 잘만 간수했이믄,"

　　(중략)

　　"이 사람아 그런 소리 말게. 그 양반이 상사람들걸이 농살 짓겠나?"

　　"엎어놓고 매로 때리믄 맞지 우짜겄십니까."

　　두만네의 어세는 신랄했고 함안댁은 얼굴에 노기를 띤다.

　　(중략)

　　"배우지 못해 일을 못하시나? 속 모르는 말 말게. 술이 과하고, 그렇
기로소니, 용이 못된 이무기가 물 속에서 광을 치더라고……. 때 못 만
난 한탄을 어쩔꼬?"

(2권, 114~115쪽)

　　이런 함안댁이기에 남편 김평산이 최치수의 살인자로 처형 받을 처
지에 놓이자 반가 부인으로서의 부끄러움을 견디지 못해 목을 매 자
살하고 만다. 아들들의 장래에 대한 걱정보다 양반가의 위상이 형편
없이 추락한 데 대한 괴로움이 그녀에게는 더 컸던 것이다. 두 아들 거
복과 한복이 이어가는 가족서사는 부모 세대와 전혀 다르게 분화하지
만, 어머니 함안댁의 봉건적 가족 이데올로기는 둘째 아들 한복에게
로 이어지면서 가족의 명예를 되찾는 방향으로 흘러간다. 가족의 확
대 개념인 마을 공동체에서 아버지와 형의 악행을 기워 갚고자 하는
한복의 노력은 봉건주의적 가족서사라는 측면보다 시대정신과의 관
계에서 논할 부분이 더 많으므로 여기서는 유보하기로 한다.

　　평사리 인물 중 상민으로서는 이용의 가족서사[33)가 당대의 봉건적
가치를 역설적으로 드러내 보인다. 이용은 무당의 딸 월선과 사랑하

---

33) 박혜원은 이용의 가정 유지가 "간도라는 개방된 공간에서 임이네와 월선을 함께
　　부양하는 왜곡된 형태로 나타난다"고 하면서 이를 "부모 선영 봉사라는 대잇기
　　모티프"의 재생산 기제로 본다. 박혜원, 앞의 글, 55쪽.

는 사이였지만, 조상 제사상에 무당 딸이 물 떠 놓는 일을 인정할 수 없다는 어머니의 의견을 쫓아 강청댁과 혼인을 한다. 개인 대 개인으로서의 결혼이 아니라 가문대 가문으로서의 결연 요소가 강한 봉건적 결혼관34)을 그는 거부하지 못한다. 또한 우연한 기회에 관계를 맺게 된 임이네가 그의 아들을 낳자 그녀에 대한 애정이 없으면서도 강청댁이 죽은 후부턴 아내 대접을 한다. 대를 이을 아들을 낳았다는 것만으로 임이네는 이용의 적실 못잖은 입장에 서게 되는 것이다. 이는 당대의 통념에 비추어 당연한 결과로 대부분의 마을 사람들에게도 인정된다. 그들이 내면화 시키고 있는 가족 이데올로기에 따르면 부모가 맺어준 짝 다음으로 부모 제사를 모실 수 있는 아들을 낳은 여인이 적실의 자리를 차지하는 건 당연하기 때문이다. 이용과 월선의 사연을 아는 이들은 탐욕스럽고 억척스러운 임이네가 하필 이용의 아들을 낳았을까 하는 아쉬움을 토로하는 데 그칠 뿐이다.

이용과 월선 두 사람 사이의 사랑과 신뢰는 봉건적 가족주의를 건드리지 않는 범위 안에 머물러 있어 오히려 기존의 가족 가치를 수호하는 쪽으로 작용한다. 그들은 혼사 장애의 첫 번째 이유였던 부모 세대가 죽었으므로 자유로운 애정 결연의 형태로 나갈 수 있었다. 가문 유지와 선영 봉사 등 유교적 가족 이념을 내세운 강청댁과 임이네의 투기와 훼방에도 흔들리지 않는 애정과 신뢰를 기반으로 합법적인 부부가 될 수도 있었다. 그러나 이용은 어머니가 구해준 적법한 배필이라는 이유로 강청댁의 위상을 깎아내리거나 내치지 않는다. 아들을 앞세운 임이네의 탐욕에 진저리 치면서도 아들의 어머니로서 그녀가

---

34) 결혼의 가장 근본적인 목적은 자녀 생산을 통한 가문의 승계, 유지에 있었다. 특히 어머니의 신분이 곧 자녀의 신분이 되는 종모법(從母法)은 남성들이 자기보다 낮은 신분의 여성과 결혼할 수 없도록 하는 관습적 장치로 작용하였다.

갖는 위치를 부정하지 않는다. 월선 역시 용에게 그런 요구를 하지 않으며 그런 소원조차도 품지 않는다.[35]

월선을 진정한 어머니 상으로 간직한 이용의 아들 홍 역시 그러한 가족 가치에서 크게 벗어나지 못한다. 신분의 차이를 뛰어넘어 양반가의 딸 보연과 혼사를 맺지만 그의 기본적인 의식과 태도는 봉건적 가치 안에 머물러 있다. 마음에 두었던 염장이가 자신의 가족을 위해 부잣집에 팔려가는 형태의 결혼을 하게 되어도 그녀를 잡지 못하며, 그악스러운 어머니 임이네를 증오하면서도 효의 가치를 내던지지 못한다. 어머니에 대한 내심의 증오를 죄책감으로 간직하여, 아내 보연이 여러 가지 흠결을 가졌지만 임이네를 끝까지 참아내 준 데 대한 보상으로 용납한다.

성실하면서도 가족의 안녕을 위한 일이라면 약삭빠른 짓도 마다하지 않는 농부 김이평의 가족서사 역시 봉건적 가족 이데올로기 안에서 설명될 수 있다. 그는 윤씨부인이 아끼던 종 간난할멈과의 척분으로 제위답을 물려받음으로써 최씨 가의 은혜를 입게 되는데, 정작 동학 잔당들이 조준구를 치죄하러 봉기할 때는 마을을 떠나 사돈네로 피신을 간다. 만일의 경우 삶의 터전을 잃게 될 모험을 하지 않는 것이다. 그에게는 최씨 가에 대한 의리보다 가족의 생존이 더욱 중요한데, 가부장으로서의 책임 의식이 강하기 때문이다. 목수 윤보에게 큰아들

---

35) 강국희는 월선에게서 소극적인 자아실현의 가능성을 본다. 월선과 귀녀는 똑같이 신분적인 열세를 가지고 있으나 그에 대한 수용의 차이에서 그들의 운명이 전혀 달라진다. 귀녀는 신분적 열등감 때문에 양반들을 미워하고 신분 상승을 위해 살인까지 저지르지만, 월선은 사랑의 좌절이라는 큰 아픔을 겪고도 자기 신분의 근원적 이유인 어미를 원망하지 않으며 ,오히려 헌신적이고 희생적인 삶을 살아간다. 남을 위한 그녀의 삶은 윤씨부인과 마찬가지 맥락에서 소극적인 자아실현의 가능성을 향해 열려있다는 것이다. 강국희, 앞의 글, 36쪽.

두만을 맡겨 시대의 흐름을 쫓게 하는 선진 의식도, 한 가정을 이끌어 가는 가부장의 판단력이 전체 가족의 생존에 막강한 영향력을 끼칠 수 있음을 보여준다. 그의 아들 두만이 서울에서 첩을 데리고 내려와 비빔밥 집을 차리고 본댁을 돌아보지 않을 때도 그는 며느리 막딸을 내치지 않는다. 아들의 마음은 이미 떠났으나 대를 이을 손자를 둘씩이나 낳고 시부모에게 최선을 다하는 며느리가 진정한 며느리라고 그는 생각한다. 돈과 선물로 남편 가족의 마음을 사려는 쪼깐네(서울네)는 이들의 견고한 가족주의 안으로 결코 파고들어가지 못한다.

아들 두만 역시 그러한 가족주의에서 크게 벗어나 있지 않다. 처음에 쪼깐네와 살림을 차릴 때는 자신의 감정에 충실한 근대적 개인의 모습을 보이지만, 부가 축적된 이후 기생집을 전전하면서 과거의 봉건적 가족 이데올로기로 서서히 회귀해 간다. 두 아들을 생산한 본댁 막딸을 가문 존속의 매개자로 보아 그녀에 대한 적개심을 누그러뜨리며, 그 이외의 여성은 욕정의 대상으로 치부하여 더 이상 그의 욕정을 자극하지 않는 쪼깐네를 몰아내려고까지 한다. 게다가 장사로 성공한 이후 그가 보이는 신분적 차별의식은 내면화된 봉건적 신분질서 의식이 실생활에서 표현된 경우라고 봐야 한다. 물론 이 역시 모순된 방향으로 분화되어 나타나는데 최씨 가를 상전으로 대하는 아버지 세대의 가치 체계를 부정하면서도 부의 축적에 의한 자신의 신분 상승을 인정받으려는 욕구가 그것이다. 그는 최서희 가문의 제왕적 권력을 애써 외면하면서도 자신의 영향력이 무시되는 것을 참지 못하며, 백정의 사위가 된 송관수를 하시하고 형평사 운동을 죄악시한다. 부의 축적에 따른 가족 가치의 혼동은 그가 구시대와 근대의 분기점에 서 있음을 상징적으로 보여주는 것이기도 하다.

지금까지 『토지』에 나타난 봉건주의적 가족서사를 몇몇 가족 중심으로 살펴보았다. 그러나 여기서 거론한 가족의 서사가 봉건적 가치 기반 위에서 정태적으로 구조화되어 있다고 볼 수 없는 요인은 사방에 널려있다. 인물들은 동적이며 자신들의 한계 속에서 끊임없이 변화, 발전을 모색하면서 다른 이들과의 관계를 통해 새로운 의미망을 형성해 간다. 봉건적 가족 이데올로기 안에서는 가계를 잇는 종축(縱軸)의 한 구성물로서 공동체적 가치와 관습의 실행자였던 개인36)이, 각자의 성격과 가치관을 가지고 갈등하며 선택하는 근대적 자의식이 커감에 따라 자신의 내부에서 기존의 가치와 충돌을 일으키는 모습을 여러 군데서 목격할 수 있다.

2) 근대적 가족서사

근대의 개념은 사람들의 관심 영역에 따라 수많은 분야에서 다양하게 규정되고 또 논의되어 왔다. 여기에서는 『토지』 가족서사에서의 근대성을 중심 과제로 하고 있으므로 앞에서 살펴 본 봉건적 가족서사에 대한 대립항을 상정하면서 논의를 이어가려고 한다. 봉건적 가치를 배제하며 봉건적 사회가 용인하던 인식의 틀에서 벗어나는 가족서사를 근대적 가족서사라는 측면에서 논의하겠다는 것이다.

이 과정은 가문의 일원으로서 대를 잇는 수단적 위치에 있으면서,

---

36) 조선의 유교에서 예(禮)의 가장 중요한 덕목은 봉제사접빈객(奉祭祀接賓客)으로서 조상의 제사를 받들고 찾아온 손님을 최대한의 예로써 대접하는 것이었다. 제사의 장엄한 법도와 손님을 대하는 예는 한 가문의 성쇠를 평가하는 가늠자 역할을 할 정도였다. 이러한 가풍이 진작된 집안에서 한 개인의 주체적 자각에 따른 개성의 발현은 오히려 가문의 명예를 실추시키는 역방향으로 인식되는 경우가 다반사였다. 효(孝)의 현세적 성취를 요구하는 입신양명(立身揚名) 또한 개인의 출중한 능력과 그 발현이 아니라, 그의 출세에 따른 가문의 발전에 초점이 맞추어져 있다.

태생적으로 주어진 신분제의 범주 안에서 자신의 정체성을 한정했던 봉건적 인물들에 반하여, 개성을 가진 자유주의적 가치 구현의 주체로 가족서사에 기여했던 인물들을 고찰하는 데 중점을 두게 된다. 가문간의 결속을 고려하지 않고 개인의 욕망과 감정에 충실하고자 하는 새로운 결혼관과 자유연애, 부계적 계보의 규범성 탈피, 성적·신분적 제약을 뛰어넘은 개인의 사회적 자아 확장 등이 여러 가족의 서사 안에서 구체화되고 있다. 이러한 측면에서의 가족서사는 개성과 주체적 자아 발견이라는 점에서 긍정적인 의미의 근대성을 구현해 보인다.

다음으로 살펴볼 것은 일제 주도의 자본주의화 진행에 따른 경제적 조건의 변화가 전통적인 농경사회를 해체하는 과정에서 파생되는 지주―소작인 관계 지형의 변화와, 도시화에 의한 가족 이산, 개인의 물질적 욕망에 잠식되는 가족 파탄의 문제이다. 봉건적 사회 구성에서 제일의 가치였던 의리 중심의 인간관계는 식민지적 상황에서 계약과 문서, 자본의 논리에 따르는 근대적 경제 질서를 기조로 재편되어간다. 여기서 파생되는 부정적 의미의 근대성은, 봉건적 이념 하에서 신분 질서와 가문 유지의 수단으로 기능했던 개인이 자본주의 논리 하에서 물질적 욕망을 위한 수단의 기능으로 변모한다는 것이다. 『토지』 가족서사에서도 이러한 정황은 여러 군데서 포착된다.

이러한 근대성의 양면을 염두에 두고 『토지』의 근대적 가족서사를 면밀히 살펴보도록 하겠다.37)

---

37) 최시한은 "가족주의의 세계관에 따라 개인이 주로 가족의 일원으로서 존재의미를 지니며 사회 또한 가족의 확장으로 인식됨으로써 가족이 세계의 중심이다가 점차 그 중심성이 쇠퇴"하여 "개인이 독자성을 얻고 사회 또한 가족과 분리되어 새로운 가치를 확보하여 개인, 가족, 사회의 삼자가 분열·대립하고 가족주의적 가치의 지배력이 현저히 감소"하는 것을 우리 문화에서의 '근대화'의 특징적 징표라고 본다. 그는 이런 변화가 소설의 표면에 두드러지기 시작한 것을 신소설부터라고 하

『토지』에서 조준구는 누구보다 먼저 근대의 가치를 받아들이고 실행하고 있다고 생각하는 인물로서, 양반의 체통의식이나 예의범절, 신분질서와 오랜 관습에 대한 집착 등을 비판한다. 개인을 옥죄는 구습의 타파나 생활의 편리를 도모하는 근대의 각종 발명품 및 자본의 축적에 대한 그의 관심이 서구 근대 자본가들의 실천적 노력과는 비교될 수 없지만, 당대 대부분의 봉건지배계급에 비해서는 앞선 근대의식이라 할 수 있다.[38] 그의 가족서사를 근대적인 측면에서 논하고자 하는 것은 이런 까닭에서다.[39] 인용문 몇 대목을 살펴보면 그가 추구하는 근대의식의 방향이 포착된다.

> "그렇게들 옹졸해가지고, 한심스럽지요. 세계가 어찌 돌아가고 있는가 판단하지는 못할지언정 사소한 단발령 하나 탓으로 한사코 대항하며, 그러지 않아도 어지러운 나라 일을 더 어려운 판국으로 몰아넣으려드는 이 땅에서 국정을 쇄신한다는 것은 아예 바랄 수도 없는 일 아니겠소?"
>
> "어디로 가든 서울만 가면 된다고 했는데 따지고 든다면 한이 있겠소? 실속 차릴 생각은 않고 왈가왈부하며 허송하는 동안 남들은 천리만리 밖에 가 있을 텐데 하찮은 의관만 가지고."

면서 전통적 가족중심주의와 가부장적 규범이 "개인의 인권에 바탕을 둔 자유연애 사상, 여권사상, 그리고 국가와 인류를 중시하는 애국사상, 박애사상 등에 의해 비판"된다고 하였다. 최시한, 「경향소설에서의 '가족'」, 앞의 책, 403~404쪽 참조.

38) 이상진은 조준구가 일제에 의한 자본주의화로 드러나기 시작한 부정적 가치의 맹아를 물질적 소비욕망을 통해 보여주는 것이라고 하면서, 그의 욕망의 조건이 양반계층으로서 힘과 재력을 갖지 못해 겪게 된 열등감이라고 보았다. 자신의 계층이 절대적으로 문제 삼았던 선비로서의 도리, 혹은 명분조차 그는 전혀 생각해보지 않은 이기적인 인간이라는 것이다. 이상진, 앞의 글, 40쪽 참조.

39) 양반 지배계급으로서의 비판적 지성이나 개화의 열매가 과연 누구를 위한 것이냐에 관한 냉철한 판단력 등에 대해서는 여기에서 유보하기로 한다.

　"태초부터 사람은 살기 편한 것을 좇게 마련이오. 그래 연장이라는
것도 생겨나고 모든 것이 발전해간다고 소생은 생각하오. 등잔불보담
이야 전등 켜는 편이 편리하지요."
　"왜구니 양이니들 하지만 실상 그네들이 우릴 보구 야만인이라 하고
있다는 것도 알아야 할 거외다. 옹졸한 양반네들 예의지국이라 아무리
뽐내봐야 그네들 눈에 미개한 나라의 기괴한 구경거리로밖엔 안 보이
니까요."

(1권 145~146쪽)

　조준구의 가족서사 역시 이런 그의 의식을 대변하는 것으로, 봉건
적 가족 이데올로기가 지향하는 충·효·열의 유교적 이념이나 체통
과 대의명분 등의 정신적 가치는 생존과 재물이라는 유물적 가치 안
에서 희석되고 만다. 생의 보전을 위해서라면 의관을 바꾸고 상투를
자르는 일이나 조상의 묘소를 파헤치는 일도 할 수 있으며, 이러한 행
위는 뜻한 바를 이루기 위해 수모를 겪는 용기와 인내심이기도 하다
는 게 그가 표방하는 근대성이다.[40]

　아들 병수에 대한 그의 관심 또한 부계적 계보의 규범성에서 멀리
떨어져 있다. 꼽추라는 태생적 약점이 아들에 대한 기피 현상으로 나
타났다고도 볼 수 있으나, 봉건적 가족 이데올로기에서 '아들'이 차지
해 온 위상에 대한 전복으로도 읽힌다. 가문의 유지와 계승이라는 봉
건적 가치를 아들을 통해 구현하는 데 별 의미를 두지 않으며 그 점은
아내 홍씨에게서도 동일하게 나타난다. 그녀에게 아들 병수는 최씨

---

40) 조준구의 신분의식은 전혀 근대적인 것이라 할 수 없다. 최참판 가의 재물을 차지
　하기 전에는 개명 양반으로서 마을 사람들과 흉허물 없는 친근한 관계를 유지하
　지만 지주의 위치에 오르자 권위의식은 한층 강화된다. 여종 삼월을 거침없이 능
　욕하고도 하수인으로 부리던 삼수와 혼인을 시키는가 하면, 빈한하던 시절의 자
　신을 무시했던 정한조와 같은 상민을 무고하여 처형당하게 한다.

제2장 『토지』 가족서사의 형태적 고찰　73

가의 재물을 합법적으로 탈취하게 해 줄 도구로서의 위상만이 전부이다. 병수를 최서희와 혼인시켜 최씨 가의 토지와 재산뿐 아니라, 서희의 할머니가 소유하고 있던 패물이며 값진 보석과 옷감들을 차지하려고 든다. 남편 조준구에 대한 그녀의 태도 또한 봉건적 가족 가치가 추구하는 부덕(婦德)과는 아무런 관련이 없다. 조준구가 자기의 탐욕을 채워줄 수 있는 동안은 가부장으로서 그의 위상을 건드리지 않지만, 광산 투자 건 등으로 실패하고 빈털터리가 되자 그를 더 이상 남편으로 받아들이지 않는다.

이에 비해 아들 병수는 개인의 각성이라는 근대적 차원의 자아 발견을 통해 부모 세대와는 전혀 다른 방향의 삶을 추구한다. 태생적인 장애와 부모의 박대가 그를 사색하는 인간형으로 성장하게 했고, 서희에 대한 순수한 연정이 자기 모멸감으로 변환되는 과정에서 그는 고독한 자아의 실존적 각성에 이르게 되었다. 이는 가출과 여러 번의 자살 시도를 통해 더욱 성숙한 의식으로 자란다. 조준구 가족 서사에서 가장 긍정적인 위치를 점하는 병수는 그런 과정을 통해 자신을 가두고 있는 모든 굴레에서 벗어나 인간의 정신적 성숙이 다다를 수 있는 정점을 향해 성장해 간다. 그가 나전칠기의 명장으로 근동에 알려지게 되는 것도 그러한 자기 단련의 결과였다. 모든 것을 잃고 자신의 말년을 의탁하러 온 아버지 조준구를 받아들이는 그의 태도는 봉건적 가족 가치인 효에서 비롯되지 않는다. 죽을 운명을 지닌 인간에 대한 연민, 악덕과 탐욕으로 얼룩진 한 개인의 처참한 생애에 대한 안타까움에서다.

이들의 가족서사는 구심점 없이 파편화되어 가는 근대적 가족서사의 한 전형을 보여준다. 가족 구성원들은 함께 공유하는 공동의 가치를 지니고 있지 않으며, 부자간이나 부부간 가족 관계에 대한 봉건적 위상 정립이 전혀 되어있지 않다. 부모세대의 관심은 가족 혹은 가문이라는 공동체적 가치 구현에 있지 않고 개인의 물질적 욕망 성취에만 머물러 있어, 그들의 유대감은 최씨 가의 재물 탈취를 위해서만 발휘된다. 때문에 목적을 달성한 이후 그들에게는 서로에 대한 증오와 멸시만 남아 가족 이산의 길로 접어들게 된다. 부모 세대의 가치관을 수용할 수 없어 가출하는 아들 병수 또한 가족 이산의 한 축을 담당한다.

그러나 무엇보다 근대적인 가치를 온 몸으로 보여준 것은 최씨가 가족서사의 일부를 형성하는 별당아씨와 김환의 경우일 것이다. 그들은 외적으로 양반가 며느리와 하인의 신분이었으며, 내적으로는 형수와 시동생이라는 근친의 관계였다. 봉건적 가족 이데올로기 안에서 그들의 애정과 도피 행각은 어디서도 그 정당성의 근거를 찾을 수 없다. 혼인의 신성성은 개인 대 개인의 욕망이 아니라 가문 대 가문의 결합이라는 공동체적 결속의 차원에서 파생되었고, 그러한 혼인을 통해 생산된 아들이야말로 가문 유지 존속의 적임자로서 탄생의 실질적 의미를 부여받을 수 있기 때문이다. '사랑'이라는 개인적 감정에 대한 근대적인 개념이 새롭게 세워지지 않고서는 금기의 위반, 규칙에 대한 도전[41]으로서의 그들의 관계는 그 무엇으로도 용납될 수 없는 것이었다.

그들은 또한 전대의 봉건적 가치가 요구하였던 열(烈)의 개념조차

---

41) 채희윤은 『토지』에 나타나는 간통의 양상들이 "안정되고 규정화된 삶과 그 삶이 영위되는 세계를 뒤집어 보려는 작가의 위악성으로 말미암은 의도된 전략의 공간"이라고 본다. 특히 김환과 별당아씨의 사랑을 "간통을 넘어서 가장 격정적이고 치열한 애정관계의 전형적 본보기"라고 하면서 이들의 도피 장면이 "매우 상징적이고 환상적인 삽화로, 오만하고 비정한 남편 최치수의 추격과 잔인한 보복심에 비교되어 수묵담채화로" 그려지고 있음에 주목한다. 앞의 책, 272~282쪽 참조.

뒤집어 버린다. 전통적으로 여인의 열은 혼인으로 맺어진 배필과 그 가문에 대한 지조와 절개로서의 그것이었다.[42] 그러나 별당아씨는 모성애조차도 배제하고서 한 이성에 대한 사랑이라는 개인적 감정에 대한 열을 보여준다. 남편과 남편 가문에 대한 배신이나, 양반가 부녀로서 하인과 함께 정분이 나서 도망쳤다는 등의 외적 평가는 그녀에게 자책감이나 두려움으로 작용하지 않았던 것 같다. 작품 서사에 그녀가 전면적으로 등장하지는 않지만 김환의 회상에서 언뜻언뜻 드러나는 모습은 김환에 대한 뜨겁고도 안타까운 사랑이다. 죽음을 앞둔 그녀가 그에게 들려주는 말은 자신을 죽음의 상황으로 끌고 온 그에 대한 원망도, 딸을 버리고 온 데 대한 자책이나 보고 싶다는 등의 모성애적 표현도 아니다. 진달래꽃을 따서 "화전을 만들어 당신께 드리고 싶어요(3권, 316~317쪽)"라는, 사랑하는 이를 남겨두고 떠나야 하는 순수한 한 여인으로서의 간절한 애정고백이 전부이다.

이 부분에서 우리는 공동체적 가족 가치보다 개인의 자유와 욕망에 접근해 가는 근대의식이 전근대와의 분기점에서 어떤 자리에 놓여 있는지를 확인하게 된다. 김환이 만주 벌판에서 울부짖는 말을 자세히 살펴보면 이러한 의식은 더욱 확연하게 드러난다.

"어머니! 어머니! 당신은 두 아들을 섬긴 한 며느리를 용서하셨습니다. 왜 그러셨습니까! 내게 진 빚 때문에 그러셨습니까! 아니면 그 강간자를 사랑했기 때문에 그러셨습니까! 대답해주십시오! 양반의 법도를

---

42) 남편이 죽은 후 따라죽는 부인은 열부(烈婦), 15세에 과부가 되어 50이 넘도록 수절한 부인은 절부(節婦), 약혼자가 죽은 이후 그를 위해 수절하는 부인은 정부(正婦)라 칭하며, 이들은 시부모에게 극진히 효도한 효부(孝婦)와 함께 표창과 포상을 받는 조선조의 이상적인 여성상이었다. 김혜숙, 「조선시대 권력과 성-'禮治' 개념 중심으로」, 『한국여성철학』, 한울아카데미, 1995, 106쪽 참조.

저주했노라고 말씀해주십시오! 어머님! 당신보다 며느님이 진실했다고
말씀해주십시오!"

(6권, 329쪽)

최서희 가의 전체 가족서사를 놓고 볼 때 이들 가족의 서사가 봉건
이데올로기에 머무르지 않고 입체성을 확보하는 것은 김환과 별당아
씨의 근대적 애정관이 개입하고 있기 때문일 것이다.

김환을 도와 동학의 실천적 성격에 독립운동을 접목하는 송관수 가
의 가족서사에서 우리는 근대적 개인의 형성과정을 보게 된다. 농민
이었던 송관수는 백정의 딸과 결혼함으로써 당대의 신분 질서를 파괴
하였으나, 그의 아들 송영광은 자기 안으로 몰입하여 강한 나르시시
즘과 에고이즘으로 숨어들어간다. 이들 부자는 서로 다른 두 유형의
근대적 개인상을 보여주는데 아버지 송관수가 신분질서 파괴를 통해
대(對) 사회적인 자아 확장으로 나아갔다면, 아들 송영광은 신분의식
을 극복하지 못하고 내부로 침잠하다가 예술이라는 돌파구를 통해 개
인적 자아 성취로 나아간다.

1세대 송관수가 백정 딸과 혼인하게 된 것은 의도적인 신분질서 파
괴가 아닌 시대 상황의 산물이었다. 동학교도에 대한 대대적인 색출
과 처형이 벌어지던 시대에 명을 보전하기 위해 숨어든 백정 마을에
서 그는 어쩔 수 없이 백정의 딸을 아내로 맞게 되었던 것이다. 그러나
그 혼인은 그에게 당대의 신분질서가 인간성의 억압과 착취로, 전체
사회상의 왜곡으로 이어진다는 것을 깨닫게 했다. 사람이 곧 하늘이
라는 인내천 사상을 기조로 하는 동학의 이념이 이미 그에게는 내면
화되어 있기도 했지만, 백정 딸과의 결혼은 실생활에서 동시대인들과
맞닥뜨려야 하는 신분의 벽을 확인하는 계기가 되었던 것이다. 백정

의 인간회복과 자녀 교육권을 위한 형평사 운동에의 적극적인 가담은 그러한 실천적 인식 변화의 산물이다.

그러나 아들 영광에게 백정이라는 신분은 태생적으로 그를 위축시키는 요인이 된다. 신분질서의 오래된 습관은 "법률적인 보장이나 제재보다 훨씬 끈질기고 직접적(8권, 206쪽)"[43]이어서 그는 고향인 하동 근처 진주의 학교에 가지 못하고 멀리 부산으로 진학한다. 그러나 거기서 사귀게 된 여자 강혜숙의 어머니가 길길이 날뛰는 바람에 그나마도 다닐 수 없게 되어 그의 신분이 드러나지 않을 일본으로 도망치듯 유학길에 오르게 된다. 어디서도 자신의 정체성을 확보할 수 없는 영광의 방황은 이때부터 시작되고, 자신의 음악적 재능은 유일한 도피처가 된다. 봉순의 딸 양현과의 사랑에서도 그는 뒷걸음질 치기만 한다. 정직하게 그의 감정을 향해 나아가려고 하면 할수록 자신의 불안한 신분과 장래가, 그것들이 드리우는 불운의 그림자가 자꾸만 그를 잡아당긴다. "사랑한다! 널 잃고 싶지 않아!"와 "나는 나쁜 놈이다! 나쁜 놈이다!(14권, 370쪽)"하는 분열된 자의식이 그를 지배한다.

오직 양현을 쟁취하려는 일념 때문에 그는 자기 자신 정열의 불덩어리가 되어 있다는 것도 알지 못했다. 그러나 결국 그는 그렇게 하지 못했다. 욕망과 희생의 싸움이었다. 사람 속으로 뛰어들어 자기도 한 몫을 하겠다는 충동과 세상을 바라보며 국외자로서 흐르는 대로 흘러가겠다

---

43) "오랫동안 신분적 억압을 받아온 평민들이 백정에 대한 가혹한 차별의식을 지니고 있었다는 사실은 신분이라는 것이 제도로서가 아니라, 또 지배층만의 이데올로기로서가 아니라 그 시대를 살았던 모든 이들의 의식과 행동을 규제하는 문화의 한 형태였음을 말해주는 것이다." 박명규, 「『토지』와 한국 근대사: 사회사적 이해」, 『한 · 생명 · 대자대비』, 솔, 1995, 139쪽.

는 에고이즘과의 싸움이었다. 집념과 포기의 싸움이었다. (중략) 영광
은 양현을 사랑했으며 이 세상에 나와서 가장 강렬한 집념이었다.

(14권, 372쪽)

영광은 결국 에고이즘 속으로 숨는 길을 택한다. 사회적 자아 확장
으로 역사의 한 장을 담당하게 되는 아버지 관수와는 전혀 다르게 개
별적 자아의 소극성에 자신을 가둬버리는 것이다. 다만 색소폰 연주
자로서의 개성을 확실히 보여줌으로써 근대적 자아의 새로운 면모를
확보했다고 볼 수 있겠다.

『토지』에서 임명희를 중심으로 한 조용하 가족의 서사는 다소 독특
한 위치를 점한다. 일제로부터 남작의 지위를 받은 조병모 가는 봉건
양반의 잔존세력이면서 일제 식민 자본주의의 첨병 노릇을 하는 근대
적 자본가 집안이기도 하다. 이렇듯 이중적인 위치는 조병모의 큰아
들이면서 임명희의 남편인 조용하의 성격에서 극단적으로 드러난다.
여성에 대한 그의 근본 개념은 소유와 완상적 가치에 있다. 여자를 통
해 집안의 대를 이어야 한다거나, 결혼이 가문 대 가문의 결속인 만큼
여자에게 신분적 하자가 없어야 한다는 따위 봉건적 가족 이데올로기
는 그에게 별 영향을 미치지 못한다. 다만 자식을 생산하지 못한 전처
와의 이혼 빌미로서 봉건적 가족 가치는 그럴 듯한 명분으로 작용한
다. 그렇다고 개인의 감정을 중시하여 결혼을 진정한 사랑의 결합으
로 보는 근대적 애정관을 갖고 있는 것도 아니다. 그는 단지 임명희의
미모를 소유하고자 했으며, 그녀의 미모가 동생 찬하에게 자극이 된
다는 점에서 그녀를 더욱 욕망한다. 즉 타인의 욕망을 자신의 욕망으
로 대체하는 것이다.

임명희의 결혼관 역시 이중적이다. 기울어가는 친정의 가세를 위해

청혼을 받아들이는 것은 가족을 위해 자신의 감정과 가치관을 희생시키는 봉건적 가족 이데올로기의 표현이고, 숱한 방황과 고뇌의 여정을 통해 이혼에 이르는 결단은 가문이라는 봉건적 가족 가치에 자신을 가두지 않으려는 근대성의 발현이다.

이렇듯 가족 가치에서 양 극단을 동시에 표출하는 조용하와 임명희 부부와는 달리 형수에 대한 순수한 연정과 연민의 정을 품은 조찬하의 입장은 훨씬 더 솔직하며 근대적이다. 형수에 대한 자신의 감정을 부인하지 않으며, 그렇다고 그녀에게 책임을 전가시키지도 않는다. 악의적으로 드러나는 형의 견제를 무력화하고자 일본인 아내를 서둘러 맞이하지만, 아내를 자신의 감정에 대한 도피처나 가족의 추문을 위장하기 위한 방패막이로 삼지도 않는다. 더구나 그는 유인실과 오가다 지로 사이에 태어난 아들 쇼지를 자기 아들로 받아들여 키우면서 그들의 아픈 사랑을 포용하는 인간적으로 성숙한 면모를 보이기도 한다.

이들의 가족서사가 봉건적 가족 이데올로기와 근대적 가족 가치 충돌 양상의 한 전형을 보여 주면서도, 그 충돌을 통해 근대적인 가족 서사로 나아가고 있는 것은 찬하의 이러한 자기 성찰과 인간에 대한 연민에서 비롯된다. 가족이나 가문을 떠난 개인의 욕망이 존재하고 그 욕망의 표현은 자신 안에 내면화된 가치 실현의 한 방식이 되는 게 분명하지만, 그것이 형의 이기적인 본능이나 형수의 자아 포기와 같은 차원에서가 아니라 찬하의 솔직한 자기 응시로 귀결하기 때문이다.

강선혜와 권오송 부부의 경우 역시 근대적 가족서사의 범주에서 논할 수 있다. 상민(常民) 중에서도 가장 서열이 낮았던 상인(商人) 계급 출신의 강선혜는 아버지의 부에 힘입어 일본 유학까지 다녀온 이른바 신여성이다. 근대적 교육의 수혜자인 그녀는 남녀평등주의자로서 자기 의견에 솔직하고 감정을 치장하지 않는다. 자유분방하고 자기 생각을 여과 없이 드러내 무책임한 성격의 일단을 드러내면서, 남자 앞에서 고분고분한 게 미덕인 당대의 풍속마저 완전히 무시한다. 이런 그녀를 후배 임명희는 "단순했던 머리는 더욱 단순하게, 적당히 천기 어렸던 모습은 더욱 천덕스럽게, 어리광기는 어리광대로, 무식함은 바닥을 드러내었고, 짙은 화장 밑에 붕괴되어가는 생활의 소리가 들리는 듯(8권, 444쪽)"하다고 평가할 정도다.

그렇지만 강선혜는 자신의 출신 성분이나 이혼 경력에 개의치 않으며, 사내들의 출세지상주의와 재물에 대한 이중적 잣대를 통렬히 비판한다.44) 문학 권력을 향한 사내들의 욕망을 조롱하고, 순수한 척 위장하는 그들에 대한 보복 심리로 잡지를 내보려는 생각까지 하게 되는 것이다. 그러다가 자신의 경험 부족과 항간의 비난여론을 의식하고는 자금난에 허덕이는 잡지 『청조』의 발행인 권오송에게 접근하게 된다. 그녀가 잡지를 내려던 애초의 목적은 남성들의 이중성을 까발리려는 도전의식 이외에 "무료하고 남아나는 시간을 주체할 수 없었기 때문(8권, 459쪽)"이지만 그게 빌미가 되어 둘은 결혼에까지 이르게 된다.

물론 두 사람의 결혼은 이성에 대한 호기심이나 사랑을 전제로 했다기보다 잡지사를 살리려는 권오송의 야심과 잡지 일에 관여하여 자신을 비난했던 뭇 인사들에게 보복하리라는 강선혜의 빗나간 욕망이 야합한 결과다. 그러나 시작은 그렇게 되었다 하더라도 그들이 꾸려가는 부부생활은, 그들이 애초에 가지고 있던 잡지에 대한 열정과 문

---

44) "식민지의 여성은 식민지 내에 팽배한 가부장적 질서와 제국주의적 억압논리 어디에도 안착할 속이 없었던 것이다." 서영인, 「근대적 가족제도와 일제말기 여성담론」, 『현대소설연구』, 한국현대소설학회, 2007, 143쪽.

학에 대한 순수한 태도로 바뀐다. 일제 말기 친일 동료 문인들의 모함으로 권오송이 감옥에 갇히게 되었을 때 보여주는 강선혜의 의식은 진보적 근대의식과 일맥상통하는 지점까지 나아가 있다.

> "우리 권선생을 친일파로 찍어서 사회로부터 매장하려던 그놈들이, 하 참! 어느새 왜놈들 품안으로 기어들더니만 이건 또 백팔십도야. 백팔십도로 변하여 권선생을 저항분자로 몰아서 옥에다 집어넣고, 어째서 그래야만 했지? (중략) 어설펐던 시절 내가 문재(文才)도 없는 주제에 좀 설쳤기로서니, 설친 것 이상으로 충분하게 날 압박하고 조롱하고 능멸하지 않았느냐 말이다. (중략) 아 글쎄 부르주아를 비난하면서 뱃사공의 전신은 왜 비웃는 거지? 그건 모순이야. 고귀한 신분을 원했다면 부르주아를 비난할 자격 없어. 마포강 강서방의 딸이 어째 동경 유학을 했느냐, 그럼 동경 유학은 명문 거족의 딸들만의 특권이다 그거야? 그간 놈들이 무슨 놈의 사회주의자야. 뼛속 깊이 사리사욕밖에 없으면서, 나도 사회주의는 아니지만."

(16권, 371~372쪽)

자유분방하고 무책임한 언설과 행동으로 문화계 인사들의 기피 대상이 되었던 강선혜가 권오송과 결합함으로써 의식의 확장을 이룬 것이다. 문면에 드러나지는 않지만 이는 권오송이라는 지성의 영향 때문일 것이다. 그가 단지 잡지 회생만을 목적으로 강선혜를 이용했더라면 이런 진보는 가져올 수 없으리라 여겨진다. 이들 부부의 가족서사가 근대적 가치 위에 세워져 있으며, 여기에서 거론될 수 있는 정당성 또한 앞의 인용문은 충분히 확보하고 있다.

지금껏 살펴보았듯이 근대적 개인의 발견은 공동체와의 관계 설정에 새로운 지평을 제공한다. 기존의 가치체계 안에서 이루어진 인물의 성격과 사회구조와 사회 구성원들의 행동 양식은 근대적 개인이라는 가치체계를 수용하면서, 그들의 가족서사를 새로운 방향으로 몰아 간다. 이러한 과정에서 개인과 개인, 개인과 가족 공동체 사이의 갈등 이 첨예하게 드러나기도 하고 이를 해소하여 발전적인 관계로 나아가 게도 된다. 그러면서 각 개인과 가족 공동체는 서로 영향을 주고받는 상호교섭의 관계로 발전하며, 근대적 가치의 긍정적 실현을 향해 나 아가게 된다.

3. 중심인물에 따른 서사 형태

전통적으로 우리나라에서 가족의 중심은 아버지였고, 아버지에 의 해 가족의 운명이 좌우되는 가부장제를 기반으로 사회 체제가 편성되 었다. 만약의 경우 아버지의 부재 상태가 초래되더라도 아버지의 직 계 존비속이나 형제, 가문 혹은 마을의 남성 어른들에 의해 가족은 도 움과 보살핌을 받았다. 씨족별로 한 마을을 이루고 살 수 있는 안정적 농경사회로서, 가문과 마을 중심으로 확대된 가부장제의 실질적 영향 력이 발휘될 수 있었기 때문이다.

그러나 일제 강점기를 거치면서 우리의 자급자족적 농경 사회는 화 폐 경제를 기반으로 하는 자본주의적 산업사회로 바뀌었고, 가부장의 권위를 중심으로 혈연 공동체를 이루었던 가족 관계는 합리주의, 개 인주의, 평등주의 등의 영향을 받아 다양한 형태로 분화되어 갔다.[45] 특히 국권 상실에 따른 공식적이고 제도적인 영역의 축소와 붕괴, 식 민 자본의 횡포에 의한 생존의 위협 등 시대상황은 전통적인 가족관 계 지형을 송두리째 뒤흔들었다.

---

45) 임희섭, 『사회변동과 가치관』, 정음사, 1988, 40쪽 참조.

이 시기의 남성상46)은 대개 세 부류로 나뉘는데, 현실 도피적인 무기력하고 나약한 유형과 적극적으로 현실을 타개하려는 독립운동가 유형, 사회적인 의무에 대한 고민이나 방황 없이 오로지 가족의 안전을 위해서만 총력을 기울이는 유형이 그것이다. 『토지』의 남성들도 대개는 이 세 부류 중 하나에 속하기 마련이다. 어떤 경우에도 가족을 지키려 하는 세 번째 유형과 달리 앞의 두 유형의 남성상에 공통되는 점은 '부재'라는 점이다. 자기 안의 유폐나 방황의 형태로 묘사되는 무기력하고 나약한 유형은 생활의 장에 자신의 자리를 마련하지 않음으로써 '있어도 없는 존재'이기 쉽고, 독립운동가 유형은 자신의 신념과 대의명분을 위해 실질적으로 가족을 떠나 있기 때문이다.

이 시기 남성이 부재하는 가족의 삶은 그 뿌리가 흔들려서는 안 된다는 위기의식으로 하여 어떤 경우라도 더욱 가부장적인 명분에 매달리게 된다.47) 이러한 가족의 서사는 실질적으로 어머니 중심적 성격을 띠면서도, 상징으로서의 아버지는 훼손되지 않으며 가족 구심점의 역할 또한 박탈되지 않는다.

물론 동학란에 연루되거나 기타의 이유로 사망함으로써 서사의 시작부터 아버지 부재 상태로 출발하는 봉순네, 막딸네, 복동네, 월선네 등처럼 생계와 가족 유지가 전적으로 어머니에게 달려 있어, 가족서사에서 가부장적 아버지의 위상이 애초에 배제된 경우도 있다.

---

46) 조혜정은 "『토지』 등 근대사를 다룬 소설들을 보면 주로 남성들은 두 부류로 나뉘어 묘사되고 있음이 흥미롭다"고 하면서 "무기력하고 나약한 남성상과 항일운동에 투신하는 모습이 그것"이라고 한다. 이는 당대의 남성상을 가족을 떠나 있는 부재의 경우에서만 찾고 있는 데서 비롯한 것으로 보인다. 조혜정, 앞의 책, 102쪽.

47) "남성 부재의 시기를 통해 남자는 더욱 존귀한 존재로 부상되었으며, 남성이라는 사실 자체만으로서 직접적인 우월감이 확보되는 부계 혈통 중심의 남성 우월주의는 전혀 약화되지 않은 것으로 보인다." 조혜정, 위의 책, 103쪽.

　따라서 『토지』의 가족서사를 부계 가족서사와 모계 가족서사로 나누어 고찰하려는 여기에서는 가족 가치에 대한 이념적, 의식적 차원의 중심이 어디에 있는가보다 가족의 생존과 안전에 관련하여 실질적인 책임자 역할을 누가 감당하는가를 분류의 기준점으로 삼고자 한다. 가부장으로서의 최우선 가치를 가족의 안전과 생존에 두고 있는 세 번째 유형의 남성이 중심인 경우는 부계 가족서사로, 부재 상태인 남성을 대신하여 가족을 책임지는 어머니 중심의 경우는 모계 가족서사로 나누어 살펴보겠다는 것이다. 이를 통해 전통적인 가부장제 하에서의 남성 위상이 시대의 변화에 따라 어떻게 분화하고, 가족구조를 어떻게 재편하며 각 가족 구성원에게 어떤 영향을 미치는지 논의하도록 하겠다.

1) 부계 가족서사

　우리나라에서 가족서사의 중심은 전통적으로 남성이었다. 이는 부계 중심의 가족구조에서 기인하는 것으로 『토지』의 가족서사에서도 기본항은 부계적 연속성에 있다. 대표적인 모계 가족서사로 분류되는 최서희 가의 가족서사가 최종적으로는 최씨 가의 가문유지와 전승이라는 가부장적 봉건 이데올로기에 종속되는 것도 이러한 상황을 반영한다. 즉 가족서사라 하면 일반적으로 부계 가족서사를 지칭하는 말로, 『토지』의 시대적 배경과 같은 역사의 혼란기가 아니라면 굳이 가족서사의 중심에 누가 있느냐를 따져 논의할 필요가 없었을지 모른다.[48]

---

48) 『토지』를 여성 가족사 소설로 규정한 오세은은 대부분의 가족사 소설에서 타자적 위치를 점해온 여성이 자기 운명의 주체로 등장하면서 '딸' 혹은 '며느리' 질서

그런 만큼 『토지』의 수많은 가족서사에서 부계 가족서사는 보편적 현상이다. 작품 전체 서사 맥락에 관여하는 조준구 가를 제외하더라도 김훈장, 이동진, 김평산, 이용, 김이평, 김영팔, 정한조, 강봉기, 송관수, 김강쇠 가 등 남성 계보를 규범으로 삼는 부계 가족서사는 전편에 널려 있다. 특히 월선네, 봉순네 등의 평사리 인물들을 제외하면 모화와 영산댁 가족, 간도의 옥이네 이외에 모계 가족서사로 분류될 만한 가족은 많지 않다.

부계적 규범성을 준수하고 있다 하여 반드시 부계 가족서사라 볼 수 없는 요인을 앞 절에서 밝힌바 있는데, 여기에서는 가장인 아버지가 대 사회적 지향에 앞서 가족의 안전과 생존에 최우선의 가치를 두고 있는 경우를 부계 가족서사로 보고 논의를 진행하겠다.

첫 번째로 들 수 있는 경우는 김이평의 가족서사이다. 이평은 목수 윤보를 중심으로 한 동학의 잔당들이 친일파 조준구를 처단하고 독립자금을 확보하려는 움직임이 감지되자 그런 소용돌이로부터 가족을 지키기로 결심한다. 탐관오리들의 가렴주구로부터 농민의 생존권을 지키려던 동학농민운동의 실패를 알고 있는 그는 윤보 일당의 거사가 성공리에 끝나지 않으리란 걸 예감했다.

　　　술판 앞에 자리를 잡고 앉은 두만아비는 일그러진 웃음을 띠며 윤서방 말에 참견했다. 사람들은 그를 따돌리기는 하나 그의 사람됨을 못 믿는 것은 아니었다. (중략) 무슨 일이 일어날 것이라는 예감은 어릴 때부터 윤보를 아는 만큼 다른 사람들보다 강했다. 만일 어떤 사태에 직면한

를 성립시키고 대물림의 과정을 통해 궁극적으로는 '어머니' 질서를 확장시킨 것으로 본다. 몰락한 아버지의 집에서 딸 중심의 가계사를 형성시키는 주제 단위로 여성 가계의 성립과 확장이라는 연대기적 역사를 재현하고 있기 때문이라는 것이다. 오세은, 앞의 글, 39쪽.

다면 자기 처신이 참으로 어려워지리라는 것을 아는 때문에 마을 공기
에 예민해지는 것은 어쩔 수 없고 주막에 나타나는 것도 술을 마시기 위
해서는 아니었다.

(3권, 378쪽)

　　장서방을 찾은 두만아비는 무슨 얘기를 하는지 한참을 수군거리는
것이었다. 연신 고개를 끄덕이던 장서방은
　"걱정 말고 그렇기 하소. 하모, 집안이 편해야지."
　이틀 후 나룻배를 타는 두만아비와 영만이를 본 뒤 마을 사람들을 사
흘 동안이나 그들의 모습을 마을에서 보지 못하였다. 심상한 일은 아니
었다. 왜냐하면 그들 부자가 집을 비우는 일이라곤 마을 사람들 기억에
는 일찍이 없었다.

(3권, 381~382쪽)

　그는 부러 술판을 찾아 윤보를 떠보고 심상찮은 조짐을 확인한 다음
아들과 함께 사돈네로 피신을 떠난다. 그의 이러한 가족 이기주의적
발상은 인용문에서 보듯 마을 사람들에게 따돌림 당하는 요인이 되면
서 동시에 못 믿을 사람은 아니라는 이중적 평가를 얻는다. 집안이 편
해야 한다는 사돈네의 말이 집약해 보이는, 가족의 안녕에 대한 가장
의 책임의식을 마을 사람들은 일단 인정하고 있다. 마을 공동체를 배
반했다는 점에서는 그를 공동체의 일원으로 인정할 수 없다는 분위기
이면서도, 파렴치한 행동일망정 그것이 가족을 지키려는 노력이라는
점에서 긍정적으로 평가하는 것이다. 그리고 그의 예감은 맞아떨어졌
다. 조준구는 살아났으며 거사에 가담했던 인물들은 일경의 추적을 피
해 마을을 떠나야 했다. 아무 일도 모른다는 듯 며칠 후 마을로 돌아온
이평은 조준구의 추달이나 경찰의 눈에서 자유로울 수 있었다. 가장을
잃고 생활의 터전에서 쫓겨나야 하는 많은 다른 가족들에게 이평의 결

제2장 『토지』 가족서사의 형태적 고찰　87

단은 부러움과 질시의 대상이 된다. 가족을 데리고 대처로 나가기 위해 하필 그 무렵 마을에 들어왔던 정한조가 거사에 가담하지 않았음에도 비운의 죽음을 당한 것과는 엄청난 대조를 이룬다.

이런 아비의 뜻을 이어받은 아들 두만 역시 그들 부자에 대한 마을 사람들의 시시비비에 개의하지 않는다. 다른 데 눈 팔지 않고 오로지 부의 축적에 모든 힘을 기울인다. 그는 자신과 가족의 안전이 재물에서 비롯된다고 믿으며, 재물을 모으고 지키기 위해서는 비루하거나 불의한 방법도 마다하지 않는다. 그리고 이런 그의 성정은 기성, 기동 형제에게도 고스란히 전달된다. 두만의 축첩이나 기성 형제의 어머니 배척과 같은, 가족 가치에 대한 기본적인 관심과 의식이 이평에 비해서는 훨씬 더 자기중심적이고 타락하는 양상을 보임으로써 부정적인 형태의 근대성으로 나아가지만, 그들 가족만의 번영과 안전에 집착하는 이기적 가족서사는 대를 이어 거듭된다.

김이평과는 조금 다른 형태로 가족 가치에 몰두하는 이는 강봉기이다. 그는 최씨 가의 재물이 조준구에게로 넘어가면서 약삭빠른 삼수가 김서방을 대신하여 마름 일을 보게 되자 소출이 많은 땅을 소작지로 얻기 위해 과년한 딸 두리를 미끼로 삼는다. 그러나 그는 종이라는 삼수의 신분적 열세까지 포용할 의사는 없다. 딸과 혼사를 시킬 듯 말 듯 감질나게 하여 좋은 전답을 얻어 부치는 이외에 소작료를 최소한으로 물 심산인 것이다. 흉년이 들어 마을 사람들이 다 굶어 죽어도 그는 자기 가족에게 쌀밥을 먹일 수 있으면 그만이라고 생각한다. 봉기의 이런 이기심은 마을 아낙들의 대화를 통해 이렇게 평가된다.

봉기의 집은 바로 언덕 밑이어서 환하게 내려다 보인다.
"마당에 멍석을 깔아놓고 앉아서 허연 쌀밥을 묵고 있더란다. 그래서

기(봉기)야! 니 하늘이 안 무섭나! 이 오뉴월에 허연 쌀밥을 묵다니 한
께, 언제는 세상이 고르더나? 음지가 있이믄 양지가 있는 벱이라 하더
란다. 저 모가지 뿌러져 죽을 놈이."

(3권, 127쪽)

그러나 그의 빗나간 가족 이기주의는 삼수의 보복으로 돌아온다.
딸 두리가 그에게 강간당하는 것이다. 처음 그 사실을 알고 삼수를 죽
이겠다고 으르렁거리던 그는 아내 두리네의 발악에 정신을 가다듬는
다. 그런 일이 없었던 듯 깨끗하게 묻어두기로 마음먹는다. 아내에게
내뱉는 그의 말을 분석해 보면 그가 지키려는 가족의 가치가 어디서
비롯되는지 확인할 수 있다.

"임자가 그놈을 찢어죽이지도 못할 기고 망신은 우리만 당할 긴께.
이런 일일수록 남이 알아서는 안되는 거고 분한 생각보다 와 내 자석 앞
길을 먼저 안 생각는고? 당자밖에 모르는 일을 에미가 들어 동네방네
외고 댕기겄다 그 말이가?"
 (중략)
"내 말 단단히 맹심하라고. 옷부터 갈아입히고 차근차근 전후 사정을
물어보고. 저 방 아아들 깨믄 안 될 기니 자식 하나 살릴라커거든 입 딱
다물고."
 중풍 든 늙은이처럼 봉기는 팔을 떨며 방문을 열고 나간다. 마루에서
또 말했다.
 "임자, 아아 옆을 떠나지 마소."

(3권, 243쪽)

호의호식까지는 아니더라도 가족을 굶기지 않으려는 가장으로서
의 책임의식은 딸을 미끼로 좋은 소작 조건을 얻어내려는 쪽으로 빗

나가지만, 정작 딸에게 변고가 생기자 그는 다른 이들의 평판으로부터 딸을 지키기 위해 냉정을 되찾는다. 물론 거기에는 피해자이면서도 피해를 발설할 수 없는 봉건적 성차별 인식이 깔려 있는 것이지만, 오늘날에도 그런 관습적 인식이 사라지지 않고 있는 것을 보면, 봉기가 봉건적 가족 이데올로기의 신봉자여서 그렇다고 말할 수는 없을 것 같다. 그렇게 된 경위를 따져 딸의 행실을 나무라거나 가족을 추문으로부터 구하기 위해 희생하라고 강요하는, 봉건적 가족 가치의 실천자적 모습은 어디서도 찾아볼 수 없다. 오히려 그는 딸이 행여 자살이라도 하게 될까봐 아내에게 딸의 곁을 떠나지 말라고 당부하기까지 한다. 어떤 경우나 어떤 상황에서라도 가족의 생명과 안전을 확보하려는 지극한 부성이 돋보이는 대목이다.

서술자는 이런 봉기가 딸이 난행 당한 현장에서 울부짖는 모습을 "곰같이 미련하고 뱀같이 간교하고 돼지같이 욕심꾸러기인 사내가 울음을 터뜨린다(3권, 243쪽)"고 묘사하고 있다. 마을 공동체 차원에서는 오로지 자기 가족밖에 모르는 이기심으로 미움 받는 봉기지만 자식을 위해서는 뜨거운 눈물을 흘리는 가장이다. 그렇기에 복동네에 대한 이상한 소문을 퍼뜨려 그녀를 죽음에 이르게 하여, 마을 사람들에게 돌팔매질을 당하는 마당에서 아들 도식의 비호를 받게 되기도 한다.

우직하면서 부지런하여 가족들의 삶을 조금이라도 풍족하게 만드는 데 앞뒤 보지 않는 마서방(마당쇠) 역시 여기에서 논할 만하다. 그는 동네 사람들이 팔푼이라고 생각할 정도로 융통성이 없으면서도 자기네 농사를 위한 일이라면 도둑질도 마다하지 않는다. 곡식에 대한 탐욕이 큰 그는 남의 집 거름을 훔쳐내는 일을 예사로 하면서, 소작료를 계산할 때는 자기의 수확량을 벼 한 섬 정도 반드시 감하여 따로 쌓아놓는다. 그의 지론은 자손만대까지 최참판 네에게서 빌어먹을 수 없고, 약간의 곡식을 빼돌리는 일 쯤 최씨 가 고방 속에 사는 생쥐 양식 정도의 수준 밖에 되지 않는다는 것이다. 중간 마름인 장서방에게 "사램이 생쥐보다 못하다 그 말이요?(2권, 380쪽)"하고 대드는 품은 당당하기까지 하다. 워낙 부지런하여 논밭에서 수확하는 곡식의 양으로는 마을 사람 누구도 따를 수 없으며, 그 때문에 그가 소출량을 조작한다 해도 소작료는 충분히 내고 있는 셈이다. 다른 작인들에 비해 그의 살림이 제법 풍족한 이유도 거기에 있다. 거름 도둑질이나 소출 조작 등으로 소작지를 빼앗길 위험에 처하면 그는 몇날 며칠이고 논둑에 서서 아무도 얼씬 못하게 논을 지키기까지 한다. 마름들에게는 눈엣가시 같은 존재이지만 거대한 체격에 힘센 장사인 그의 우직함은 자신의 소작지를 지키는 강력한 방편이 된다.

그의 유일한 약점은 아내에 대한 순박한 애정으로, 살인이 날 지경의 주먹다짐이 벌어져도 제 아낙이 달래면 "금시 양순한 짐승이 되어 부스스 돌아(2권, 383쪽)"선다는 것이다. 다른 사람들과의 관계에서는 말이 통하지 않고 고집스러우며 욕심으로 가득 차 보이는 인물이지만, 아내를 비롯한 그의 가족들에게는 따뜻하고 마음 넓은 가장이었음을 엿볼 수 있다. 그의 관심이 더 많은 곡식의 소출에 집중되어 있는 것도 그것이 아내를 비롯한 가족의 생존과 직결되는 문제이기 때문이다.

이들 가족의 서사가 『토지』 전체 가족서사에서 차지하는 비중은 사실 미미하다.[49] 그러나 가족을 위한 가장의 이기적일 정도의 책임감

---

49) 김진석은 이러한 가족서사 내의 인물들을 "단단한 의미로 채워진 행위의 주체라기보다는, 오히려 거꾸로 불투명한 말들과 생각이 지나가는 궤적이며 지나간 흔적 또는 그처럼 잘 드러나지 않는 이면"이라고 본다. 김진석, 앞의 글, 256쪽.

이 돋보이며, 그 이기성이 소작인의 자존심과 직결된다는 점에서 당대 소작인 계급의 한 전형이 될 수 있다. 조준구가 평사리의 새로운 주인이 되었을 때 마을 소작인들이 보이는 암투와 분열은 상전에 대한 충성과 아첨 경쟁이 작인들 사이에 일반화된 현상이었음을 보여주거니와, 마서방처럼 오로지 일과 소출로만 승부하는 경우는 우직한 소작인의 전범이 된다.

강포수의 가족서사 역시 여기에서 논할 수 있다. 앞의 세 가족이 보여주는 이기적 가족주의와는 다소 거리가 있지만 강포수가 보여주는 아들에 대한 아버지로서의 희생은 부계적 가족서사의 한 전형을 보여준다. 그는 사랑하는 여인 귀녀가 남기고 간 아들 두메를 위해 고향도, 지리산도 버리고 간도로 이주한다. 종의 신분을 벗어나 양반가 마님으로 행세하고 싶다는 엉뚱한 소망 때문에 스스로를 파국으로 몰아넣은 귀녀의 실상이 아들에게 알려지지 않도록 그는 자신의 과거를 깡그리 지워버리려 한다. 두메의 교육을 위해 용정 거리에 나타나서도 그는 행여 자신의 이력이 밝혀질까 두려워한다. 그는 아들 두메가 자신 때문에 살인 죄인 귀녀의 아들로 밝혀지게 될까봐 노심초사하며, 아들을 위해 자신의 죽음까지를 각오하고 있다.

아들 두메의 어미가 누구인가를, 두메의 출생지가 어디인가를, 그것은 엄숙한 비밀이다. 두메의 전도를 위해서, 두메는 살인 죄인의 아들일 수 없는 것이다. 강포수는 자신이 생존해 있음으로 하여 두메 생모에 대한 비밀 누설의 가능성이 있는 것을 염두에 두고 있다. 자신의 이력이 추적당하는 것은 즉 두메 생모의 정체가 밝혀지는 결과가 된다. 세상에 두메를 보고 이 아이가 옥중에서 났거니 알아차릴 사람은 없지만 그 핏덩이를 안고 자취를 감춘 강포수를 알아볼 사람은 많을 것이 아니겠는가. 강포수는 자기 자신이 살인 죄인으로 쫓기는 처지가 되었다 하더라도 이렇게 필사적인 도피는 못했으리란 생각을 할 때가 있다.

(6권, 18쪽)

귀녀에 대한 강포수의 순정한 사랑은 두메에게로 이어져 자기 자신의 생존보다 아들의 전도에 대한 걱정으로 가득 차 있다. 자기 욕망을 향해 거침없이 내달려 살인의 길로까지 접어들었던 귀녀를 그는 결코 미워하거나 원망하지 않았으며, 그녀에 대한 순수한 사랑으로 두메에게 헌신한다. 비록 혼인을 통해 얻은 자식은 아니지만, 그는 그동안 모은 전 재산을 두메의 교육을 위해 송장환에게 맡기고 오발을 가장한 자결로 생을 마감한다. 자신이 살아있음으로써 과거의 오욕이 드러나 두메가 살인 죄인의 아들이라는 멍에를 쓰게 될까봐, 자신을 포함한 두메의 과거를 깡그리 지워 없애려는 부정의 발로였던 것이다.

훗날 공산주의 혁명가로 성장한 두메가 아내 옥이와 두 딸을 만나는 장면에서 가족들을 보호하기 위해 극도로 조심하며 자신의 신분 노출을 철저히 차단하는 모습은, 전혀 다른 상황이지만 아버지 강포수의 속 깊은 배려를 떠올리게 한다. 그는 잠깐이라도 아이들의 얼굴을 보고 가라는 아내 옥이에게 "나는 당신하고 아이들을 생각할 때 온몸에 두드러기가 솟은 것처럼 견딜 수가 없었"다고 하면서 "아무 일도 할 수 없을 것만 같은 생각(12권, 252쪽)"이 든다고 하소연한다. 자기를 포함하여 모든 가족이 죽을 수밖에 없는 상황에 처할지 모른다는 두려움은 어떻게든 가족을 지키려는 가장으로서의 책임감을 더욱 강고하게 만든다. 이러한 그의 결의는 아내 옥이에게도 아이들을 지키고 살아가야 할, 앞날에 대한 의지를 굳히게 하는 힘으로 작용한다.

지금까지 가장인 아버지가 대 사회적 지향[50)]에 앞서 가족의 안전과

---

50) 봉건사회에서 아버지의 역할은 무엇보다 자녀들의 사회화 기능에서 두드러지게

생존에 최우선의 가치를 둔 경우를 중심으로 하여 몇 가족의 서사를 살펴보았다. 여기서 거론된 부계 가족서사의 중심인물인 가장들은 애국심, 대의명분, 사회변혁을 향한 열정 등 당대의 많은 남성들이 투신했던 사회적 가치에는 별로 관심이 없다. 그들은 자신의 개별적 욕망을 가족의 그것으로 환원하면서까지 가족의 안정된 생활에 집착하며, 가족을 지키기 위해서라면 이기적이고 파렴치한 행동까지도 불사한다. 그런 행동에 대한 세인의 평가를 두려워하지 않으며, 자신의 정당성을 추호도 의심하지 않기에 오히려 당당하게 맞선다. 강포수처럼 자신의 목숨을 내놓을 각오까지 하는 경우도 있다. 이들에게 봉건적 가족 이데올로기나 사회 상황에 대한 인식 등은 가족의 안녕과 생존에 상관이 있는 한도 내에서만 유효하게 작동한다.

2) 모계 가족서사

전통적으로 이상적인 어머니 상은 가부장제 질서를 존중하고 그러한 체계를 강화시키는 쪽으로 자녀 교육에 임하며, 어떤 상황에서도 묵묵히 일하고 인내하는 것이었다. 조선조 여성들의 사회적 삶의 조건은 '칠거지악'이라는 처벌 조항으로 나타나듯 여성으로서의 목표는 시집에서 쫓겨나지 않고 견디는 것이었다. 다만 가난한 집에 시집 와 자신의 노력으로 살림을 이루었든가 오랜 시집살이 기간 동안 시부모 봉양을 극진히 하였거나 아들을 낳았다면, 처벌 조항에 해당되는 일을 했을지라도 쫓겨나지 않을 수 있었다.[51]

그러나 이런 모든 규제는 성적, 신분적, 세대적 차별이 확실하게 유

───────────────────────

나타났다. 이는 아버지의 가치관과 판단력, 교육적 관점 등이 자녀의 향후 삶의 방향에 막대한 영향을 끼치기 때문이다. 채희윤, 앞의 글, 16쪽 참조.
51) 조혜정, 앞의 책, 85~86쪽 참조.

지되던 안정적인 사회에서 응분의 보상52)과 함께 이루어졌던 것으로, 전통적인 신분질서가 해체되고 가족 구성원의 위상이 무너지던 일제 강점기에 이르러서는 현저히 약화되었다. 더구나 국권 상실과 식민지로의 전락이라는 초유의 혼란 사태를 당하여 사회구조의 핵심을 이루던 당대의 지식인 남성들은 자아의 분열적 상황에 놓이면서, 상대적으로 모계 중심적 가족 구조가 형성된다. 지켜야 할 것을 지키지 못했다는 자책감과 무력감, 빼앗긴 것을 되찾아야 한다는 당위 사이에서 현실 도피적이고 나약한 모습으로 전락하거나, 적극적으로 현실을 타개하려는 운동가의 모습으로 변모한 남성들을 대신하여 여성들이 가족을 책임지게 된 것이다.

상민 남성들이 가족의 부계적 질서를 수호하지 못하는 경우는 양반 계급과는 약간 다른 경로를 거친다. 아내 최서희를 따라 고향으로 돌아오지 않은 김길상처럼 신분의식을 벗어나지 못해 스스로 부재 상태를 초래하거나, 칠성이나 정한조처럼 공권력에 의해 처형되는 경우가 있고, 봉순네나 월선네, 막딸네처럼 남편이 이미 사망하여 서사의 처음부터 아예 부재로 시작하는 경우다.

어떤 형태이든 가부장권의 핵심인 남성들의 부재는 여성들에게 남겨진 가족의 생존을 책임져야 하는 대리 가장의 역할을 받아들이지 않을 수 없게 했다. 이러한 모계 가족서사는 앞 절의 부계 가족서사와 달리, 가족의 생존 이외에도 부재 상태인 가부장권에 대한 이념적 고

---

52) "조선 사회가 도덕적 인간상을 제시하고 그 상에 맞추어 살려고 하는 자에게 최대의 보상을 주는 덕치주의 사회였던 만큼 부덕과 정절관을 지킨 여성에게는 응분의 보상이 주어졌다. 남성이 '충신'이 되듯, 여성은 '열녀'로서 사회의 인정을 받을 수 있었으며, 적어도 공식 문헌에는 음양 철학에 토대를 둔 부부 일체 의식이 나타난다. 그리고 죽어서는 남녀가 동등하게 조상으로서의 극진한 예우를 받았다." 조혜정, 위의 책, 86쪽.

려가 뒤따르는 복잡한 형태의 서사로 진행된다.

그 첫 번째 예가 간도에서 고향으로 돌아온 이후의 최서희 가 가족서사이다. 그녀는 자신이 목표로 세웠던 가문의 회복을 위해 하인 출신 김길상을 남편으로 맞아들였으나, 정작 그녀의 목표가 실현되는 때에 남편은 곁을 지키지 않았다. 법적으로 이미 신분질서는 와해되었다고 하나 사회 구성원들이 내면화하고 있는 신분의식을 외면할 수 없는 데서 그의 부재는 비롯된다. 물론 여기에는 복합적인 요인이 작용하고 있다. 동학 이념의 실천가이자 독립운동가인 김환의 영향을 받아 길상은 이미 독립운동에 깊이 관여하고 있었기 때문이다. 길상의 부재 선택은 아들들에게 신분적 열세를 안겨주지 않고 아내에게도 그런 부담을 지우지 않으려는 가장으로서의 책임의식과 함께 암울한 시대 상황을 타개하려는 적극적 의식의 발로이기도 했다. 처음에는 남편의 의도를 정확히 간파하지 못했던 서희가 아들 환국의 폭행사건 이후 길상이 가족과 함께 돌아오지 않은 이유를 확연하게 깨닫는다.

"그 말 때문에 때린 거는 아니고요, 니 아부지는 종이라 했더니."
"그랬었구나. 말한 대로 들려주어 고마워."
서희의 음성은 잠긴 물처럼 조용했다.
"순철아."
"야."
"그랬다면 환국이 잘못한 것은 없구나. 네 잘못이야. 왜냐하면 환국이 아버님은 종이 아니었거든. 그리고 나라 위해 몸 바친 분이었단다."
(중략)
거리는 어두웠다. 아주 어두웠다. 강가까지 온 서희는,
'여보, 당신이 그곳에 남은 뜻을 이제 확실히 알겠소. 하지만 장하지

않아요, 우리 아들 환국이가?'

찬바람 속에 서서 서희는 오랫동안 흐느껴 울었다.

(8권, 175~176쪽)

아들을 통해 가장의 부재가 결코 부재가 아님을 깨닫게 된 서희는 새삼 길상이 자신을 비롯한 가족들의 심리적 의지처가 되어 있음을 확인하게 된다. 상전인 서희와 혼인함으로써 처음부터 봉건적 의미의 가장으로서의 권위와 위세는 가져 볼 수 없었던 길상이지만 그의 부재는 오히려 그를 확실하고도 굳건한 가장의 지위에 올려놓은 것이다. 이런 측면에서 볼 때 용정 이후 최서희 가의 가족서사는 모계 가족서사로 굳어지면서도 상징적 의미의 아버지 위상은 오히려 확대되고 있다고 보아야 한다.

물론 실제 가족의 안정적 질서 유지는 어머니 최서희의 권위와 경제적·사회적 능력에서 비롯되고 있다. 평사리 지주 가문 최참판 댁의 혈육이라는 태생적 우위 이외에도 최서희의 탁월한 경제 운용 능력과 시국에 대한 판단력은 이들 가족의 위상을 아무도 부인할 수 없게 만든다. 또한 그녀의 영향력은 가족뿐 아니라 평사리 마을 사람들과 하인들, 김길상과 관련된 독립운동가 계열 인물들, 거기다 근동의 일본 지배계층에 대해서까지 발휘되는데 이는 최서희의 치밀함과 포용력이 아니고선 불가능하다. 처음부터 가부장의 영향력이 배제되어 있으면서도 이들 가족이 확보하고 있는 힘과 권위는 거의 전적으로 최서희에게서 비롯되는 것이다.

따라서 『토지』 가족서사 전체를 통해 가장 대표적인 모계 가족서사를 들라면 바로 최서희 가를 꼽게 된다. 가족 통합의 중심이 어머니에게 있으며 가계 운영과 가문의 계승 유지 의무 및 가독권(家督權)까지,

전통적으로 가부장이 지녔던 모든 권리와 의무를 어머니 최서희가 위임받고 있다. 명실상부한 모권의 확립이다. 더구나 이는 남편에게서가 아니라 친정 가문에서 위임받은 것으로, 시대적 상황에 비추어 볼 때 최서희 개인의 적극적인 선택이 선행되지 않았다면 불가능한 경우이다. 남편의 부재를 초래하는 상황도 남편 자신의 의지적인 결단이었다기보다 아내 최서희의 집념 때문일 수 있다. 『토지』의 다른 어느 가족에게서도 이 정도의 적극적이고 주체적인 모계 가족서사를 발견할 수 없다.

이에 비해 이동진 가의 가족서사는 당대 양반계급에서의 가장 일반적인 모계 가족서사 형태를 대표한다. 1세대 이동진과 2세대 이상현은 당대 남성상의 한 전형으로 각각 구현되며, 그들의 아내 염씨와 박씨 역시 그러한 시대에 가족을 지켰던 모가장의 두 유형을 보여준다.

이동진은 국권 상실의 시대를 당하여 적극적으로 현실을 타개하려는 양반 지식인 계급을 대표하는 인물이다. 그가 독립운동을 위해 집을 떠나자 그의 아내 염씨는 아들들을 돌보며 반가 부인으로서의 모든 열성을 다한다. 그녀에게는 남편이 국가를 위한 대사에 나섰다는 자부심이 있으며 그 자부심은 가장이 없는 집안을 이끌어 가야하는 무거운 책임의식을 상쇄한다. 남편의 부재를 대신할 아들의 존재 역시 그녀에게는 든든한 힘이다. 그러기에 큰아들 상현이 서희네를 따라 간도로 떠난다고 했을 때 그녀는 가문의 후사를 염려하는 말로 아들의 출행을 가로막는다. 남편의 떠남은 국사를 위한 대의로 받아들여 묵묵히 가정을 지켰지만, 후사 없이 아들이 떠나버린다면 가문이 무너질지 모른다는 두려움이 그녀에게 있기 때문이다. 그리고 그렇게 되는 것은 대의를 위해 집을 떠나 있는 남편에게 아내로서의 도리를 다하지 못하는 결과가 된다. 가장이 부재하는 집안의 실제 당주이면

서도 그녀는 남편의 위치를 대신한 아들이 가족 통합의 핵심이 되어
줄 것을 요구하는 것이다.

> "국사를 위해 아버님은 기왕에 가셨거니와 상열이(상현의 동생)는
> 너도 알다시피 남의 집에 갈 사람, 아직 태기도 없는 새아기가 아니냐?
> 만의 일이라고 무슨 변이 생긴다면 이 가문은 절손이다."
>
> (중략)
>
> "너의 생각이 옳지 못하다는 얘기는 아니다. 내 무식한 일개 아낙으
> 로서 세상이 어찌 돌아가는지 잘은 모르겠다만 나라 잃은 백성으로서
> 편안하게 앉아 있으라는 말도 아니다. 허나 이미 아버님이 가셨고 이 집
> 안에는 너 하나 남았을 뿐인데, 그리고 너는 아직 나이 이십 미만이 아
> 니냐?"
>
> (3권, 426~427쪽)

그런데 상현은 가족을 떠남으로써 남편 부재의 상황에서 부계적 계
보의 규범성을 확고히 이어가려는 어머니의 비원을 배반한다. 더구나
그는 시대 상황에 대한 적극적 타결 의지로 나선 아버지 이동진과 달
리, 고향을 떠나자 무기력하고 나약한 지식인의 모습을 드러낸다. 확
실히 정립되지 않은 국가관과 냉소적 시국관은 그를 방황하는 반가의
후손으로 떠돌게 하고, 서희에 대한 이룰 수 없는 연정과 도덕관의 혼
란은 폭음과 여성 편력 등으로 얼룩지게 한다. 또한 그의 나약함은 어
머니가 바라는 가족 질서에 대한 거부도 순종도 아닌 양상으로 나타
난다. 어머니의 간곡함을 이기지 못해 한두 번 고향집에 다니러 와서
아내 박씨에게 아들 둘을 낳게 해놓고도 가장으로서의 책임은 전혀
지려들지 않는다.

이들 부자의 차이는 그의 아내들이 꾸려가는 가족서사에서도 확연

한 차이로 부각된다. 부재인 가장의 상징적 권위에 대해 누구보다 긍지가 높았으며 가부장적 가족 질서 확립을 지상 과제로 삼았던 시어머니 염씨와 달리, 며느리 박씨는 남편의 부재가 주는 후광을 얻지 못하면서도 혼외 자식까지 거두어야 했다. 잔광이 남은 양반가의 명예와 권위는 염씨에게 가족의 생계 문제를 책임지게 하지 않았으나, 박씨는 삯바느질까지 해야 하는 등 모 가장으로서의 책임의식에 짓눌리게 된다. 이동진 가의 두 여성 인물들이 이끌어가는 가족서사가 당대 모계 가족서사의 전형성을 각각 확보하는 것은 이러한 차이에서 기인한다.53)

상민들의 모계 가족서사는 양반가의 그것과는 전혀 다른 상황에 놓인다. 가장이 있다 하더라도 상민의 처지는 낮은 신분과 식민지 백성이라는 이중의 질곡으로 어려운 입장에 놓이게 마련인데, 더구나 가장이 부재하는 경우의 모권은 핍박과 모욕, 생존의 위협에까지 이른다.

남편 칠성이 살인 죄인으로 몰려 처형당하고 나서 이용의 아들 홍을 낳기 전까지 임이네가 처한 상황은 그러한 당대적 정황을 가장 현실적으로 보여준다. 임이네는 남편 칠성이 귀녀와 김평산의 야심의 제물이 되어 살인죄를 뒤집어쓰고 처형당한 다음 마을에서 쫓기듯 떠났다. 그러나 재산도 신분적 우세도 없이 아이 셋을 거느린 여인의 삶은 그야말로 하루하루가 투쟁이다. 굶어죽을 처지가 되자 하는 수 없

---

53) 김진사댁 두 청상의 경우는 이들과 또 다르다. 가문의 대가 끊긴 마당에 남편을 따라 죽지 못하고 아들을 따라 죽지 못한 삶은 이들에게 심한 수치감으로 남고 스스로 고립을 초래하게 한다. 담을 넘는 남자들의 행태를 막기 위해 그들의 보호자를 자처하는 김훈장은 진사댁 며느리가 마목병에 걸렸다는 허튼 소문을 퍼뜨리기도 한다. 반가의 청상들에게는 행복을 누릴 권리나 생존의 이유가 허락되지 않았으며 오로지 수절만이 의무로 부과되어, 소설 내부에서 독자적인 가족서사를 꾸려갈 동력조차도 부여받지 못한다.

이 아는 이들에게 걸식이라도 하려고 고향 평사리 마을로 돌아왔던 그녀는 최참판댁 윤씨부인의 눈에 띄어 오히려 막막했던 생계를 다시 유지하게 된다. 그러나 거렁뱅이 형상으로 나타난 임이네를 동정의 눈길로 바라보던 마을 아낙들의 시선은 순식간에 얼어붙고 만다.

> 그는 살인자의 계집이요, 끼니를 위해 백정한테 치마를 걷은 계집이요, 땅뙈기 한뼘 없는 거지가 아닌가. 그렇다면 살인자의 계집답게, 백정한테 치마를 걷은 천한 계집답게, 한뼘의 땅이 없이 남에게 구걸하는 거지답게 행색도 그러해야 하거니와 처신도 물론 그러해야 한다.
>
> (2권, 317쪽)

임이네의 건강한 미모와 살인자 여편네로서의 조신하지 못한 몸가짐, 최씨 가의 보살핌에 대한 질투 등에서 비롯되는 감정이겠으나 그보다 더 직접적인 원인은 증오감이다. 재산도 신분도 보잘 것 없는 과부 주제에 가장의 비호 아래 살아가는, 우월한 처지의 자신들과 동등해지려는 것을 그들은 용납할 수 없다. 동일한 상민 신분으로 같은 여성이면서도 그들은, 임이네가 가장이 있던 시절의 살림살이를 회복한다는 걸 도저히 받아들일 수 없다. 아무리 폭력적이고 무능했다 하더라도 가장이 처형을 당해 죽고 없는 만큼 임이네는 자신들보다 훨씬 가엾은 처지로 떨어져야 한다. 그것이 올바른 세상사 이치라고 그들은 믿는 것이다.

이용의 아내 강청댁이 남편과의 정사를 빌미 삼아 그녀를 죽이겠다고 덤볐을 때, 마을 아낙들이 떼로 몰려가 그녀에게 몰매를 가하는 것도 같은 맥락으로 이해할 수 있다. 과부의 존재 자체가 그들에게는 불안하고 불길하다. 언제라도 자기 남편이 과부 임이네의 유혹에 말려들 수 있으며 누구든 강청댁과 같은 입장에 처할 수 있다는 공감대가 은연중 그들 사이의 유대감을 조성한다. 그들이 임이네에게 "동네 망해묵을 년! 이년을 안 쫓아내믄 또 흉년 들 기다!(2권, 322쪽)"라고 하면서 자기들 힘겨운 삶의 희생제물로까지 삼으려 하는 것도 그런 차원에서 해석된다. 당대 상민 여성이 이끌어가는 모계 가족서사의 여정이 얼마나 고단한 것인지를 엿볼 수 있는 대목이다.[54]

그런 어머니를 지키기 위해 이용을 찾아 애소하는 임이에게서는 가족의 생존을 지켜줄 대리 부에 대한 강한 욕구를 읽을 수 있다. 용에게 쉽게 '아부지'라 부르는 임이의 의식 저변에는 아무리 끈질긴 생명력을 가진 어머니라도 그의 힘만으로는 가족의 안전을 지킬 수 없다는 불안감이 깔려 있는 것이다.

막딸네의 경우 역시 임이네의 처지와 크게 다르지 않다. 외간 남자를 끌어들일 만큼의 미모를 가지지 못했고 윤씨 부인의 관심 밖 인물이라는 점에서 차이가 있을 뿐이다. 그 때문에 그녀는 마을 아낙들과 무리 없이 어울려 지내는데, 울타리를 지킬 가장이 없는 까닭에 머리가 굵어진 마을 아이들에게는 만만한 상대이기도 하다. 특히 하층 양반가의 몰락한 후손 김평산에게 그녀가 당하는 폭력은 당대 상민 과부의 입장이 어떤 것인지를 웅변한다. 손버릇 나쁜 평산의 큰아들 거복은 막딸네의 먹거리를 소소히 훔쳐내는데, 이를 참지 못한 그녀가 평산의 아내 함안댁에게 진정을 한 것이 빌미가 되었다. 중인 출신이면서도 양반가의 며느리가 되었다는 자부심으로 자식 교육에도 남다른 열성을 보이는 함안댁이 아들 거복의 잘못을 매로 다스리려 한 것이 평산의 눈을 거슬렀던 것이다. 인용문에 나타나는 평산의 의식을

---

54) "조선조 여성에게 남성부재는 생존 이유 박탈과 동의어였던 것이다. 홀로 사는 여성에 대한 사회의 무시와 편견은 일제하에도 마찬가지였다." 이상진, 앞의 글, 72쪽.

따라가 보면 반상의 구별과, 가장 없는 여인에 대한 모욕과 핍박의 정도를 가늠해 볼 수 있다.

> '사지를 찢어 죽일 년!'
> 자식과 마누라를 거쳐서 온 모욕이었기에—콩밭에서 콩을 훔치고 안 훔친 그것은 문제 밖이다—권위의식은 한층 도도해졌던 것이다. 무슨 짓을 했든지 면대하여 따졌다면 그 버르장머리를 고쳐주어야 한다고 생각했던 것이다. 양반과 상놈 사이에 시비는 성립될 수 없다. 응징이 있을 뿐이다.
> 그는 막딸네 집 마당 안으로 쑤욱 들어섰다. 남자 없는 집안, 도둑의 손이 탈까 근심되었던지 막딸네는 닭장을 손보고 있었다. (중략) 평산이 달아나려는 막딸네한테 발길질을 했다. 땅바닥에 쓰러진 막딸네 코에서 연방 피가 쏟아진다. 동네 사람들이 모여들었다. (중략) 야무네는 피를 닦아내며 혀를 끌끌 찼다. 막딸이는 울어쌌는다.
> "세상에 상사람은 성도 없는가. 법은 양반님만 위해서 있는 긴가. 아무리 상사람이라 하지만 남자가 남으 여자를 쳐?"
>
> (1권, 350~352쪽)

반상의 구별이 엄격하던 시절, 피해자이면서도 피해를 발설했다는 이유 하나로 그보다 더한 피해를 당해야 하는 것이 상민의 처지였지만, 막딸네의 경우는 더구나 과부 처지인 탓으로 직접적인 폭력의 희생자가 되어야 했다. 거기에 장성한 아들이 없다는 것은 치명적인 약점이 된다. 김평산과 같은 불합리한 폭력을 당장 응징해 주진 못하더라도 언젠가는 복수해 줄 것이라는 기대를 갖게 하는 배경이 전혀 없다는 점에서 그렇다. 탐욕스런 임이네가 몰래 호박을 훔쳐내고 마을 아이들이 막딸네의 울안을 수시로 엿보는 것도 그런 까닭이다. 이렇듯 전망 없는 막딸네의 암울한 상황은 동네방네 쏘다니며 사람들을

붙들고 수다를 떨며 불평불만을 늘어놓는 것으로밖엔 다른 해소 방법
을 찾을 수 없다.

이런 어머니의 고달픈 삶을 알고 있기에 그녀의 딸 막딸은 남편 김
두만에게 갖은 모욕과 핍박을 받으면서도 결코 시집을 떠나려 하지
않는다. 포악하고 못된 남편이지만 그에게 내쳐진다는 것은 어머니
막딸네와 같은 전망 불가의 나락으로 떨어진다는 것을 알기 때문이
다. 남편의 축첩과 폭행, 이혼 협박 속에서도 끈질기게 참아 넘겨 남편
가족으로부터 배제되지 않으려는 막딸의 노력은 눈물겹다.

서금돌의 며느리 복동네(안산댁) 역시 청상으로 수절하면서 시부모
를 극진히 봉양하고 양자를 들여 가문의 대를 잇기까지 최선의 노력
을 다하지만, 갑자기 동네 사람들에게 퍼진 흉악한 소문 때문에 양잿
물을 먹고 자살한다. 딸 두리와 삼수의 관계가 혹 마을 사람들에게 소
문날까 두려워 봉기가 이상한 소문을 퍼뜨린 탓인데, 공들여 키운 입
양 자식 복동은 그녀의 버팀목이 되어주지 못한다. 오히려 그녀를 난
처한 입장으로 은근히 몰아붙인다. 남편을 낳아준 친 시어머니가 아
니라는 이유로 그녀에게 오만불손한 며느리와 아들 복동이 한통속이
되어버린 탓이다. 기막힌 사정을 알아주는 동네의 다른 과부들에 의
해 그녀의 누명은 벗겨지지만 그러기 위해서 그녀는 자신의 생명을
내놓아야 했다. 남성 가장이 없는 상민 집안의 여성이 처할 수밖에 없
었던 비참한 상황의 가장 극단적인 예일 것이다. 그녀의 장례를 치루
고 나누는 두 과부 야무네와 천일네의 대화는 가장이라는 울타리 없
이 살아가는 과부들의 수모와 억울함을 극명하게 보여준다.

    "남의 일 겉지가 않소. 임자가 있었다믄 갬히 누가 그런 말을 했겠소.
무엇을 바라고 무엇을 위해서 그리 애발스럽기 살라고 나부대었는고.

참말이제 남의 일 겉지 않소. 으흐흣흣……. 혼자 사는 것도 뼈가 저리
게 설운데, 이놈의 세상, 머릿기름 한분 바릴라 캐도 남의 눈치 보고, 옷
한분 갈아입을라 캐도 남의 눈치 보고, 아무렇게나 하고 다니믄 또오,
남정네들 보믄 마주칠까 길을 돌아가고, 이것저것 귀찮아서 남을 기(忌)
하고 살믄 신들렸다 카고, 말도 많고, 어이구 과부 팔자, 직일 놈 살릴
놈 해도 가장 겉은 그늘이 또 어디 있겠소."

　"와 아니라. 벽을 지고 있어도 그러이 악처보다 효자가 못하다는 말
이 안 있나. 여자의 경우도 마찬가진 기라."

(8권, 305쪽)

경제적인 능력이나 신분적인 권위가 뒷받침되지 않는 모권55)은 아
들이라는 차세대 부권에 대한 강한 기대와 열망을 품는다. 정한조의
아내 석이네가 이끌어가는 가족서사는 그러한 어머니를 중심으로 전
개된다. 그녀는 윤보를 비롯한 동학 잔당들의 의거에 참여하지 않고
서도 조준구와의 악연 때문에 총살당한 남편의 한을 아들을 통해 풀
고자 한다. 가족의 생계를 위해 빨래품을 파느라 언 시냇가에 앉아 방
망이로 얼음을 깨면서 그녀는 빌고 또 빈다. "명천에 하나님네. 우리
석이 수명장수 비나이다. 비명횡사 아비 몫까지 살게 하소서. 재앙은
물 아래로 가고(5권, 155쪽)," 이렇게 기도하는 그녀의 심중에는 석이
가 가족의 유일한 희망이며 버팀목이라는 의식으로 가득하다. 아들이
상실된 부권을 회복할 수만 있다면 어떤 고난과 핍박도 견디어 낼 수
있다.

---

55) "모권은 흔히 여성 가장으로서 자신만의 힘으로 자식들을 키워낸다는 자긍심과,
　　가장이 없는 편모 집안에 대한 주위의 편견으로부터 자기 가족을 지키려는 강인
　　한 의지의 발현으로, 모성의 모순된 우월감이 작용한 것이다." 김경희, 「한국 현
　　대소설의 모성성 연구」, 조선대학교 대학원 국어국문학과 박사학위 논문, 2005,
　　102쪽.

석이 봉순의 도움으로 학교 공부를 마치고 진주의 학교에서 교편을 잡게 되었을 때 석이네는 세상 모든 것을 손에 쥔 듯 행복해한다. 아들의 출세는 부권의 당당한 귀환이며 이는 곧 가족 질서의 안정과 생계 유지로, 위상의 상승으로 이어진다. 그러나 며느리 양을례의 악행 때문에 아들을 만주로 떠나보내고 다시금 부의 부재 상태에 놓이게 되자 석이네의 처지는 가난과 모욕, 핍박 속으로 환원되고 만다. 다른 누구도 아닌 딸 귀남네에 의한 핍박인데 여기에는 복합적인 요인이 작용하고 있다.

귀남네는 오빠의 성공에서 명실상부한 부권의 귀환을 기대하고 있었다. 그러나 성공한 오빠는 가족 부양과 통합의 의무를 저버리고 또다시 가족을 버림으로써 그녀의 기대를 배반했다. 그런 오빠네 자식들에 대한 어머니의 편애는 못 배운 딸에 대한 무시이며, 가부장권에 대한 전망 없는 기대로 여겨진다. 가장 없이 힘들고 어려운 세월을 함께 보냈던 모녀가 부권의 회복에 대한 기대감을 공유하면서 서로 다른 보상을 기다렸던 것이 갈등의 원인으로 작용했다고 보아야 한다. 석이네로서는 아들의 성공 그 자체가 이미 보상이며 가족 위상의 확립인 반면, 귀남네는 오빠의 성공이 물질적 가치로 환원되기를 바랐던 것이다. 무식하고 욕심 사나운 귀남 아비를 그녀가 신뢰하는 것도 바로 그런 측면에서다. 가부장권에 대한 어머니 세대와 딸 세대의 차이 일단을 여기서 엿볼 수 있다.

딸 하나만을 키우는 봉순네나 월선네의 경우는 좀 다르다. 그들은 이미 부재이며 앞으로도 회복될 전망이 보이지 않는 가부장권에 대한 집착을 애초에 보이지 않는다. 부재인 부권에 대한 희망이나 차세대를 통한 전망 대신, 딸들이 자신의 신분에 맞는 남성과의 혼인을 통해 확실한 부계 가족서사에 편입되기를 바랐다. 남편이 부재인 상태에서 가족을 책임지고 생계를 유지해야 하는 자신들의 운명이 딸들에게는 전승되지 않기를 바랐던 것이다.

봉순네는 딸 봉순이가 무당놀이, 광대놀음에 넋을 뽑고 아름다운 목소리로 창을 불러댈 때마다 야단치고 매를 때린다. 본시 상민 출신인 그녀는 딸 봉순이 천민들도 기피하는 사당이나 무당이 될지 모른다는 불안감에 안절부절 못하는 것이다. 그러나 이런 어머니의 소원과는 정 반대로 봉순은 기생이 되고 이상현의 딸까지 낳게 된다. 어머니의 때 이른 죽음이 봉순의 운명을 어쩔 수 없는 방향으로 몰아갔다고 볼 수 있지만, 만약 봉순에게 아버지가 존재했거나 그 아버지를 대신하여 길상이 그녀의 사랑을 받아주었더라면 운명이 달라졌을지 모른다. 또는 이상현이 그녀와 그녀가 낳은 딸을 인정하여 자기 가문의 가족으로 받아들였더라도 상황은 달라질 수 있었다. 그러므로 아편쟁이가 되었다가 자살로 생을 마감하는 봉순은, 부계 가족서사에 편입되지 못함으로써 그 비극이 더욱 확대된 경우다. 그러나 그녀는 자신의 죽음을 통해 딸 양현이 출생 신분의 열세를 딛고 아버지 가문에 입적되도록 함으로써, 부계 가족서사로의 편입이라는 궁극적 목표는 달성하게 된다.

반면 월선은 비록 혼인하지 않았지만 이용의 가족서사에 포섭됨으로써 봉순과는 다른 평화롭고 편안한 죽음을 맞이한다. 그녀의 어머니 월선네는 딸에게 무당의 업을 세습시키지 않으려 했다. 그러나 무당의 딸이 상민의 아내가 될 수는 없다. 월선이 동네 총각 이용과 정분이 난 걸 알게 되자 월선네는 서둘러 나이 든 타관 사내의 후취로 딸을 시집보내 버린다. 그렇게 하는 것이 딸의 분수에 맞는 삶이라고 생각했던 것이다. 그러나 이후 월선의 삶은 어머니 월선네가 생각했던 것처럼 평탄하지 않았다. 몇 해 뒤, 고향 마을로 돌아온 월선은 이용과 재회하게 되면서 강청댁의 갖은 핍박을 받게 되고, 결국은 삼촌 공노인을 따라 도망치듯 다시 고향을 등져야 했다. 운명은 용과 월선을 다시 묶어 주지만 그때는 용의 아들을 낳은 임이네가 그들 사이에 끼어 월선을 괴롭힌다. 그러나 그녀는 용에 대한 사랑과 그의 아들 홍과의 정신적 유대로 그 모든 고통들을 이겨낸다. 적법한 관계는 아니었을지라도 이용의 가족서사 한 축을 담당함으로써 그녀는 제 몫의 삶을 살아냈다는 자긍심으로 편안한 죽음을 맞을 수 있었다.

지금까지 어머니 중심의 모계 가족서사가 진행되는 양상을 몇 가지로 나누어 살펴보았다. 그러는 과정에서 양반가 여성들이 이끄는 모계 가족서사는 대를 이을 아들을 생산한 한에 있어서는 가장의 부재에도 어느 정도 안정되고 굳건한 반면, 상민 여성들의 경우는 자식의 생산과 관계없이 항상 불안과 생존의 위협 속에 놓여있음을 볼 수 있었다. 두 경우 모두 공통되는 점은 모계 가족서사의 궁극적 지향이 가부장권의 회복으로 향하고 있다는 것이다. 가장 독립적이고 주체적인 모계 가족서사의 대표 격인 최서희 가의 서사에서도 상징적 의미의 부권에 대한 확대 의지를 볼 수 있었고, 존재하면서도 부재인 남편들을 기다리며 가문을 지키는 이동진 가 여인들의 삶에서는 가부장권에 대한 확실한 지향을 확인할 수 있었다. 상민 여성들의 경우에도 가족의 생존과 안전을 위한 어머니들의 감수성은 대리 부에 대한 욕망이나 차세대 부권에 대한 열망과 기대, 부계 가족서사로의 편입 의지로 나타나고 그들의 선택은 가족의 운명을 가르는 요인이 되었다.[56]

---

[56] 여성들의 삶에 대한 이런 서술태도는 여성주의적 비평의 관점에서 한계로 지적되며, '여성문제에 대한 작가의 추상적이고 불철저한 인식'의 탓이라는 견해가 있다. 김성희·성은애·이명호, 「『토지』에 나타난 여성문제 인식과 역사의식」, 『여성』 3호, 여성사 연구회 편, 창작과비평사, 1989.4, 229쪽.

제3장

가족서사에 투영된 시대정신

1. 한(恨)

한은 흔히 우리 민족 고유의 정서로서 "수백 년 내려온 한국인의 감정적 문제의 초점을 이루고 있다"[1]고 말해지지만 그것에 대한 명확한 개념은 정립되어 있지 않다.[2] 『토지』 가족서사에 나타나는 한을 당대

---

1) 이우영, 「원령전설과 한의 심리」, 『전통사회의 민중예술』, 김홍규 편, 1980, 101쪽.
2) 여러 연구자들의 한에 대한 개념 규정을 살펴보면 다음과 같다.

"한이란 과연 무엇인가. 한은 상당히 복합적인 감정이지만 근원적으로는 원한의 감정이 처절하게 결빙된 심리적인 자폐 상태, 즉 '맺힘'의 상태다. 이슬이 맺히듯 또는 피가 맺히듯, 오랜 시간을 두고 감정의 내상에 의해 지속된 화나 고통의 정서 체험이 마침내 가슴에 응어리로 맺혀진 것이다. 그런 점에서 한은 분명히 일종의 정서적인 '트라우마타' 현상이며, 피학적이고 공격적인 심리적 단면 현상인 것이다. 이재선, 『한국문학 주제론』, 서강대학교출판부, 2006, 291쪽.

"한이란 무엇인가. 먼저 그것은 봉건적 신분 질서, 봉건적 토지 소유구조, 식민지 상황 등등의 외적 조건이 자연에 따르는 욕망과 기대와 삶의 균형감각을 좌절시키고 혼란시킬 때, 다시 말해 생명의 온전한 발현이 가로막히거나 뒤틀릴 때 생겨나는 영혼의 어혈, 응어리이다." 정호웅, 「『토지』의 주제—한·생명·대자대비」, 『토지 비

한국인의 심성에 내재한 어떤 감정이나 분위기라는 모호한 개념으로 설명하기에는 그 폭이 너무 넓고 막연하다. 논의의 방향 제시를 위해서는 시대상황과 관련하여 어느 정도의 구체적인 개념 규정이 필요해 보인다. 한이 오랜 세월 우리의 민족 감정으로 쌓여왔다고 하지만, 『토지』의 시대 안에서만 설명될 수 있는 어떤 요소가 분명 있을 것이기 때문이다.

우리 역사상 유례가 없는 국권 상실의 시대, 오랜 농경문화가 자본주의 화폐경제 체제로 변환해 가던 시대, 강고하게 지켜져 왔던 봉건적 신분 질서가 와해되면서 급속히 개인이 부각되는 근대로의 이행기가 바로 『토지』의 배경이 되는 시대였다. 이처럼 급격한 변화의 시대에 수많은 개인의 삶은, 정치 체제가 안정되었던 왕조 시대나 국권이 회복된 이후의 삶의 양태와 판이하게 다를 수밖에 없다. 다른 시대와 변별되는 이 시대만의 특수한 상황은 동시대인들에게 정신적, 정서적 국면에서 일정부분 공유되는 정조를 낳게 마련이다. 먼저 작품에서 한이 어떻게 규정되는지를 살펴보도록 하겠다.

평집 2』, 솔, 1995, 200쪽.

"사람에게는 누구나, 그리고 민족에게는 어느 민족에게나 각기 그 나름의 한이 있게 마련이다. 그러나 그 한의 빛과 결은 각기 그 나름으로 다르다. 이 세상의 모든 사람은 각기 다른 자기의 얼굴을 가지고 살아가듯이, 또한 각기 다른 자기의 한의 얼굴을 이룩하며 살아간다. 뿐만 아니라 한 인간의 생애에 있어 그의 한의 얼굴은 그의 생애의 고비마다에서 각기 다른 빛과 결을 이룩해가는 것이다. 그리고 모든 사람이 각기 자기 나름의 한의 얼굴을 이룩해가는 까닭은 각자의 주체적 선택 및 지향성의 다름에서 연유되는 것이다." 천이두, 「한(恨)의 여러 궤적들」, 위의 책, 193쪽.

"한은 인간이 본성대로 살지 못하고 외부적 압력과 다른 사람에게서 인격적 모욕, 멸시, 냉대, 학대 등과 억울한 압박, 누명, 신체적 · 정신적 · 심리적 고통을 받고 아룰 감정이 쌓이고 쌓여서 가슴 속에 맺혀진 응어리라는 것이다." 최유희, 「박경리의 『토지』 연구」, 중앙대학교 대학원 문예창작학과 박사학위 논문, 1999, 135쪽.

1) 한이야 후회하든 아니 하든 원하든 원치 않든 모르는 곳에서 생명과 더불어, 내가 모르는 곳, 사람 모두가 알 수 없는 곳에서 온 생명의 응어리다. 밀쳐도 싸워도 끌어안고 울어도, 생명과 함께 어디서 그것이 왔을꼬? 배고파서 외롭고 헐벗어서 외롭고, 억울하여 외롭고 병들어서 외롭고, 늙어서 외롭고 이별하여 외롭고, 혼자 떠나는 황천길이 외롭고, 죽어서 어디로 가며 저 무수한 밤하늘의 별같이 혼자 떠돌 영혼, 그게 다 한이지 뭐겠나, 참으로 생사가 모두 한이로다.

(10권, 39쪽/ 13권, 155쪽)

2) 저 창공을 나는 외로운 도요새가 짝을 만나 미치는 이치를 생각해 보아라. 외로움과 슬픔의 멍에를 쓰지 않았던들 그토록 미칠 것인가. 그러나 그것은 강줄기 같은 행로의 황홀한 꿈일 뿐이네. 만남은 이별의 시작이란 말도 못 들어보았느냐?

(10권, 38쪽/ 13권, 154쪽)

3) 물론 조선에 있어서 한이라는 것도 추상적 표현이라 할 수 있겠지만, 그러나 와비나 사비가 사라져가는 것이라면 한은 오는 것이요, 절실한 기원이오. 당신네들의 피를 물처럼 착각하는 것은 와비와 사비의 정신세계 때문일까? 끈적끈적한 피, 그것이 한이오. 진실만이 창조를 가능케 하고 진실에의 의지만이 창조력이 되는 것이며 그것은 또한 개체로서, 네, 개체로서……. 벚꽃은 거짓이오. 죽음은 아름답고 깨끗한 것이 아니오.

(10권, 152쪽)

4) 신비와 현실적인 두 관념을 수용한 것에 한(恨)이란 말이 있습니다. 일본 말로는 한을 원한으로 쓰고 그것은 복수라는 묘하게 엽기적인 분위기를 갖는데 우리가 말하는 한에는 거의 모든 것이 포함되어 있어요. 한이 된다, 한이 맺혔다, 할 때는 물질적이든, 정신적이든, 빼앗겼든 당초 주어지지 않았든지 간에 결핍을 뜻하고, 한을 풀었다, 할 때는 채

워졌음을 의미하는 것입니다. 해서 결핍은 존재할 수 없는 방향으로, 채
워졌음은 존재하는 방향으로, 그렇다면 그것은 생명 자체에 관한 것이
에요. 한은 생명과 더불어 왔다 할 수 있겠어요. 한의 근원은 생명에 있
다 할 수도 있겠어요.

(11권, 285~286쪽)

인용문 1)과 2)는 강쇠와 오래 전에 세상을 떠난 김환의 산중문답에
서 나오는 구절이다. 강쇠는 김환의 그림자처럼 그를 따르던 인물로
딸아이의 죽음에 상심하여 산을 헤매 다니던 참에 죽은 환과 대화를
나누는 신령스런 경험을 하게 되는데, 여기에서 한은 고독과 죽음이라
는 인간의 태생적 조건에서 오는 생명의 응어리로 정의된다. 인간 스
스로는 전혀 알 수 없으며, 원한 바 없고, 후회를 할 수도 하지 않을 수
도 없는, 생명 그 자체에 한은 더불어 있다는 것이다. 인간은 생명을 가
지고 있기에 배고프고 헐벗으며, 억울한 일을 당하고, 병들고 늙어간
다. 혼자서 죽어야 하며, 죽어서 어디로 가는지 알 수 없으며, 영혼은
이름 없는 밤하늘의 수많은 별처럼 혼자서 떠돌아야 한다. 다시 말해
태어나고 살고 죽는 과정 그 자체가 한이다. 생명을 이어가기 위해 숱
한 고통 속에서 몸부림치지만 그 모든 고통을 건너 죽음에로 환원하는
존재의 비애가 한이다. 이러한 존재의 비애, 혹은 고독은 사랑에 대한
갈망으로 나타난다. 도요새가 짝을 만나 미치는 것은 존재의 근원에
깔린 외로움과 슬픔 때문이다. 슬프고 외롭기에 사랑하고, 사랑하기에
다시 슬프고 외로워지는 순환이 생명 자체 내부에 한으로 응결한다.

　여기까지의 개념 규정은 지극히 보편적인 것이다. 인간이 살아가는
삶의 현장이라면 어느 시대, 어느 공간을 막론하고 생로병사에 따른
고독과 허무, 사랑에의 갈망이 나타나기 마련이다. 이러한 한이 『토지』
의 시대정신으로 재조명될 수 있는 것은 개별 자아의 고독과 허무가

인간성을 왜곡하는 신분 질서와 식민지적 상황에 어떤 형태로든 대항하고 있기 때문이다. 그렇지만 이때의 한은 허무와 운명론으로 귀결하기에 체념의 성격이 짙다.

인용문 3)은 조찬하가 일본인 오가다 지로를 생각하면서 혼자서 하는 말이다. 그는 일본의 와비(侘)나 사비(寂)를 조선의 풍류에 비교한다. 전자는 교양이나 상식과 일맥상통하는 말로 표피에 해당하며 추한 것도 아름답게 포장하는 인간 잡사나 인간 정사의 나열에 해당한다고 보아 인간과 자연의 신비, 우주적인 것의 혼연일체와는 거리가 멀다고 본다. 따라서 조선의 한이 인간 조건의 비참함, 죽음의 추함과 정면으로 마주하는 진실에의 의지라면, 일본의 와비나 사비는 쓸쓸함과 적막에 대한 감상으로 죽음을 미화하고 인간의 창조적 활성을 죽여 개개의 개성을 말살하는 것이라고 본다.

즉 여기에서의 한은 진실에의 의지이며 창조력의 원천으로, 허위로 포장할 수 없으며 껍데기나 표피적인 것을 거부한다. 진실에의 의지는 가문이나 신분 질서 체계 내의 일원이었던 개인이 창조적 활동을 통해 개성 발현의 주체로 서게 하고, 일제가 강요하는 노예 상태를 거부하게 만든다. 한은 예술적 성취를 통해 승화된다.

인용문 4)는 유인실이 오가다 지로와 논쟁하면서 조선의 한에 관해 설명하는 내용이다. 여기서의 한은 결핍이다. 결핍은 물질적이거나 정신적인 면 모두에서 처음부터 가지지 못했거나, 처음에는 있었으나 빼앗겼기에 되찾아야 하는 것이다. 이러한 결핍의 상태를 한이 된다, 한이 맺혔다고 표현하는데 그 결핍이 채워지면 한을 풀었다 또는 여한이 없다고 말하게 된다. 따라서 한이 맺히는 결핍은 원한을 품게 하고 복수의 염을 낳는다. 반면 한이 풀린 충족은, 한을 맺히게 한 대상이나 한을 품은 주체가 풀이와 용서를 통해 그 경계를 지우게 된다. 용서는 모든 존재에 대한 긍정의 힘으로 작용하여 생명력 희구라는 대승적 차원으로 발전한다.

한은 이처럼 여러 가지 차원에서 해석될 수 있다. 그렇지만 어떤 경우라도 인물의 한은 전적으로 개인적인 차원에 머물러있지 않으며 가족서사를 통해 인과관계가 분명한 연쇄 고리를 이루어간다. 또한 그 연쇄 고리는 시대 상황과의 관련 속에서 맺혔다가 시대의 흐름과 함께 풀리거나, 풀리지 못하고 새로운 한으로 전이되기도 한다. 가족들 간의 관계망에서 하나의 사건과 그것의 전개 과정이 한으로 맺히거나 풀려가는 과정은 당대의 정신을 표출하는 기제로 작용하는 것이다.

1) 원한과 복수로서의 한

원한은 이미 자신이 가지고 있는 것이나 마땅히 누려야 할 권리를 타인에게 빼앗기거나 마음속에 품은 소망이 타의에 의해 좌절된 경우 맺히게 된다.[3] 원한을 품은 개인은 한을 맺히게 한 대상에 대한 응징과 보복의 의지를 다지게 된다. 따라서 한을 맺히게 한 대상에 대한 분명한 방향성이 있으며 공격적이다. 대상을 향한 공격성은 사회 전체적으로는 역동적인 변화의 힘으로 작용하지만, 바로 그 공격성 때문에 긍정적인 측면과 부정적인 측면을 동시에 드러낸다.

최서희 가의 가족서사는 원한의 연쇄 과정에서 비롯된다. 최참판댁의 과수 며느리 윤씨부인이 빼앗기면 안 되었던 것은 정조와 절개였다. 그러나 그녀는 김개주에게 강제로 그것을 빼앗김으로써 반가 부

---

3) "자연스런 본능에 따른 것이든 의지적 선택에 의한 것이든, 먼저 사람의 마음에 자리잡은 소망이 전제된다. 그리고 그 소망이 타의로 좌절되면서 원한은 '맺힌다.' 이렇게 맺힌 원한은 소망을 좌절시킨 존재가 다스려지거나 애초의 소망이 달성될 때 '풀린다.'" 최시한, 「맺힘─풀림의 이야기모형에 관한 시론」, 앞의 책, 341쪽.

인이 마땅히 누려야 할 열녀로서의 자존감과 자식에 대한 당당한 모성애를 박탈당했다. 여기서 생겨난 그녀의 한은 아들 최치수와 김환에게로 고스란히 전이된다. 그리고 그들의 한은 다시 최씨 가의 마지막 핏줄 서희에게로 옮겨진다. 그 양상과 심리적 흐름은 상당히 복잡한 경로를 거치지만 여기서는 결핍 때문에 생겨난 원한과 그것을 채우려는 의지적 작용인 복수로서의 한을 논하려 하므로, 이런 측면의 한에 가장 근접하는 인물인 최치수와 최서희를 중심으로 살펴보도록 하겠다.

최치수는 어린 시절 어머니의 갑작스런 출분과 이후 자신에 대한 냉대의 원인을 어렴풋이 알게 되면서 자학의 형태로 어머니에 대한 복수를 감행한다. 자신에 대한 모성애를 저버린 불륜의 어머니를 응징하는 첫 번째 행위가 스스로를 불임의 상태로 전락시키는 것이다. 아내 별당아씨와의 사이에 딸 하나만을 두고 있으면서 그는 아들을 낳아야 하는 가문 유지 계승자로서의 의무를 저버린다. 청상과부 어머니가 강인한 의지 하나로 재물을 늘려가면서 애써 지키려고 한 최씨 가문의 절손이야말로 그가 어머니를 응징하는 최선의 방법인 것이다. 하인 구천(김환)과 함께 도망친 아내 별당아씨에 대한 복수심 역시 어머니와의 연관선상에 있다. 그는 아내를 어머니와 동일한, 언제라도 불륜의 가능성을 품고 있는 여성으로 보아 혐오와 기피의 대상으로 삼는다. 마침내 아내가 하인과 눈이 맞아 도피행각에 나섰을 때, 그들을 치죄한다는 명목으로 총을 사들이고 강포수와 함께 사냥을 떠나는 것은 어머니를 괴롭히고자 하는 의도다. 어머니가 그들을 도망치게 했고 살려 주기를 바란다는 걸 짐작하면서도, 그는 어머니 앞에서 태연스럽게 사냥을 나가겠다고 말하는 것이다. 이렇듯 어머니의 사랑을 갈망했던 한 소년의 원한은 자학과 보복이라는 양면성을 띠고

서사의 시작에 긴장감을 불어넣는다. 그러나 자신의 공격적 행동을 통해 어머니에게 새로운 한을 심어주며, 이어 딸 서희에게 자신의 한을 전이시킨다는 점에서 그의 복수는 한의 풀이로 나아가지 못한다.

조준구에게 모든 재산을 빼앗기고 조준구의 아내 홍씨에게 패악을 당하면서 어린 서희 역시 복수를 다짐한다.

'어디 두고 보아라. 내 나이 어리다고, 내 처지가 적막강산이라고, 지금은 나를 얕잡아보지만 어디 두고보아라.'

그런 앙심은 이미 아이가 가지는 성질의 것은 아니었다. 그것을 두려워하는 사람은 역시 조준구다. 아침이면 봉순이를 거느리고 서희는 윤씨부인 상청에 나가 상식을 올리고 곡을 하는데 조준구는 그 곡소리가 질색이었다. 온갖 저주와 최씨 가문을 마지막까지 지키어나갈 것을 맹세하는 것 같은, 저주와 다짐을 하기 위해 해가 지고 다음날이 새어 상청에 나가기를 기다린 듯, 처절한 울음이었다. 날로 새롭게 날로 결심을 굳히는 듯, 곡성을 들을 때마다 조준구는 한기를 느끼곤 했다.

(3권, 77쪽)

원한으로 서리어 복수를 다짐하게 하는 한의 표출 형태가 가장 극명하게 드러나고 있다. 원래 자기가 가졌던 것을 억지로 빼앗긴 데서 생긴 결핍과 모욕을 어떻게든 갚아 주리라는 서희의 다짐은 간도에서 엄청난 재물을 모은 후에도 여전히 변함이 없다. 아버지의 절친한 친구이며 고향 어른인 이동진의 독립자금 기부 요청에도 그녀는 까딱하지 않는다. 자신의 내부에 자리한 원한이 복수로 완성되기 전에는 다른 일에 힘을 낭비하고 싶지 않은 것이다.

'내 원수를 갚기 위해선 무슨 짓인들 못할까보냐. 내 집 내 땅을 찾기 위해선 무슨 짓인들 못할까보냐. 삭풍이 몰아치는 이 만주 벌판에까지

와 가지고 그래 독립운동에 부화뇌동하여 고향으로 돌아갈 수 없는 몸
이 될 수는 없지. 그럴 수는 없어. 내 넋을 이곳에 묻을 수는 없단 말이
야! 원수를 갚을 수만 있다면 내 친일인들 아니 할손가? (중략) 내 일념은
오로지 잃은 최참판댁을 찾는 일이오. 원수를 갚는 일이오. 태산보다도
크고 바다보다 깊은 이 내 원한을 풀지 못한다면 나는 죽은 목숨이오.

(4권, 174~175쪽)

원한은 타의에 의해 맺혔지만 그에 대한 복수는 최서희의 의지적
선택이다. 그녀가 하인인 김길상과 결혼하기로 작정하는 것도 복수를
위한 하나의 과정이며, 마음속으로 흠모하던 이상현을 차갑게 내치는
것 또한 그러하다. 간도를 떠나 고향으로 돌아오려 할 때 남편 김길상
이 함께 가지 않겠다고 하자, 그녀는 "십 년 동안 이를 갈았다. 아니 십
오년 동안 이를 갈았다", "돌아가서 조가놈! 홍가 그 계집! 마지막 살
에 붙인 내의까지 벗게 할 테다!", "그이가 돌아가지 않는대도 나는 돌
아간다!(6권, 212쪽)" 등의 말로 복수의 의지를 새롭게 한다. 그녀의
뼈에 사무친 원한은 "어찌 너희들이 넘보았느냐. 어찌 너희들이 강탈
하였느냐. 어찌 너희들이 감히 오욕을 끼었을 수 있었더란 말이냐(6
권, 212쪽)" 하는 말에 고스란히 담겨 있다.

그러나 이들 부녀의 지극히 개인적으로 보이는 원한과 복수가 당대
의 보편적 시대정신으로 읽히는 것은 그 시대만의 특수한 상황과의
관련 속에서 전개되기 때문이다.4) 뼛속까지 양반의식으로 가득한 최

---

4) "『토지』의 전체 역사구조는 개화기 이후 절대 절명의 민족적 위기와 그 위기에 대
한 저항과 극복의 과정이다. 위기에 대한 인식이 매우 개인적인 방식으로 이해되
고, 위기에 대한 저항과 극복의 과정 또한 극히 개인적인 방식으로 이루어지고 있
는 경우에도 그 개인의 운명 저 깊은 심급에서는 역시 민족적 위기의 흐름이 존재
하고 있는 것이다." 김민수, 앞의 글, 42쪽.

치수가 상민의 자식을 낳은 어머니를 이해할 수도 용서할 수도 없어
한으로 키워가는 과정은, 양반 계급으로서의 우월감과 기득권이 무너
져 가는 변화의 시대에 대한 강력한 저항의 흐름을 대변하는 것이라
할 수 있다. 이는 수구와 개화, 전근대와 근대의 분기점에 놓인 당대인
들이 막연히 느끼던 위기의식과 그 위기로부터 기존의 가치를 수호하
려는 움직임들과 상통한다. 이는 최서희의 경우에서도 크게 달라지지
않는다.5) 신분질서가 와해되는 것을 도저히 용납할 수 없었던 아버지
최치수와는 달리 하인 출신 길상을 남편으로 맞아들이는 대범한 결단
은, 외견상 변화하는 시대상을 과감하게 받아들이는 것 같지만, 최씨
가문의 재건이라는 기존 가치의 회복에 근본 목적을 둠으로써 수구와
개화, 전근대와 근대가 공존하는 혼돈의 시대상을 그대로 반영하고
있기 때문이다.

　최치수 살해의 주범 김평산의 큰아들 김두수도 원한과 보복으로서
의 한을 가진 인물이다. 어린 시절 그는 마을 아이들을 괴롭히고 손버
릇이 나빠 동네 사람들에게 미움을 받았으며, 그런 일로 어머니 함안
댁에게 매를 맞기도 했다. 그를 거둔 함안의 외가에서도 그의 버릇은
변함없어 밤낮 매를 맞게 되고, 그러다가 가출하여 마침내는 일본 순
사가 된다. 그에게 고향과 조국은 인정 한 번 베푼 적 없는 차갑고 매
몰차기 그지없는 품이다. 그는 갚아야 할 은혜를 입은 바 없고, 누구에
게서 제대로 사람대접을 받아본 기억이 없다. "나라를 빼앗기기 이전
부터 개돼지보다 못했었(7권, 303쪽)"다는 동생 한복의 말을 빌지 않
더라도 영악했던 김두수는 출세하여 그 모든 원한을 앙갚음하리라 작
정한 인물이었다. 윤보를 비롯한 마을 장정 두셋이 자살한 어머니를

---

5) "작가는 복고적이고 과거지향적인 서희의 복수에 무비판적으로 동조함으로써 봉
　건계급의 편향성을 노골적으로 드러낸다." 김성희 외, 앞의 글, 212쪽.

묻던 자리에서 소나무 둥치에다 제 머리를 처박으며 통곡을 터뜨리는 그의 모습은 삶의 근거와 지향을 고스란히 박탈당한 한 소년의 울분을 고스란히 보여준다.

> 그냥 뻗치고 서 있던 거복이 순간 몸을 날렸다. 마치 소가 머리를 숙이고 뿔이 목표물을 겨냥하며 달려가는 것처럼, 소나무 둥치에 가서 머리를 처박는다. 제 머리를 처박고 또 처박으며 산이 울리는 통곡을 터뜨리는 것이었다.
>
> (2권, 232쪽)

살인자의 자식이라며 손가락질하고, 어머니가 목맸던 새끼줄과 나뭇가지를 액막이로 쓴다며 전리품 챙기듯 다투어 가져가고, 어머니 함안댁의 부덕을 칭송하고도 장례에는 무관심했던 마을 사람들에게 품은 앙심은 동족 전체를 향한 미움으로 커진다. 또한 갈 곳 없는 고아로서 외삼촌 내외에게 당한 자심한 구박, 그 때문에 가출한 이후 떠돌이 생활에서 사람들에게 당한 수모, 굶기를 밥 먹듯 하던 시절의 아픈 기억은 동포를 적으로 돌리게 한다. 독립 운동가들의 뒤를 캐고 그들을 잡아들여 고문하는 등 철저하고도 악랄한 친일 세력으로 변신하게 되는 것이다. 일찍 고아가 되어 배운 것 없고 가진 것도 없으며, 살인 죄인 김평산의 아들로는 어디서도 환영받을 수 없기에, 떳떳하지 못한 자기의 근원을 가리고 자기를 무시했던 사람들 위에 군림하려면 실세가 되는 이상의 방법이 없다고 생각한 때문이다. 그는 자기의 근본이 알려질까 두려워 더욱 악랄한 일제의 앞잡이가 되고자 했다. 근본을 아는 자들의 입을 다물게 하기 위해 더 높은 지위를 얻으려 독립 운동가를 잡아들이는 데 혈안이 되었다. 그런 점에서 그는 자신을 사람으로 대접하지 않고 무시했던 사람들에 대한 복수에 성공한다. 아

래 인용문은 그의 원한과 복수가 어디서 비롯되고 완결되는지를 명확
하게 보여준다.

> ‘살인 죄인의 아들이라? 흐흐홋⋯⋯. 아버지, 나는 말입니다, 살인을
> 해도 좋은 허가장 받은 놈이오. 참 세상 우습지요? 재미있지 않습니까?’
> 　이런 모습으로 그 고장에 간다면? 비오는 날 개새끼처럼 쫓겨났던 그
> 마을에.
> 　‘아버지, 모두 내 앞에선 뻔하지요. 두 손을 마주잡고, 네, 반한 여자
> 를 보듯이 웃습니다. 부장님, 부장님, 부장님, 흐흐홋⋯⋯. 육모 방망이
> 를 든 어사또.’
>
> (6권, 248쪽)

　결국 그의 원한은 아버지의 살인과 어머니의 자살이라는 가족의 비
극에서 비롯되었고, 이런 그의 성공은 원한을 푼 것처럼 보일 수 있으
나 그의 공격성은 새로운 원한을 만들어낼 뿐이다. 하지만 식민지적
상황에서 신분적 열세와 경제적 소외를 만회하는 방법으로 일제 부역
이 손쉬운 선택이었다는 점을 감안한다면 김두수의 원한과 복수의 양
태 또한 당 시대가 낳은 하나의 현상으로 자리매김 될 수 있다.6)

　그러나 어떤 경우에도 원한과 복수로서의 한은 공격적이고 방향이
분명한 만큼 그가 속한 가족 서사에 역동성을 부여하고 긴장감을 주

---

6) 최씨 가의 재물을 통해 자신의 경제적 열세를 만회하고 일제 관원들과의 결탁을
　통해 봉건 지주적 신분을 유지하려던 조준구나, 장사꾼으로 성공하여 일제 관원들
　과 친밀한 관계를 유지하면서 최씨 가의 작인이었던 과거를 지우려고 하는 김두만
　의 경우가 대표적인 예가 될 것이다. 또한 동생을 태평양 전쟁에 자원입대시킴으
　로써 면소 서기가 되어 거드름을 피우는 우개동과 남편 정석의 애정을 의심하여
　독립운동 관련 사실을 밀고하는 것으로 복수하고자 했던 양을례의 경우에서도 그
　리한 징횡을 찾아볼 수 있다.

지만, 가족 구성원에게 새로운 한을 만들어주거나 자신의 한을 전이시킴으로써 부정적인 영향을 끼치는 경우가 훨씬 많았다.[7] 이는 암울했던 식민지 상황에서 가족의 문제를 넘어 동시대인들의 삶 전반에 지울 수 없는 흔적으로 남았다.

2) 체념으로서의 한

사회적 이념이나 제도로 인해 처음부터 결핍된 상태로 출발하거나, 태생적인 조건, 갑작스런 재해 등으로 원한을 맺히게 한 구체적 대상자를 지목하기 어려울 경우의 한은 많은 경우 체념을 유발한다. 그리고 그 체념은 자신을 내적으로 유폐시켜 평생을 외로움과 고통 속에서 살게 한다. 이럴 때의 한은 한을 품은 사람이 한을 품게 한 대상에게 그 방향을 돌리지 않고 스스로 그 한을 다스려 자기 안에서 삭이는 형태로 표현된다. 그러나 자신의 의지와 노력에도 불구하고 한이 다스려지지 않으면 자학과 자해의 형태로 표출되기도 한다. 의지적 선택이라는 점에서는 앞 절에서 다룬 원한과 복수로서의 한과 같으나 자기 안으로 향한다는 점에서 전혀 반대의 방향성을 갖는다.

자신의 한을 일체의 욕망에 대한 체념으로 대체하고 내적 유폐의 길로 들어선 대표적인 인물은 최씨 가의 윤씨부인이다. 조선조 신분

---

7) "원한이 풀리는 과정을 살필 때 문제되는 것은 어떤 상태를 원한의 풀림으로 볼 것이냐 하는 점이다. 소망이 좌절되면서 맺힌 것이 원한이므로 그 소망이 성취되면 일단 풀렸다고 볼 수 있다. 그러나 그 소망 자체가 무의식적이거나 자연적(본능적)인 것이고, 최종적 풀림의 상태는 그 최초 상태의 회복에 불과할 수도 있다. 그리고 원한은 풀렸다고 여겨져도 최초의 소망은 영영 이루어질 수 없는 상태인 채로 끝나고 말기도 한다. 따라서 풀리고 안 풀리고는 서술상의 언급과 함께 그것을 판단하는 독자의 심리와 사회적·문화적 가치 체계에 의해 규정될 것이다." 최시한, 앞의 책, 343~344쪽.

질서 안에서 성적 열세를 가지고 태어난 그녀는 김개주의 겁간에 아무런 대응을 하지 못하고 그의 아들까지 낳게 되는 비극적 운명을 감내해야 했다.[8] 그녀는 반가 부인으로서의 책임과 의무에서 결코 벗어나지 못하며, 그렇다고 어쩔 수 없는 상황에 놓여 비밀스런 아들을 출산해야 했던 자신을 용서하지도 못한다. 두 아들을 사랑하면서도 아무에게도 사랑을 드러내 보여주지 못했으며, 또한 자신을 겁간한 사내 김개주를 용서하지 못하면서 미워하지도 못한다. 그녀의 이러한 이중성은 강철 같은 차가움과 대쪽 같은 절제로, 스스로를 자기 안에 유폐시키는 형상으로 나타난다.

치수도 자식이며 환이도 자식이다. 서로가 다 불운한 형제는 윤씨부인에게는 무서운 고문의 도구요 끊지 못할 혈육이요 가슴에 사무치게 사랑하는 아들이다. 십 년 이십 년 세월동안 윤씨부인은 저울의 추였으며 어느 편에도 기울 수 없는 양켠 먼 거리에 두 아들은 존재하고 있었다. 치수를 가까이하지 못한 것은 물론 죄의식 때문이다. 그보다 젖꼭지 한 번 물리지 않고 버린 자식에 대한 연민 탓이기도 했었다. 환이를 돌보지 못한 일 역시 치수에 대한 의무와 애정 탓이 아니었던가.

(1권, 364쪽)

---

8) 조윤아는 작가 박경리가 별당아씨도, 윤씨부인도, 김개주도 모두 죄인이 아니라는 의식을 가지고 있다면서 그들에게 죄가 있게 한 것은 운명이라고 한다. '그것은 윤씨부인을 청상과부로 만든 운명이며, 그녀와 김개주가 만나 구천을 낳게 된 운명이며, 구천과 별당아씨가 사랑하게 된 운명이다. 김개주나 구천, 별당아씨의 사랑이 긍정되기 위해서는 윤씨부인의 의지나 관습과 제도가 부정되어야 하고, 윤씨부인의 의지와 관습, 제도 등이 긍정되기 위해서는 세 사람의 사랑이 부정되어야 한다. 이 긍정과 부정이 서로 부딪는 모순이 바로 운명이다.' 조윤아, 「박경리『토지』의 생명사상적 변모에 관한 연구」, 서울여자대학교 대학원 국어국문학과 박사학위 논문, 1998, 39쪽.

(1권, 366쪽)

윤씨부인의 한은 이렇듯 체념 속에 갇혀있어 외적으로는 어떤 형태
로도 구체화되지 않는다. 안으로 삭이고 또 삭이면서 견뎌온 세월 동
안 김개주의 처형 소식을 듣고 흘리는 한 줄기 눈물이 전부였다. 그러
나 그 눈물은 진정한 사랑을 용납하고 받아들이려는 의지의 산물이기
도 하다. 그렇기에 훗날 며느리 별당아씨와 김환의 불륜을 용인하고
그들을 도망치게 하는, 시대의 통념을 거스르는 결단을 가능케 한다.
물론 여기에는 앞 절에서 밝혔듯이 보다 복합적인 요인이 작용하고
있지만, 시들어가던 동학 운동이 윤씨부인이라는 양반가 부인의 몸을
통해 새롭게 재건되어 감을 보이는 역사적 의미 또한 체현하고 있
다.9) 『토지』안에서 동학은 상민 의병 운동의 정신적 지주로, 독립운
동의 핵심 인물을 길러내는 사상의 근거로 작용하고 있으며, 그 중심
에 그녀를 겁간한 사내 김개주와 아들 김환이 자리하고 있기 때문이
다. 자기 유폐와 체념을 통해 자신의 내부에서 삭여야 했던 그녀의 한
이 개인적 영역에 남아있을 수 없는 이유이다.

윤씨부인과 김개주 사이에서 태어난 김환의 한 역시 이러한 범주에
서 논할 수 있다.10) 그는 동학의 지도자로, 독립운동의 핵심인물로 활

---

9) "『토지』에서 민족 운동의 중심은 본질적으로 '동학'에 뿌리를 두고 있다. 이때 소
　설 속의 동학은 종교성보다는 반봉건·반외세를 표방한 농민 중심의 피지배 대
　중의 강력한 반침략 민족운동이었던 갑오농민전쟁의 이념을 함의한다. (중략) 근
　대사에서 나타나는 동학의 실상과 역사성을 염두에 두면 동학에 대한 『토지』의
　의미부여는 식민지 시대 민족 운동의 뿌리와 중심을 반침략 민족 운동의 원류에
　서 찾으려는 주체적인 노력의 일환으로 볼 수 있다." 김민수, 앞의 글, 48쪽.
10) 김은경은 김환을 통해 인간해방을 지향하는 동학의 이념성이 체현되고 있다고

약하지만 그를 이끌어가는 동력은 자신의 출생 비밀과 별당아씨와의 비극적 사랑에서 샘솟는 끝없는 자학과 체념에서 유래한다. 동학교도들과의 뜨거운 이념 논쟁 와중에도, 치밀하기 이를 데 없는 독립운동 과정에서도, 그를 흠모하던 여인 인이 아낙과의 관계에서도 그의 내면은 어디에도 휩쓸리지 않는다. 그를 추동하는 힘은 오로지 허무와 고독이다. "낭떠러지 아래 황홀한 죽음(5권, 260쪽)"에 대한 열망이다.

　만주의 독립 운동 세력과 연계하기 위해 중 혜관을 만나러 가는 길에도 그는 평사리 마을 삼신당이 있는 숲속으로 발길을 돌리는데, 큰 일을 눈앞에 두고 여전히 그의 의식은 자기 내부에 침잠해 있다는 증거다. 영산댁 주막에서 봉기를 비롯한 마을 남정네들에게 아무 소리 없이 죽도록 얻어맞는 것 역시 자학의 또 다른 표현이다. 그의 체격이나 그간의 활약상으로 보아 그들 몇쯤 대적할 능력이 없는 것도 아닌데, 그들을 피해 달아나지도 않고 숫제 그런 일을 당하러 온 사람처럼 그는 꼼짝 않고 몰매를 맞는다. 그 내면에는 불륜의 핏줄이라는 자괴감, 자신 역시 부모와 마찬가지의 불륜을 저질렀다는 죄책감이 자리하고 있다. 거기다 부모의 불륜이 이루어질 수 없는 안타까운 사랑이었듯이, 자신의 불륜 역시 여인의 허무한 죽음으로 끝났다는 데서 오는 삶의 비애와 고독감이 그를 자포자기 상태로 만들었다. 엎친 데 덮친 격으로 며칠 전에는 그런 자기를 흠모한 여인 인이 아낙이 자결을 하기까지 했다. 인이 아낙은 어렵사리 김환에게 사랑 고백을 했다가 거절당하자 목을 매고 말았던 것이다. 그의 한은 그들 가족과 아무 관계없는 다른 여인에게 원한을 심었다. '어머니－별당아씨－인이 아낙'

보아 그의 한을 '반역의 피'로 해석하고 이를 '억압된 상민들의 진실이요, 소망'이라고 본다. 김은경, 「『토지』 서사구조 연구」, 서울대학교 대학원 국어국문학과 석사학위 논문, 2000, 25쪽.

에게로 전이되어 가는 한의 연쇄과정을 김환은 자신의 몸을 망가뜨리는 것으로 끊어내고자 한다. 그러나 인용문에서 보듯 풀지 못하고 죽음으로 더욱 매듭진 한은 절대로 끊어질 수가 없다.

> '화전을 부쳐줄 사람은 네가 아니다. 대신 하룻밤 동침하여 너의 원한이 풀어진다면 그렇게 하리'
> 환이는 여자를 안았다. 안고 뒹굴었다. 진달래 꽃잎이 쌓인 푹신푹신한 금침 위였다.
> '어떠냐? 원한을 풀겠느냐?'
> 환이는 여자의 몸을 다루며 거친 숨을 내쉬며 물었다.
> '어떠냐? 이젠 여한이 없겠느냐?'
> '아니옵니다. 욕망무한이외다. 별당아씰 쇤네는 죽일 것이옵니다. 칼은 잘 들게 갈아놨구요. 네, 서방님, 그 계집을 잊는다면 쇤네 만리장성이라도 쌓겠소. 손톱 발톱이 빠지고 닳아져도……'
>
> (5권, 261~262쪽)

김환에게 삶은 한과 번뇌의 무한반복이다. 그렇기에 그는 자신에게 그런 삶을 안겨준 부모에 대한 원망만큼이나 그들에게 다하지 못한 애정을 한으로 품었으며, 한 여인과의 애달팠던 사랑에서 벗어나려 하지 않는다. 냉혹한 투쟁도 조직을 이끌어가는 냉철한 지도력도 그런 깊은 허무감과 그것에서 벗어날 수 없다는 체념에서 비롯된다. 그럼에도 유명한 동학 장수 김개주의 합법적 계승자인 김환의 독립운동가로의 위상은 수많은 인물들과의 관계망 속에서 그 누구보다 선명하게 드러난다. 조직원을 살리기 위해 감옥에서 자살로 생을 마감하는 비극적 결말 역시 번뇌의 무한반복인 삶에 대한 체념적 한풀이의 한 과정일지 모른다. 그리고 이런 그의 한은 독립운동이라는 당 시대의 거대한 물줄기를 만나 송관수와 김강쇠, 김길상과 혜관, 일진, 김한복과 소지감, 해도사 등에게로 전이되면서 주체적 민족 운동으로 그 외연을 확대해 가는 것이다.

임명회 역시 욕망에 대한 체념과 내적 유폐로 자신의 한을 삭이는 인물이다. 그녀는 이상현을 연모하였으나 그에게서 거절당한 이후, 가족들의 권고와 조용하의 욕망에 밀려 내키지 않는 결혼을 한다. 그러나 시동생 조찬하가 기실은 자기를 사랑하였고, 바로 그 점이 남편 조용하를 자신에게 저돌적이게 만든 요인이었다는 사실을 알게 되면서 그녀의 삶은 피폐해지기 시작한다. 사랑과는 아무런 상관없이 소유물이자 완상품이면서 욕망의 제물로 조용하에게 선택되었다는 사실이 그녀를 견딜 수 없게 한다. 그런데도 그녀는 거기서 탈출하지 못한다. 친정 오빠 임명빈이 조용하가 운영하는 재단의 학교 교장이라는 사실이 그녀의 발목을 잡는 것이다. 하지만 그것은 명분이다. 남편의 허위에도 자신의 무기력함에도 당당히 맞설 용기가 없기 때문이다. 이는 구체적 대상에 대한 복수심이 결여된, 자기 자신의 무력감에서 나오는 한이기 때문이다.

그런 자신에게 분노를 느낀 명희는 그녀를 조롱하기 위해 이혼 서류를 내민 조용하에게 보란 듯이 동의를 해주고 친정으로 돌아온다. "되돌아보고 싶지 않은 과거, 혐오스런 상황에서 빠져나온 안도와 해방감"을 안고 "어디 시골 학교에 가서 돌담 쌓은 농가의 한 칸 방 생활을 꿈(10권 324~325쪽)"꾸게 된다. 그러나 타인이 의지를 가지고 있다는 걸 용납할 수 없는 남편에게 능욕을 당하게 되자 자살을 시도한다. 시골 어느 부부에게 구출되고 친구 여옥에게 찾아가 새로운 삶을 시작하기로 결심하기까지 그녀의 삶은 멈칫거리고 뒤로 물러서는 체념과 방관의 연속이다. 시골 학교에 있는 그녀를 찾아온 시동생 찬하에게 그녀는 더욱 안으로 유폐되어버린 자신의 모습을 보여주고 만다. 자신에 대한 찬하의 순수한 열정이 불행했던 자기 삶의 덫이었던 것처럼 흥분하기까지 한다. 소통을 거부하는 그녀의 이런 내적 유폐는 찬하를 질리게 하고, 함께 온 유인실과 오가다 지로를 남겨둔 채 서둘러 떠나게 만든다.

결국 임명희의 내적 유폐는 찬하의 충동적인 떠남을 가져오고, 이는 인실의 임신으로 이어지게 된다. 조선인으로서 일본인 남자의 아이를 낳았다는 인실의 자괴감은 아들 쇼지를 버리게 되는 상황으로 이어지고, 이는 다시 찬하로 하여금 그들에게 빌미를 제공했다는 죄책감에 쇼지를 양아들로 맞아들이게 한다. 오가다 지로에게는 자신의 아들을 친구의 아들로 만나야 하는 고통과 유인실에 대한 포기할 수 없는 사랑으로 간도 일대를 헤매게 만드는 복잡한 상황으로 이어진다.11) 신분 질서의 전복과 욕망의 왜곡에서 생성된 임명희의 한이 일제 강점기라는 시대적 상황과의 연관 속에서 다른 개인, 다른 가족의 서사에 영향을 주어 민족감정의 문제, 혈연과 이념의 문제 등으로 증폭되면서 한 시대를 비추는 거울로 기능하는 것이다.

앞의 세 경우에 비해 더 자학적이고 자해적인 형태로 드러나는 한은 삼월과 봉순의 경우에서 볼 수 있다. 최서희 가의 하녀 삼월의 한은 조준구에게 억지로 몸을 빼앗긴 데서 비롯한다. 가망 없는 약속이라

---

11) "유인실과 오가다 지로는 조선인과 일본인, 피식민 국가와 식민 지배 국가의 국민이라는 대립관계를 가지고 있다. 이들의 갈등은 개인적 차원의 사랑과 국가적 차원의 애국이 상치되는 데서 비롯된다. (중략) 인실은 출산한 오가다의 아이를 찬하에게 맡긴 후 만주로 떠난다. 12년이 지난 후 어느 날 오가다와 재회하게 된 인실은 조선의 독립 이후로 그들의 결합을 미룬다. 두 사람의 관계를 오랜 세월이 지난 후에 다시 부각시켜서 희망적인 결말로 처리하고 있는 것은, 개인의 의지와 힘으로 극복할 수 없는 운명의 비극에 빠진 두 인물에게 일말의 희망이라도 부여하고자 하는 것이어서 인간에 대한 작가의 연민을 엿볼 수 있다." 조윤아, 앞의 글, 39~40쪽.

는 걸 알면서도 그녀를 소실로 삼겠다는 조준구의 꾐에 매번 말려들게 되고, 그 때문에 조준구의 적실 홍씨에게 죽을 정도로 얻어맞기도 한다. 양반의 소실이 될 수 있다는 막연한 소망과 그것의 좌절이 그녀에게 한을 심어준 것이다. 더구나 조준구가 삼수에게 자신을 내버리듯 맡겼을 때 그녀의 절망은 극에 달한다. 또한 남편 삼수의 박대는 이미 다른 남성에게 유린된 몸이라는 죄책감과 모멸감을 극대화시켜 그녀를 어디로도 빠져나갈 수 없게 만든다. 어린 아들마저 죽게 되자 그녀는 모든 것을 체념하고 자살로 생을 마감한다. 신분 질서의 질곡을 헤쳐 나올 수 없었던 시대에 사회를 향해 던지는 항변의 성격이 짙은 죽음이다. 그것을 뼈아프게 받아들여야 할 조준구나 삼수에게 아무런 영향을 미치지 못했다는 점에서, 그녀의 자살은 복수로 연결되지 못하지만 신분질서가 와해되어 가던 당대 사회의 이면을 비추고 있다는 점에서는 시사하는 바가 적지 않다.

봉순의 경우는 훨씬 복잡하다. 그녀는 길상을 연모하였으나, 길상은 이미 최서희에게 마음을 두고 있어 그와 혼인하고 싶다는 소망은 여지없이 좌절된다. 그런 까닭에 그녀는 서희 일행이 간도로 떠날 때 합류하지 않고, 소리꾼이 되려고 떠났다가 결국 기생의 길을 걷게 된다. 탁월한 재주를 가지고 있으면서도 정이 헤퍼 그녀는 소리꾼으로 성공하지 못하고, 그러는 사이 이상현을 만나 그의 아이까지 임신하게 된다. 그녀는 딸 양현을 위해 기생의 일도 버리고 안존한 어머니 역할을 해내려 하였으나 거기서도 성공하지 못한다. 상현은 끝내 아이를 찾지 않았으며, 그러기를 바라거나 기다린 적 없다고 하면서도 아이에게 지운 신분의 질곡과 버려진 여인으로서의 외로움을 견디지 못한 그녀는 아편 중독자가 되어 버린다. 소망의 거듭된 좌절은 그녀의 삶을 더욱 피폐하게 몰아가고, 그걸 견딜 수 없는 여린 심성은 아편으로 탈출구를 찾는 것이다.

이를 알고 그들 모녀를 거둔 최서희에게 그녀는 발작적으로 내쫓아 달라고 애걸한다. 상전인 최서희가 흠모했던 사내 이상현의 딸을 낳았다는 사실도, 최서희의 남편이 된 김길상을 연모했던 과거도 그녀에게는 돌이킬 수 없는 짐이다. 그리고 그 모든 것들이 그녀에게는 도저히 풀 수 없는 한이 되고 만다. 봉순은 결국 자살을 선택함으로써 수없이 좌절된 욕망들, 끝내 이룰 수 없었던 사랑과 성공에 대한 집착을 놓아 버린다. 그러나 거기에는 딸 양현에 대해 어머니로서 당당할 수 없는 신분적, 도덕적 열세에 대한 체념이 뿌리 깊게 깔려 있는 것으로 보인다. 자기와 똑같은 한을 품어 가지게 될 딸에 대한 연민과 죄책감이 자신의 한을 삭일 수 있는 동력으로 작용하지 못한 것이다.

그러나 봉순의 자살에 정작 가장 큰 충격을 받는 사람은 그녀를 흠모했던 정석이다. 당시 정석은 그의 아내 양을례가 그와 봉순의 관계를 의심하고 억측하여, 무고하는 바람에 직장에서 내쫓긴 상태였다. 그는 봉순의 자살 원인이 어려운 입장에 처한 자신에의 죄책감이라고 생각하여 깊은 상처를 받는다. 하지만 봉순의 자살이 남긴 상처는 정석을 본격적인 독립운동가로 변모시키는 원인이 됨으로써 시대의 요구에 부응하는 한풀이 형태로 전이되어 간다. 그 점은 딸 양현에게서도 마찬가지 방식으로 나타난다. 양현은 여리고 나약한 심성의 엄마를 대신한 서희의 훈육을 받아들이고 체화하면서 의사라는 근대적 직업인으로 거듭나고, 여전히 신분적 열세의 한계를 탈피하지 못해 고뇌하고 방황하는 송영광에게 당당하게 사랑고백을 할 수 있는 근대적 여성으로 성장하는 것이다.

이렇듯 내적 유폐와 체념의 양상으로 나타나는 한은 스스로 그 한을 삭이고자 무수히 노력하는 과정 속에서 시대의 변화를 체현해 보이거나 적극적으로 주도해 가거나, 끝내 삭임에 이르지 못하여 가족이나 인연 있는 이들에게 그 한을 전이하는 방식으로 한의 연쇄 고리를 이어가면서 당대의 시대상을 충실히 반영해 보인다.

3) 승화로서의 한

『토지』에는 태생적으로 타고난 신체적, 신분적 열세 때문에 체념과 내적 유폐의 과정을 겪지만 깊은 자기 성찰과 창조적인 열정을 통해 자신의 한을 예술적으로 승화시키는 인물도 적지 않다.[12] 조병수와 송영광, 김길상 등이 그러한데 그들은 외부로 향하는 공격적인 행태를 보이지 않으며, 자신의 한을 일 또는 예술로 승화시킨다. 이들의 창조적 열정은 태생적인 약점을 극복하고, 암울한 시대 상황을 탈출하려는 의지로 결집되어, 동시대인들이 지니고 있는 여러 양태의 한들을 아울러 포괄하면서 극복하는 방향으로 나아간다.

조병수의 경우는 곱사등이라는 신체적 장애 때문에 탐욕과 허세로 가득한 친부모에게는 부끄러운 자식이다.[13] 그는 누구 눈에 띄지 않

---

12) "원한은 멀리하기보다는 받아들여서 맺히지 않게 하고 스스로 풀고자 노력해야 할 대상이며, 삶은 그러기 위해 노력하는 것 자체이다. 여기에 이르면, 원한은 인간이라는 존재의 본질적 양상일 뿐만 아니라 그가 영위해야 할 창조적 삶의 조건이다." 최시한, 앞의 책, 374쪽.

13) 이재선은 현대 예술이나 문학의 관심이 병의 질환 상태나 증후군 및 정신 병리의 심연과 매우 밀접한 상관 현상을 가지고 있으므로 현대 예술은 근원적으로 사회적 문화적인 병리학의 박물관이라고 말한다. 이재선, 「현대소설의 병리적 상징」, 『문학의 이해』, 서강대 출판부, 1988, 5쪽.
수전 손택은 암과 결핵이라는 질병의 문학적 은유를 탐구하면서 "의복(신체 밖을 둘러싸는 외피)과 질병(신체의 내부를 감싸는 일종의 장식)은 자아를 대하는 새로운 태도의 비유가 되기 시작했다"고 말한다. 질병이나 신체적 장애가 인물의 "생명력 부족이나 좌절"을 강조한다고 보았기 때문이다. 수전 손택, 이재원 역,

게 골방에 처박혀 있어야 하고 서희와의 혼담 문제 같은, 자기 일에 대한 의견을 내세울 수 없다. 아버지 조준구가 최씨 가의 재산을 몽땅 차지하고 서울로 살림을 옮긴 뒤에는 아예 그마저의 관심마저도 받을 수가 없게 된다. 수차례 자살을 시도하며 정작으로 부끄러운 부모의 죄업으로부터 탈피하려던 그는 소목일을 배우고 그것에 심취하면서 돌파구를 찾아낸다.

> 불구자로서의 번민이나 부모가 자식에게 가한 수모, 천지간에 몸도 맘도 기낼 수 없었던 처절한 고독, 그것은 병수 자신을 위한 목마름이었지만 그 목마름 같은 것을 누르고도 남을 크나큰 고통은 자기 자신이 죄인이라는 의식이었다. 부모의 큰 죄는 바로 자신의 죄요, 부모의 악업으로 얻은 재물로 자신이 연명되고 있다는 그 뼈를 깎는 고통, 더러운 곡식을 아니 먹으려고 수없이 기도했던 자살, 그러나 생명에의 집착 때문에 스스로 죽음을 포기하였고 더러운 물 더러운 곡기를 미친 듯 빨아당기지 아니했던가. 병수는 죽지 못하는 치욕 때문에 미쳐 날뛰었다. 그를 구원한 것이 바로 이 소목일이었다. 이제 병수는 용서를 받은 것이다. 자학은 일(예술)에서 승화되었다. 일은 그에게 만남이었다.
>
> (9권, 340쪽)

병수에게 일은 구원이었다. 모든 번뇌를 끊고 오로지 자기 안에 침잠하여 일에 열중하다보면 그에게는 치욕도 죄의식도 모두 사라지게 되는 것이었다. 그는 일을 통해 스스로를 용서했으며, 그 용서의 힘은 치욕스런 부모를 연민할 수 있는 데까지 발전한다. 예술을 통한 한의 승화다. 그가 길상의 관음탱화를 보러 가서 소지감과 나누는 대화중에 이런 대목이 있다.

『은유로서의 질병』, 이후, 2002, 47쪽.

"하기는 하늘을 찌르듯 높이 솟은 탑이든 천년, 만년을 꿈꾸며 조성한 가람인들 따지고 보면 쥐벼룩의 어깨춤 같은 것, 찰나가 아니겠소? 다만 내가 나에게 타이르는 것이지요. 살아 있노라고."

(중략)

"밤낮으로 정성을 다하여 장롱 하나를 만들어놓고 나면 배가 고프다 했지요? 그 배고픔은 위장에서 오는 것이 아닌 마음에서 오는 배고픔이라 했소."

"그런 말 한 것 같소."

"그런데 어떤 사람은, 이것도 쟁이받이의 얘긴데, 큰일을 하나 끝내고 나면 설움이 왈칵 솟는다 하더이다. 왜 그럴까요?"

"글쎄올시다……. 인연이 끊어지니까 그런 것 아닐까 싶은데……. 떠나야 하니까요."

(16권, 153쪽)

이는 자신의 혼을 다한 예술품 하나를 완성한 다음 예술가가 느끼는 감정에 관한 것인데, 여기에서 인연이 무엇과의 인연이냐고 소지감이 묻자 병수는 "물(物)과의 인연"이라고 말하면서 "정성을 다할 때 그것은 하나의 인연(16권, 153쪽)"이라고 설명한다. 그 같은 인연을 맺는 까닭은 소망14) 때문이라고 하는데 여기에서 소망에 대한 병수의 해석은 바로 한이다. 즉 예술적으로 승화되는 한은 사람들의 근원에서 오는 하나의 절실한 소망으로서, 자신에게 주어진 운명에 대한 물음이라고 할 수 있다. 즉 그 물음, 그 소망을 위탁한 것이 예술이다.

---

14) "소망이니 염원이니 하는 것은 한에 있어서의 지향성을 이름이라 하겠다. 이는 한의 중요한 속성이다. 그런데 지향성 자체는 윤리·도덕적 자리에서 보면 가치 중립적인 것이다. 그것을 가치 지향적인 방향으로 꾸준하게 궤도 수정을 하고 질적 변화를 일으키게 하는 것, 그것이 곧 한에 있어서의 '삭임'의 기능이다." 천이두, 「한의 여러 궤적들」, 앞의 책, 198쪽.

식민지 상황에 놓여있는 당대인들의 절실한 소망은 국권회복을 통한 인간됨의 확인이며, 그 소망이 이루어지지 않는 한 당대인들 모두에게 그것은 한으로 남을 수밖에 없다. 병수의 한이 예술품으로 변모되어 가는 과정은 동시대인들의 한을 위탁받아 승화시켜 가는 과정에 다름 아니다. 그러한 승화는 추한 욕망 때문에 더욱 추한 말년을 맞은 부모에 대한 포용과 연민을 향해 나아감으로써, 부끄러운 시대의 극복을 통해 도래할 새로운 시대에 대한 희망가로 읽힌다.[15]

송영광의 예술적 승화는 병수의 대승적 포용과 연민에는 미치지 못한다. 아직 젊다는 것도 한 이유가 되겠으나 색소폰 연주라는 시간 예술의 특징에서도 기인하는 것으로 보인다. 병수의 자개 공예는 일정한 공간을 차지하여 시각적 효과를 줌으로써 장인으로써의 성취감을 안겨주지만, 영광의 색소폰 연주는 연주자 자신의 심취와 음악을 듣는 이들의 순간적인 환호 이외에 현상물로 남는 것이 없다. 앞에서 병수가 한 말을 인용하자면 소망을 위탁할 물이 구체적으로 현현될 수 없는 것이다. 따라서 자신의 한을 승화시키고 위탁하는 방식 또한 일회적이고 즉물적일 수밖에 없다. 그러나 누구나 공감할 수 있는 시대적 고뇌의 표출이라는 측면에서, 그의 방황하는 정신을 담는 음악적 승화는 당대적 보편성을 획득한다.

---

15) "조병수는 여러 가지 점에서 진흙 속에서 피어난 연꽃 같은 존재이다. 즉, 악의 길로만 내닫는 부모에게서 태어난 자식임에도 불구하고, 그 부모들과는 정반대의 착한 길을 걸었다는 점에서 그렇고, 알한 부모의 자식이라는 자각에서 오는 한뿐만 아니라 신체 장애자라는 데서 오는 한, 그리고 그렇기 때문에 사랑하는 사람(최서희)에게 감히 고백조차 못하고 평생 가슴 속에 그 사랑을 묻어두고 살아야 하는 한을 간직하고 있음에도 불구하고 그 한을 삭이고 맑히면서 장인으로서의 자기 삶을 성공적으로 이룩해낼 수 있었다는 점에서 그렇다." 천이두, 앞의 책, 197쪽.

정처 없이 떠돌고 어디에도 안착하지 못하는 영광의 부유성은 신분의 차이에서 기인하는 바 크다. 불구자로 태어나긴 했으나 병수는 양반 출신이기에 손가락질보다는 동정을 받는 처지이지만, 영광은 뛰어난 재주와 능력으로도 백정 자식이라는 손가락질을 벗어나지 못한다. 신체적 열세보다 신분적 열세는 그 시대에 훨씬 더 큰 한으로 작용하였다. 양현을 사랑하면서도 그녀를 자기의 신분적 열세 안에다 가둘 수 없어 떠나보내야 하고, 가족을 사랑하면서도 가족과의 만남을 기피해야 하는 영광의 죄의식은 스스로 짊어진 것이 아니고 사회 제도와 관습이 억지로 지워준 것이다. 따라서 그의 예술적 성취는 고독과 허무 속에서 벗어나지 못하며 타인을 품는 깊이와 넓이로 확장되지 못한다. 다만 자신의 내부에서 혼신의 힘을 다해 삭이려고 애쓸 뿐이다. 색소폰 연주를 통해 한을 공중으로 흩어 보내면서, 자신을 얽어매는 온갖 구속으로부터 자유로워지기 위해 노력하는 것이다. 개인적 차원을 벗어나지 못하는 것처럼 보이는 그의 이런 행태는, 일본이라는 강력한 억압 체제에서 벗어나고자 저항하고 방황하는 숱한 민중을 대변한다. 갈수록 기승을 더하는 일제의 대륙 침략 야망은 분쇄되리라는 전망이 보이지 않고, 태평양 전쟁의 와중에 독립의 희망이 더욱 멀어져 가던 조국의 암울한 처지는 그대로 영광의 처지였다.

김길상의 관음탱화 조성은 평생을 통해 단 한 번의 성취로 끝나는 의식(儀式)의 의미가 훨씬 강하다. 그의 작업은 평생의 원력(願力)을 건 것이었으며 자신이 살아온 세월 전부를 담아낸 것이었다고도 할 수 있다.16) 소지감이 길상의 아들 환국에게 "삶의 본질에 대한 원력이라

---

16) "관음탱화의 완성이라는 길상의 핵심 행위는 '자기 욕망의 객체화'라는 면에서 중요한 의미를 가진다. 그러므로 한의 승화에 이르게 하는 발신자는 다름 아닌 '탱화의 완성'이라는 창조적 노동이다. 창조적 노동을 통해 자기 한을 승화시키는 과

면 슬픔과 외로움이 아니겠나(13권, 311쪽)"라고 반문하는 것도 그런 이유다.

신분적 열세를 한으로 지녔고 사랑하는 여인과의 사이에 건널 수 없는 강을 두고 있다는 점에서 길상의 한은 송영광과도 일맥상통하는 데가 있다. 자신의 부모가 누군지 자신의 출생 내력이 어떤 것인지 알지 못하는 길상의 고아 의식과, 부모와 가족이 있으나 오히려 그러한 배경이 부끄러움이 되는 영광의 떠돌이 의식은, 어느 누구에게서도 동류로서의 공감을 얻지 못하고 늘 혼자서 고립되어야 한다는 공통점도 갖는다. 그러나 길상은 신분의 차이를 뛰어넘어 사랑하는 여인과 혼인을 했고, 계명회 사건으로 투옥되는 등 독립운동에 관여함으로써 사회적 위치를 확고히 세웠다는 점에서 영광의 부유성과는 변별된다. 그가 관음탱화에 자신의 온 생애를 걸 수 있는 것 역시 그런 안정감에서 출발했다고 볼 수 있다.

> 머나먼 곳에서 비쳐오는 빛과도 같이. 구원과도 같이 아름다운 관음보살. 깊이 모를 슬픔이며 환희 같기도 했다. 그러나 어느덧 경이로움과 감동은 떠나갔다. 대신 길상의 외로움이 가을밤처럼 숙연하게 묻어오는 것을 느낀다. 그것은 이상하게도 병수의 마음을 편안하게 해준다. 자신의 외로움과 동질적인 길상의 외로움이 겹치면서 외롭지 않다는 묘한 느낌이었던 것이다. 영혼과 영혼이 서로 닿아서 느껴지는 충일감 같은 것이기도 했다.
>
> (16권, 157쪽)

예술적 승화를 통한 대승적 자아확장의 측면은 길상이 병수와 만나는 지점이다. 한 개인의 한이 다른 이의 그것과 겹치면서 서로를 위로

정에서 방해자의 역할을 하는 것은 신분 제도다." 박혜원, 앞의 글, 29쪽.

하고 보듬을 수 있는 가능성은 예술에서 나온다. 길상의 관음탱화는 그런 점에서 일제 강점기의 역사적 현실 속에서 고통 받는 민족 전체의 공통된 소망을 형상화했다고 말할 수 있다.[17]

여기에서 살펴본 승화로서의 한은 타인을 향한 공격성이 배제되고, 자기 내부로 향해 있으면서도 체념의 차원에 머물러 있지 않았다. 깊은 자기 성찰과 운명에 대한 자각은 한을 내부에서 삭이는 방향으로 추동되었으며, 그 힘은 다시 예술적 승화로 확장되었다. 그러나 거기에 이르기까지는 개인의 의지적 선택과 노력이 뒤따랐으며, 예술을 통해 개인적 차원의 한에서 벗어나 동시대인들의 고뇌를 표출해 보이거나, 타인을 끌어안는 대승적 차원으로 나아감으로써 한이 생명의 본질에 닿아 있음을 통찰하게 하였다.

4) 풀이와 용서로서의 한

죽음을 태생적 조건으로 하는 인간은 삶의 기본 바탕을 허무와 슬픔에 둘 수밖에 없다. 모든 종교의 탄생이 인간 조건에 대한 깨달음에서 비롯되며, 누군가를 사랑하지 않고는 견디지 못하는 인간의 심성 또한 거기서 연유한다.

> 부처는 대자대비라 하였고 예수는 사랑이라 하였고 공자는 인이라 했느니라. 세 가지 중에는 대자대비가 으뜸이라. 큰 슬픔 없이 사랑도 인도 자비도 있을 수 있겠느냐? 어찌하여 대비라 하였는고. 공이고 무

---

17) "우관 스님의 상좌에서 하인으로, 하인에서 독립운동가로, 최서희의 당당한 남편에 이르기까지 길상의 전 생애가 사회적 자아의 실현 과정이라면, 관음탱화의 완성은 나를 넘어 일제 말기 역사적 현실 속에 신음하는 공동체 차원의 염원을 형상화했음을 의미한다." 신덕룡, 「『토지』의 삶과 역사 · 1」, 앞의 책, 230쪽.

이기 때문이며 모든 중생이 마음으로 육신으로 진실로 빈자이니 쉬어
갈 고개가 대자요 사랑이요 인이라. 쉬어갈 고개도 없는 더 안일지옥의
무리들이 어찌하여 사람이며 생명이겠는가.

(10권, 38쪽/ 13권, 155쪽)

이미 고인이 된 김환은 강쇠에게 이렇게 말을 건넨다. 그가 말하는
큰 슬픔은 한의 다른 이름으로 『토지』를 관통하는 가장 근원적인 정
서이다. 주인공 가족만 하더라도 5세대가 태어나고 살아가고 죽는 과
정 속에서 파란만장한 가족사를 펼쳐 보이는 만큼, 수많은 가족들의
역사를 포함하는 소설 전체는 그러한 슬픔의 거대한 집합체라 할 수
있다. 생명이 본래부터 지니고 태어났기에 피하거나 떼어낼 수 없는
그것은 오로지 누군가를 사랑함으로써만 극복된다. 그 때문에 가족의
수만큼이나 많은 사랑이 다양한 형태로 그려지지만, 그중에서도 인간
조건을 거스르는 강렬한 반항으로서의 그것은 남녀 간의 사랑이다.
죽음을 거슬러 새로운 생명의 약동으로, 후손을 통한 무한한 자기 영
속의 의지로 이끄는 것이 남녀 간의 사랑이기 때문이다. 따라서 핏줄
의 얽힘에서 비롯되는 부모자식 간의 사랑이나 형제자매 간의 사랑보
다, 남남으로 만나 서로의 한계를 무너뜨리는 이성 간의 사랑이 한의
극복 가능성을 가장 크게 지니고 있다. 더구나 고착된 신분질서와 식
민지적 상황을 운명으로 안고 살아야 했던 당대인들에게 있어 신분과
제도, 관습을 뛰어넘는 사랑은 그 자체로서 시대 변화의 기표가 되기
도 하였다.

『토지』에는 타인에게로 순수히 흘러들어가 인간의 모든 고통과 약
점을 넘어 진정한 해한(解恨)의 길로 들어서는 사랑이 어떤 것인지를
보여주는 인물들이 있다. 가장 대표적인 경우는 이용과 월선 짝이다.

그들은 부모의 반대, 강청댁의 질투, 임이네의 악의적인 훼방에도 마침내 그 모든 고통을 끌어안고 삶에서의 진정한 승자가 된다. 그러나 월선의 헌신적인 사랑과 이타적 자기 절제가 밑받침되지 않았다면 그들의 사랑은 결코 그러한 경지로 나아갈 수 없었다.

월선의 첫 번째 한은 무당의 딸이라는 신분적 약점이다. 그녀는 천민인 자기 신분이 사랑하는 이에게 누가 될까 봐 원하지 않는 결혼을 하고, 그 결혼이 실패로 끝나고 나서도 그를 원망하거나 동정을 구하지 않는다. 찾아온 그를 내치지 못함으로써 강청댁의 분노를 사게 되고, 그것이 모멸과 폭행으로 이어져도 한마디 발명하지 않는다. 그에게 구원을 요청하지도 않고, 그의 결혼 생활에 번뇌를 보태지 않기 위해 삼촌을 따라 간도로 떠나 버린다. 사랑하는 이를 향한 자신의 욕망을 철저히 억누르는 자기 절제가 선행되지 않고선 어려운 선택이다. 다시 고향에 돌아와 어렵사리 용과 재회하게 되었을 때는 그의 곁에 아들을 낳아준 여인 임이네가 버티고 있다. 사랑하는 이의 핏줄을 생산하지 못한 게 월선의 두 번째 한이랄 수 있다.[18] 그런데도 그녀는 마치 자신이 낳은 아들인 것처럼 홍을 거두어 돌보며 임이네의 모욕과 악의를 참아낸다. 합법적인 아내의 지위를 요구하지 않으며 그럴 수 있다는 가능성조차도 꿈꾸지 않는다. 사랑하는 용의 곁에서 그의 아들을 돌볼 수 있다는 데 그녀는 행복을 느끼며, 그것은 임이네의 악담과 탐욕마저도 견딜 수 있는 힘이다.

---

18) "월선은 비생산이라는 육체적 결함에도 불구하고 모성의 전형으로 기능한다. 이에 비해 임이네는 신체적으로는 풍요 생산의 상징적 기표이지만 모성은 존재하지 않는다. 즉 월선은 신체적으로 불임이지만 의미적 심층적으로는 생산, 풍요, 모성을 상징한다." 이재선, 앞의 글, 5쪽.

　"우리 많이 살았다."

　"야."

　내려다보고 올려다본다. 눈만 살아 있다. 월선의 사지는 마치 새털같이 가볍게, 용이의 옷깃조차 잡을 힘이 없다.

　"니 여한이 없제?"

　"야, 없십니다."

　"그라믄 됐다. 나도 여한이 없다."

　머리를 쓸어주고 주먹만큼 작아진 얼굴에서 턱을 쓸어주고 그리고 조용히 자리에 눕힌다.

(6권, 290~291쪽)19)

　월선의 사지가 새털처럼 가벼울 수 있는 것은 그녀의 자기 절제와 헌신의 힘이다. 여한이 없다는 두 사람의 서로를 향한 고백은 고통과 한으로 얼룩진 삶을 끌어안는 순간이다. 자신의 전부를 투여했기에 더 이상의 한도, 불행했던 순간들에 대한 고통스런 기억과 원망도 남을 수 없다는, 삶이 주었던 모든 아픔에 대한 화해와 용서의 시간이다. 월선의 강인한 자기 절제와 이타적 헌신이 그녀 안에 첩첩이 쌓인 한을 풀어내고 모든 것을 용서로 승화시킴으로써, 마침내 용의 삶을 한 단계 끌어올리고 자신으로서는 더할 나위없는 편안한 죽음으로 이어지는 것이다. 편안한 죽음은 인간이 다다를 수 있는 최종적인 자유다. 월선은 자신의 한을 한 남자에 대한 사랑으로 극복해냄으로써 대자유의 열반에 도달했다고 볼 수 있다. 이들의 사랑은 그러므로 동시대인들에게는 하나의 이상(理想)이 된다. 신분제의 질곡과 봉건적 가족 가

---

19) 천이두는 이 장면을 『토지』 전편을 통틀어 가장 아름답고 격조 높은 장면이라 평가한다. 이 경지에 이르러 용이와 월선의 사랑은 이승의 차원을 넘어 어떤 영적인 차원으로 확장됨을 느낄 수 있다는 것이다. 천이두, 앞의 책, 197쪽.

치로부터 벗어나 사랑의 욕망에 충실하면서도, 자신이 처한 삶의 자리를 파괴하지 않고 꿋꿋이 지켜내는 모습은 어두운 시대를 살아가는 이들에게 한 줄기 빛으로 남게 되는 것이다.

귀녀와 강포수의 관계에서도 이들과 비슷한 한풀이의 과정을 볼 수 있다. 귀녀의 빗나간 야망은 최치수를 죽음에 이르게 했고 살해의 직접 가담자랄 수 없는 칠성이조차 죽음으로 몰아넣지만 강포수의 순정한 사랑은 그녀를 죄업에서 해방시킨다. 귀녀의 옥바라지를 위해 김서방을 통해 윤씨부인에게 호소하는 것도 마다 않으며, 그녀의 발광과 포악에도 굴하지 않고 하루가 멀다고 먹을 것을 챙겨 옥으로 만나러 간다. 그녀가 소리 지르고 울어대며 제 가슴을 치면서 악담을 퍼부어대도 그는 "귀녀의 고통을 자신이 반은 나누어 가진 듯 도리어 위안을 느끼며"(2권, 242쪽) 더욱 열심히 그녀가 청하는 것을 마련해 간다.

"그 죄 많고 몹쓸 계집을……. 마, 마지막 가는 데 무, 물밥이라도……. 그 계집을 위해서 서러버할 사램이 이 천지간에 누가 있겠소(2권, 240쪽)"라며, 김서방에게 건네는 말에서는 귀녀를 향한 강포수의 사랑이 남녀 간의 애정을 넘어서서 죽음을 앞둔 인간에 대한 연민으로 확장되어 있음을 볼 수 있다. 그의 이러한 포용과 사랑은 결국 귀녀를 진정한 사랑에 눈뜨게 하고 인간회복의 길로 들어서게 한다.

> "강포수, 내 잘못했소."
> "알았이믄 됐다."
> "내 그간 행패를 부리고 한 거는 후회스러바서 그, 그랬소. 포전 쪼고 당신하고 살 것을, 강포수 아, 아낙이 되어 자식 낳고 살 것을, 으으흐 흐……."

　밖에 나온 강포수는 담벼락에 머리를 처박고 짐승같이 울었다. 하늘
에는 별이 깜박이고 있었다. 북두칠성이 뚜렷하게 나타나서 깜박이고
있었다.

(2권, 244쪽)

　한을 푼다는 것은 더 이상 자신을 옥죄는 고통과 상처에 묶여있지 않
으며, 한을 맺히게 한 대상에 얽매이지 않으며, 자신과 대상을 용서하
여 진정한 자유의 길로 들어선다는 뜻이다. 귀녀의 빗나간 욕망과 끔찍
한 악행을 감싸고 따뜻하게 안아주는 강포수의 순정한 사랑은 죽음을
앞둔 죄인에게 진정한 해방과 자유를 선물한 것이다. 이들의 한 많은
사랑은 강포수에게서 훗날 독립운동가로 성장하는 아들 두메에게로 이
어져, 가난하고 힘없는 민중을 위한 혁명의지의 원동력이 된다.

　조준구를 향한 복수를 끝낸 서희에게도 순수한 사랑의 감정을 느낄
수 있는 기회가 찾아온다. 그동안 그녀의 삶은 오로지 최씨 가문의 재
산과 권력을 회복하는 것이었으며, 그를 위해서는 하인이었던 김길상
과의 혼인도 불사하는 강인함으로 달음질쳐 온 나날이었다. 그러나
복수의 끝이 주는 허망함은 숨 가쁘게 달려온 자기 삶에 대해 반추할
기회를 준다. 집안의 주치의였던 의사 박효영의 자살 사건이 그것이
다. 직간접으로 그녀를 향해 사랑을 고백해 왔던 박의사가 그녀의 거
부에 대한 좌절감으로 불행한 결혼을 하고, 이를 견뎌내지 못해 결국
자살하게 된 것이다. 그녀는 자기가 생각한 이상으로 충격을 받는다.
미모와 품위, 도도함과 당당함으로 자신을 포장해 온 날들이 기실은
자신의 인간적 욕망과 진실한 감정을 억압해 온 것이었음을 깨닫게
된 때문이다.

　서희의 이러한 성찰은 어머니 별당아씨와 숙부 김환의 사랑에 대해

생각해 보는 기회로 이어진다. 사랑하는 남자에게 자신의 남은 생을 걸 수 있었던 솔직한 어머니와, 스스로의 감정을 억압하며 자리를 지키고자 애쓰는 자신 중 누가 진정으로 행복한 여인일까 자문하게 된다. 그러면서 어머니의 불행은 스스로가 선택한 사랑의 결과이므로, 남들의 판단과는 전혀 다른 차원에 서 있을 것이라는 새로운 이해의 지평으로 나아간다.

> 서희는 흐느껴 울었다. 소매 속에서 손수건을 꺼내어 눈물을 닦았으나 흐르는 눈물은 멎지 않았다. 그가 앉은 별당, 어머니 별당아씨가 거처하던 곳, 비로소 서희는 어머니와 구천이의 사랑을 이해할 수 있었다. 과연 어머니는 불행한 여인이었던가, 나는 행복한 여인인가 서희는 자문한다. 어쨌거나 별당아씨는 사랑을 성취했다. 불행했지만 사랑을 성취했다. 구천이도, 자신에게는 배다른 숙부였지만 벼랑 끝에서 그토록 치열하게 살다가 간 사람, 서희는 또다시 흐느껴 운다. 일생 동안 거의 흘리지 않았던 눈물의 둑이 터진 것처럼.
>
> (13권, 283쪽)

눈물은 자신을 포함한 인간에 대한 새로운 이해의 차원으로 그녀를 이끈다. 자기의 운명을 철저히 자기 몫으로 받아 안고 살아간 사람들에 대한 연민으로 나아가게 한다. 이는 슬픔의 자각이다. 유한한 생명을 안고 살아가는 인간이 근원적으로 지닐 수밖에 없는 한을 직시하는 순간이다. 이는 서희가 처절한 복수의 과정을 거쳐 왔기에 가능한 일이기도 하다. 신분적 열세도, 신체적 장애도 없는 그녀에게 집안의 풍요와 권력까지 동시에 구비되어 있었다면, 도저히 들여다볼 수 없었을 인생의 심연에 가 닿은 것이다. 남편 길상의 관음탱화를 장엄하는 법회에서 그녀는 짧은 순간이나마 "정적 이상의 세계로, 억겁무진

한 세계로, 티끌 하나 없는 세계로(13권, 288쪽)"의 법열을 느낀다. 자신이 의도하지 않았음에도 그녀의 한은 제 스스로 풀려 그녀를 무한 번뇌의 현실 속에서 잠시나마 해방시킨다. 그러나 해방의 시간은 잠시이며 찰나임을 서희는 슬픔 속에서 발견한다.

> 법당을 나서는 순간
> '아아 사람은 도시 무엇일꼬 번뇌의 본체는 대체 무엇일꼬?'
> 서희는 마음속으로 자신에게 물었다. 여느 때와는 다르게 방금까지 자신이 있었던 자리, 그 법열의 여운이 급속하게 식어가는 것을 느낀다.
> '야망인가 존엄인가 모성인가……'
> 가슴 가득히 슬픔이 밀려왔다. 사람으로 태어난 슬픔, 사물을 쓸어안고 놓을 수 없는 슬픔이었다.
>
> (13권, 288쪽)

법당을 나서는 서희는 다시 현실의 자기로 돌아와 있다. 그러나 슬픔과 연민을 애써 외면하던 과거의 그녀는 더 이상 아니다. 그녀의 한은 자기도 모르는 새 어디론가 흩어져 갔다. 그녀는 큰 슬픔 속에 놓여있는 모성의 존엄함을 깨닫는다. 모성은 다시 길상에 대한 깊은 이해와 그가 가고 있는 독립운동의 길에 대한 성찰로 이어진다. 가문 유지를 위해 겉으로는 친일 행각을 서슴지 않으면서도 용정촌에 독립자금을 보내고 지리산의 동학 재건 세력을 위해 적극적으로 후원하는 행동은 이런 성찰의 힘에서 비롯된다.[20]

---

20) "이는 원한을 푸는 것으로서의 복수 뒤에 오는 허무와 역사의 만남으로『토지』에서 서희의 사회적 역할과 밀접한 관련을 지닌다. 더 이상 복수를 향한 집념이 무의미해진 상황에서 지금껏 이뤄온 것을 지키기 위한 삶이 전개될 것임을 암시한다. 서희의 삶은 역사의 험난한 물줄기 속에서 가정의 복원을, 아내와 어머니의 역할에 충실하면서 독립운동을 지원하는 것으로 축소되는 것이다." 신덕룡, 앞의

여기에서 살펴본 풀이[21]와 용서로서의 한은 앞에서 논한 세 가지 형태의 한에 비해 개인의 의지적 노력과는 큰 상관이 없다. 한 인간을 향한 순정한 사랑과 연민이 어디서 오는 것인지 알 수 없으며, 대상에 대한 애착을 피하려고 의식적 노력을 하면 할수록 더욱 수렁에 빠져 헤어 나올 수가 없게 된다. 결국은 수용하고 받아들이며 인내하는 수밖에 없다. 그리고 그러한 인내는 자기도 모르는 곳에서 오는 연민과 포용과 사랑의 힘으로 마침내 한과 고통의 굴레에서 자신을 벗어나게 한다. 그리고 자신의 해방은 동시에 애착의 대상에게도 구원과 용서를 선물한다. 개체로서의 그리고 감정의 포로로서의 한계나 구분이 사라진 자리에는 더 큰 사랑에로의 문이 열린다. 신분 의식도, 죄의 무거움도, 복수의 허망감도 흩어져 가고 삶과 죽음을 동시에 포용하며, 생명 있는 것들을 향해 열리는 큰 슬픔으로 귀착하는 것이다. 삶의 모든 국면에서 소외될 수밖에 없었던 식민지적 상황 하에서의 민중들의 고단한 일상은 이러한 대승적 차원의 한풀이 과정을 절실하게 요구하고 있었다.

2. 근대의식

『토지』의 시대적 배경이 되는 1897년에서 1945년까지는 우리 역사에서 근대로 분류되는 기간 대부분을 포괄한다. 이 시기는 우리 역사에서 유례가 없는 피식민지 경험의 시대이면서, 조선조 500년 동안

책, 225쪽.

21) "풀이의 근원적이고 일차적인 의미는 긴장의 이완성 및 화해성이다. 즉, 풀이는 제어된 심적인 긴장을 풀어주게 할 뿐만 아니라, 인간 상호간의 관계의 경색을 해소함으로써 서로의 일체감이나 평형감을 확인케 한다." 이재선, 앞의 책, 296쪽.

유지되어온 봉건적 제 관계가 해체되고 농업을 기반으로 하였던 경제 체제가 근대적 자본주의 체제로 변환되어가는 시기였다. 강고하게 유지되어온 신분질서의 와해는 가문이나 신분의 예속을 벗어난 개인의 발견으로 이어졌고, 국권 상실의 시대 상황은 민족적 각성의 계기가 되었으며, 식민지적 왜곡을 거친 자본주의는 근대적 시민 계급의 성장을 저해하고 악덕지주에 의한 농민 수탈이나 투기적 매판 자본 형성 등의 부정적 현상을 낳았다.[22] 따라서 이 시대를 살아간 사람들의 일상생활은 가족 관계와 신분 질서의 변화 뿐 아니라 삶의 형태와 사고방식까지도 급격한 변화의 소용돌이 속에 놓이게 되었다.

『토지』의 인물들 역시 이러한 시대 변화의 물결 속에서 그 시대 특유의 세계관과 가치관 형성에 주도적 위치를 점하거나, 영향을 받으면서 당대의 총체적 시대상을 드러내 보여준다. 관점에 따라 시대 변화의 방향은 여러 측면에서 검토될 수 있겠으나 여기에서는 외세 배격과 민족자존의 열망으로 부상한 민족주의, 당대인들의 일상생활에 엄청난 변화를 가져온 일제 주도의 식민지 자본주의, 주류 사회에서 소외되어온 여성들의 근대적 의식 변화에 초점을 맞추어 논의해 보고자 한다.

1) 민족주의

일제에 의한 식민 지배 체제는 민족적 각성의 토대가 되었는데, 이는 일본이라는 침략자에 대한 거부와 반항의 감정적 기반 위에서 형

---

22) 염무웅은 우리의 봉건사회 극복이 서구 역사에서 보이는 전형적 과정을 밟지 못하고 제국주의 외세의 무력침략으로 식민지적 전락을 겪게 되어, 전체적으로는 봉건적 관계가 해체되었으나 부분적으로는 그것이 더욱 강화되기도 하였다고 본다. 염무웅, 앞의 책, 293쪽.

성되었다.23) 장구한 역사를 통해 형성된 우리 고유의 관습과 도덕, 생활양식들이 일제에 의해 제거되려 한다는 위기의식에서, '우리'를 지키고자 하는 의지가 민족적 결집을 요구하였던 것이다. 따라서 국가의 독립이나 주권의 회복은 그 자체의 가치로서보다 인간적인 삶의 조건 보존과 민족 해방 운동의 일환으로 추구되었다. 우리의 것을 강제로 빼앗고 우리를 억압하며 우리의 가치를 부정하는, 일본의 폭력적 지배 형태가 민족의식의 각성과 확장으로 이어졌던 것이다.

『토지』에서의 민족주의24)는 이러한 자장 위에서 그려지고 있다. 고정불변의 가치를 지닌 우리 민족만의 고유하고 독특한 특성을 전제로 하는 민족의식이 아니라, 일본을 비롯한 외세의 틈입을 배제해 가는 과정에서 형성된 민족 정체감을 포착해내고 있는 것이다. 그러나 기층 민중과 몰락한 양반 지배계급, 근대화 바람을 타고 새롭게 부상한 지식인층에서 민족적 정체감을 인식하고 표출하는 방식에는 분명한 차이가 있었다. 또 같은 계급 내에서도 개인 및 그가 속한 가족의 욕망과 성향, 교육 및 의식화의 정도에 따라 전혀 다른 방향으로 표출되고 있다.

의식적이든 무의식적이든 민족의 발견은 당대인들의 현실적 삶에

---

23) "식민지 경험은 우리가 '약소'민족이기에 겪은 아픈 상처이고, 이를 함께 경험한 것은 우리가 '한 민족'이기 때문이며, 따라서 '우리는 민족 공동체'라는 공식이 성립해왔다. 우리 '민족'의 특성은 '민족에 대한 집착'이라는 인식을 보여줄 만큼, 우리에게 민족은 뗄 수 없는 것인데, 이러한 '민족에 대한 집착'과 '혈연적 민족'의 개념은 8·15라는 역사적 사건, 즉 '해방'을 직면했던 때에 보다 표면적으로 드러났다고 볼 수 있다." 배주영, 「해방 직후 소설에 나타난 '민족' 개념 형성 고찰」, 『한국현대문학연구』 13집, 2003.6, 한국현대문학회, 271쪽.
24) B. Anderson은 민족주의는 근대에 창출된 것으로 민족의 개념은 허구적이고 만들어진 것이라고 말한다. 민족주의 형성과 근대와의 관련에 관한 논의는 그의 저서 『민족주의의 기원과 전파』(윤형숙 역, 나남, 1994)에서 참고하였다.

분명한 음영을 드리움으로써 그에 상응하는 담론을 형성케 하고, 행동하게 하였다. 특히 기록된 역사의 재구성에 대한 관심보다 체험되고 인식되는 역사를 탐색하는 데 초점을 두고 있는[25] 『토지』에서는 당대를 살아간 수많은 인물들의 구체적인 생활의 현장이 바로 민족의식 체현의 장이었다. 그리고 이는 동학재건 세력의 활동을 중심으로 한 민족 운동 과정으로 서술된다.[26] 따라서 『토지』의 시대정신으로 민족주의를 논하는 일은 동학 세력이 지향했던 민족주의와 거기서 분화되어 나간 민족 운동과의 관련 속에서 살펴야 한다. 물론 유교적 지식인층이나 기층 민중들의 민족주의 운동도 배제할 수 없다.

논의의 과정은 동학 세력의 민족주의를 다양한 인물들의 행적과 그들의 가족서사를 통해 고찰한 다음 유교적 지식인층의 민족주의를 살펴보고, 이후 지식인들의 담론 속에서 분화되는 민족 운동 방향을 따라가며 진행된다. 주갑이나 한복처럼 특별히 어떤 조직의 구성원이 아니면서도 민족주의 운동에 헌신했던 민중들의 의식도 아울러 조명해 볼 것이다. 이는 주로 인물들의 대화로 나타나 있으므로, 역사적 사건을 사회적 환경이나 생활의 한 부분으로 경험하는 인물들의

---

25) "『토지』의 서술의도는 기록된 역사를 선택하고 재구성하는 데 있는 것이 아니라 역사가 어떻게 체험되고 인식되는가를 탐색하는 데 있는 것이다. 이 작품은 만주를 배경으로 활동하는 매우 다양한 집단을 창조해내고 있으며, 역사를 통해 그들의 삶을 형상화하지 않고 창조된 인간의 삶의 방식을 통해 역사를 조명한다." 이상진, 「『토지』속의 만주, 삭제된 역사에 대한 징후적 독법」, 『현대소설연구』 제24호, 2004.12, 한국현대소설학회, 252쪽.

26) 동학혁명은 피압박 농민층의 반봉건 운동으로 조선 말기의 여러 가지 모순된 사회·경제적 구체제를 근본적으로 붕괴시키는 데 결정적인 임무를 수행하였으며, 민주 혁명으로 이어지는 과정에서 보수적인 체제에 변화를 주어 근대 시민사회를 형성케 하는 데 기여한 것이라는 역사적인 평가받는다. 이현희, 「동학혁명운동과 프랑스혁명의 비교」, 『東學思想과 東學革命』, 청아출판사, 1989, 69~78쪽 참조.

의식과 정서적 반응이 대화에 어떻게 표출되고 있는가에 초점을 맞추고자 한다.[27]

『토지』의 1부는 이 시기 민족운동을 유교적 지식인층과 동학 잔존세력이 주도하는 농민층의 두 방향에서 접근하고 있다. 전자는 김훈장의 복벽주의와 이동진의 개방적·계몽적 민족운동이라는 두 측면으로,[28] 후자는 윤보―김환―송관수―김길상으로 맥을 이으면서 산발적 의병운동이 조직적 독립운동 차원으로 성장해 가는 것으로 서술된다.『토지』의 서사는 전자를 포괄하면서도 후자의 민족운동에 초점을 맞추어 진행된다. 이는 정치적 의도와 이념적 지향에 따라 여러 갈래로 분화되었던 지식인층의 독립운동보다는, 민중의 구체적 삶에 뿌리내린 독립운동을 진정한 민족운동으로 부각시키려는 작가의 의도로 볼 수 있다.[29]

혜관은 동학을 "민생을 위하여 농민들을 몰고서 압제자에게 칼을 들었고 외세를 몰아내려" 했다는 점에서 홍수전의 태평천국과 비슷

---

27) "『토지』는 사건과 관련된 인물들의 내면적 의식, 정서, 한, 다짐, 세계관 등을 그리는 데 초점이 맞추어져 있지 개인들의 행동을 통해 나타난 역사적 사건 자체를 조망하는 데 관심을 두지 않는다. '사건사' 중심의 역사 이해에 낯익은 사람들에게는『토지』의 이러한 특성이 역사성의 부각이란 점에서 한계가 있는 것으로 여겨질지도 모른다." 박명규, 「『토지』와 한국 근대사: 사회사적 이해」, 『토지 비평집』 2, 솔, 1995, 126쪽.

28) 박명규는 유교적 교육을 받은 박은식, 신채호 등의 전통적 지식인이 '신민회 구성원으로서 이후 중국에서의 독립운동가가 된 지식인'이라고 하면서 이동진과 같은 계열의 민족운동가에 속할 것이라고 보았다. 이들이 "애국계몽운동과 신민회 활동을 거쳐 해외로 이주, 독립운동가로 전신하였"다는 것이다. 위의 글, 129쪽.

29) 송호근과의 대담에서 박경리는 동학을 이렇게 의미 규정한다. "프랑스 혁명이 프랑스 정치사상을 바꾸어 놓은 계기가 되었듯이, 동학은 우리의 근본을 복원하기 위한 중요한 혁명이자 세계사적 사건이지요. 왜냐하면, 생명의 존엄성을 확립하기 위한 농민들의 전쟁이자 샤머니즘의 확인이었으니까요." 송호근, 「삶에의 연민, 恨의 美學」, 『작가세계』, 1994, 가을, 59쪽.

하지만, "동학이 숭상하는 것은 하늘이요, 하늘에서 도를 받아 천도라 그러니 분명 영신(靈神)을 본(本)으로 삼은(6권, 134쪽)" 것이라 말한다. 이는 민생 안정을 통해 권력을 장악하려는 정치적 의도가 강했던 태평천국에 비해, 생명의 존엄과 인간 해방에 무게를 둔 동학이야말로 진정한 민중운동이며, 당대 민족운동이 지향할 바였음을 뜻한다.

동학란에 가담한 상민으로서 후에 독립운동가로 변신하는 윤보의 행적을 추적하면서 동학 세력의 민족주의30)가 추구하는 방향을 먼저 살펴보기로 하겠다.

> "나리 좋으실 대로 하십시오. 허나 숭년이믄 나랏님께서도 곳간을 열어 굶주리는 백성에게 기미를 나누시는데 지금이 어느 때라고, 당주님이 주시겠다는 곡식 얻어가는 기이 죄가 되겠십니까. 도리어 삼수놈이 중도에서 곡식을 가리단죽했는지 주는 집 안 주는 집 있고 보믄 그 사단을 캐어보는 것도 재미있일 상싶구마요."
>
> (3권, 94쪽)

윤보는 수동이와 길상을 앞세워 서희의 허락을 받아낸 다음 곳간의 쌀을 퍼내면서 조준구를 은근히 비판한다. 어린 서희의 후견인을 자처하고 나서 최씨 가의 재물을 한 입에 삼킨 조준구가 흉년에 자신에게 충성할 의사가 있는 농민들에게만 기민 쌀을 푸는 바람에 상당수 평사리 마을 사람들이 굶어죽을 입장에 처하게 된 때문이다. 일경에 의지하여 마을 사람들에게 행악을 부리는 조준구에게, 윤보는 이런

---

30) "『토지』에서 민족 운동의 중심은 본질적으로 '동학'에 뿌리를 두고 있다. 이 때 소설 속의 동학은 종교성보다는 반봉건·반외세를 표방한 농민 중심의 피지배 대중의 강력한 반침략 민족운동이었던 갑오농민전쟁의 이념을 함의한다." 김민수, 「역사와 허구의 근접과 거리」, 『중앙대 연구논집』 5-2, 중앙대학교 대학원, 1996.4, 48쪽.

방식으로 경고를 하고 있다. 흉년에는 나라의 임금이 백성의 굶주림을 손수 돌보았으며 마을의 지주 또한 임금을 대신하여 그런 역할을 해왔으니, 백성을 굶주리게 하는 것은 민족에 대한 배반이라는 뜻을 분명히 하고 있는 것이다. 그리고 민족에 대한 배반은 어떤 형태로든 그 책임을 물을 수밖에 없다는, 그들 행동에 대한 변명이기도 하다. 조준구의 손발이 되어 마을 사람들을 편 가르려는 삼수 또한 심판의 대상이 되고 있는데 이는 당대 상황에서 일본의 주구가 되어 출세한 무리들에 대한 준열한 민중의 목소리를 대변하는 것일 터이다.

여기에서는 일과 생계를 함께 하는 생활 공동체로서의 민족 개념이 암암리에 드러나고 있다. 마을 작인들의 노동으로 곳간을 채운 지주는 흉년이 들었을 경우 경작자들에 대한 구호 의무도 지니고 있으므로, 작인 중 누구라도 굶주림 때문에 죽어나간다면 이는 지주의 실덕(失德)이며 나아가 마을 공동체를 파괴하는 악덕(惡德)이기도 하다. 악덕한 지주는 마을 백성들의 구심점이 될 자격이 없으며, 마을 사람들에게는 그에게 충성과 의리를 다할 의무가 없다. 이러한 지주 개념을 임금으로, 나라로 확장해 가면 마을 공동체는 바로 민족 공동체 개념과 맞닿게 된다. 이후 마을 사람들이 친일파 조준구의 치죄를 명분삼아 본격적으로 봉기에 나서게 되는 것 역시 민족을 침범한 일본 제국주의를 징벌한다는 성격이 짙다.

삼수의 배신으로 그들의 봉기는 실패하지만, 『토지』 서사의 중심 골격을 이루는 가족들의 간도 이주로 이어져, 이들에게 새롭게 민족을 발견할 수 있는 기회로 작용한다. 독립운동가와 밀정, 그 사이에서 줄다리기하며 살아가는 사람들과의 만남은 각 가족들의 서사에 엄청난 변수로 작용하게 된다. 평사리에 그대로 남았더라면 평범한 농사꾼으로 성장했을 이홍이 중소 자본가로 성장하여 독립운동의 적극적 후원

자가 되고, 서희의 곁을 지키는 하인이었던 길상이 독립운동가가 되어
이후 동학 재건 세력의 중심으로 떠오르게 되는 것이다. 또한 이들이
일으킨 파장은 공노인의 가족과 송장환 등 상의학교 관련 인물들, 김
두수와 심금녀 사이의 역학관계에서도 적잖은 영향력을 발휘한다.

윤보에 이어 동학 세력의 민족주의 운동 핵심인물은 김환이지만,
전설적인 동학 장수 김개주의 적법한 계승자라는 측면이 부각되는 대
신 그의 활동이나 사상은 거의 표면화되지 않는다. 따라서 동학 세력
의 민족주의는『토지』전체 서사에서 가장 활동적으로 그려지는 인물
송관수를 통해 살펴보는 게 효과적일 것이다. 그의 민족 개념은 동학
의 기본 사상인 '사람이 곧 하늘'[31]이라는 데서 유래하기에 하늘인 사
람의 숨통을 막고, 생명의 힘이 뻗치는 것을 가로막는 일본은 반드시
망할 수밖에 없다는 인식으로 귀결된다. 그는 지난날의 동학 의병운
동에서 깨우친 희망을 새롭게 일어서는 학생과 노동자들의 운동에서
발견한다. 일본은 조선을 차지했지만 조선 민족을 자기네 문화로 흡
수하지 못했기에 오히려 쫓기는 신세로 상황이 역전되었다는 것이 그
의 희망의 출발점이다.

동학이 아주 갔다고 나는 생각 안하는 사램이다. 동학하고 농민들은
마지막에 올 기다. 지금은 학생, 노동자다. 나는 원산의 파업을 보고 희
망을 가졌다. 남들은 항복했다고 끝장난 것겉이 말하더라마는 자꾸 일
어날 기고 학생들도 자꾸 일어날기고, 왜놈들이 끝끝내 학생들, 노동자
들 숨통을 틀어막을라 카믄 그만큼 그놈들도 다급해진 거 아니겠나?

(10권, 29쪽)

---

31) 동학은 후천개벽(後天開闢), 무위이화(無爲而化), 시천주(侍天主), 수심정기(修心
正氣)를 종교적 교리의 근간으로 삼아 인내천(人耐天) 사상으로 민중의 주인됨을
선포하였다.

저이놈들이 편할라 카믄 우리 조선 사람들이 모두 일본놈이 돼주어
야 하는 긴데 사방팔방에서 우리는 조선 사람이다, 조선 사람이다! 하고
아우성이니 편키 잠잘 수 없지. 언제든지 지키는 일은 어렵고 지키는 사
람 열 있어도 도적 한 놈을 못 당한다 했는데, 그놈들이 옛날에는 도적
이었지. 그러나 이자는 우리가 도적이다. 그놈들은 지키는 기도, 노동자
들 파업은 왜놈들을 향한 공격이다. 학생들 맹휴도 왜놈들을 향한 공격
이란 말이다. (중략) 왜놈들은 총이믄 그만이었다. 대포만 믿으믄 되는
일이었다. 그러나 지금은 어떻노? 일 안하겠소, 공부 안하겠소, 물러나
는 긴데 실상은 달라드는 기거든. 수천, 수백의 대가리들이 몰켜서 그리
하니 여기서 저기서, 힘이제, 무서븐 힘인 기라. 총이나 대포 가지고도
쏠 수 없고 부셔부릴 수도 없는 힘 아니겠나?

(10권, 29~30쪽)

관수는 노동자와 학생들의 파업이며 맹휴를 일제에 대한 공격으로
파악한다. 파업 등 거부의 몸짓은 사실 적극적인 운동 방식은 아니다.
하지만 그것이 수많은 사람들의 의식을 살아 움직이게 하고 행동으로
옮기게 하는 힘을 내부에 간직하고 있다는 점에서 강한 폭발력을 가
지며, 이는 독립을 향한 거대한 희망의 빛이다. 그렇기에 이들을 가두
고 처벌하고 죽이려 드는 무리에게는 오히려 두려움이자 공포가 된
다. 민족 정체성에 대한 의사표명 자체가 일본의 억압으로부터 해방
되고 민족의 자존을 지키려는 투쟁의 강력한 도구가 되는 것이다.

송관수가 정석을 공부시키기 위해 설득하는 과정에서도 동학 세력
의 민족주의가 지향하는 바를 다시 한 번 확인할 수 있다.

그래 니가 조준구 한놈 직이서 아배 원수를 갚는다고 머가 해겔되겠
나? 달라지는 것은 쥐뿔도 없을 기라 그 말이다. 세상이 달라져야 하는
기라, 세상이. 되지도 않을 꿈이라 생각하겠지. 모두가 그렇기 생각한

다. 천한 백성들은 그렇기 자파하고 살아왔다. 그러나 꿈이라고만 할 수
는 없제. 세상이 한 번 바뀔 뻔 했거든. 왜놈만 아니었으믄. 지난 동학당
난리 얘기는 니도 많이 들었일 기다.

(5권, 169쪽)

　개인적인 원한의 보복으로는 일제 치하의 옳지 않은 세상을 바꿀
수 없다는 게 관수의 소신이다. 그는 세상이 달라져야 하고, 백성들 모
두가 이룰 수 없는 꿈이라는 생각에서 벗어나 힘을 모으면 가능하다
고 믿는다. 절대로 세상을 바꿀 수 없을 것 같던 백성들이 '동학당 난
리' 때 왜놈의 개입만 없었다면 세상을 바꿀 뻔도 했다고 회상한다. 그
의 언술에는 민족적 힘의 결집만이 민족의 진정한 생존이라는 확고한
신념과, 꿈을 현실의 가능성으로 연결하려는 의지가 넘친다. 그렇기
에 "사나아라 카믄 원한도 크기 가지야 하고 인정도 크기 가지야(5권,
169쪽)" 한다고 스스럼없이 말할 수 있다. 그의 확고한 의지는 아들
영광의 삶에는 그림자로 드리워지지만, 정석에게는 그대로 흡수되어
훗날 독립운동가로 성장하는 데 밑거름이 된다.
　이러한 그의 적극성은 세상을 바꾸고자 하는 동학교도로서의 순수
한 열정 이외에, 백정의 딸과 혼인함으로써 사회 최하위 계급으로 떨
어진 까닭에 받았던 수모와 냉대에 대한 원한에도 있다. 스스로는 선
택한 행위이기에 신분의 질곡을 받아들일 수 있다 하더라도, 죄 없는
자식들이 사회적으로 멸시와 천대의 대상이 되는 것을 견딜 수 없기
에 그는 더욱 적극적인 활동가가 된다. 신분 질서의 인간 억압을 그는
침략자 일본에 의한 조선 백성의 핍박과 동일한 것으로 이해한다. 일
본을 몰아내는 것이 백성의 안위를 되찾는 일이며, 이는 자식들의 신
분적 억압을 풀어주는 길이기도 하다.

그러나 그의 열정은 아들 영광에게는 뛰어넘을 수 없는 벽이며 짐이다. 영광은 그의 낮은 신분을 들추고 홀대하며 밀어냈던 동족을 아버지처럼 품어 안을 수 없으며, 그렇다고 조선인이라는 이유로 살인적인 폭력을 가했던 일본인들을 용납할 수도 없다. 그는 어디에도 소속되지 못하는 주변인으로서의 자괴감에서 벗어나지 못한다. 민족 해방을 위한 아버지의 투쟁이 강해질수록 영광의 냉소는 더욱 깊어진다. 전혀 다른 방향으로 나누어 달리는 이들 가족의 서사는, 인간 해방을 기조로 하는 동학과 식민지 상황에서 핍박받는 민족적 정체감을 벗어나서 설명할 수 없다는 공통점을 지닌다.

상해 가정부의 이름으로 이도영의 집에 독립자금을 탈취하러 간 손태산의 "부모 없는 자식이 없고 나라 없는 백성이 없이니(11권, 382쪽)"라는 말에서도 나라와 백성을 동일한 의미로 해석하는 동학의 민족 개념을 만날 수 있다. 나라를 찾으려는 노력은 곧 백성을 구하려는 의지이며 따라서 민족의 일원이라면 그러한 일에 행동으로 나서야 한다는 결기이기도 하다. 이도영은 이들에게 순순히 돈을 내놓음으로써 독립운동가들의 의지를 받아들인다. 소극적인 방식이긴 하지만 그의 내부에 숨어 있던 민족 해방에 대한 열망이 그렇게 표현되었다고 볼 수 있다. 아들 이순철이 길상을 존경하고 좀 더 떳떳해지고자 노력하는 흔적 또한 그의 이런 대범한 행적의 이면에서 찾을 수 있을 것이다.

간도와 지리산에서 활동하는 동학 계열 독립운동가들을 연결하는 데 한몫하는 혜관은, 순절로 국운이 쇠한 나라에 충절을 다했다 생각하는 선비들보다 목숨을 내놓은 동학 잔당들의 독립운동을 훨씬 값진 것으로 본다. 혈기와 비분강개만으로 국가와 민족을 구할 수 없으며, 진정한 애국은 오히려 '너 죽이겠다는 독념'을 가진 인물들에게서 비롯된다는 게 그의 생각이다.

순절이 의로운 일이기는 하나 그보다 나라가, 백성이 살아나느냐 영
영 죽어버리고 마느냐 그게 화급한 지금 사정이거늘 이름만 높이 나고,
선비들의 하는 양이란 나 죽고 보겠다는 게지 너 죽이겠다는 독념은 모
자란단 말씀이야. 자고로 묘비명도 없는 수많은 일꾼이 일을 이룩하게
마련이지만 혈기와 비분강개만으로 되는 일 하나 없고…….

(5권, 356~357쪽)

혜관은 적을 무찌르고자 하는 확고한 의지도 없이 비분강개로 한
몸 불사르는 선비들의 행태가 허명에 대한 탐이 아니겠느냐고 비웃는
다. 진정한 독립의지란 행동을 통해 발휘되며 그것이 백성을 살리는
길이라는 게 그의 생각이다. 살생을 근본 계율로 하는 불교의 수도자
이면서도 그는, 인간적인 삶에 대한 열정으로 뭉친 동학 세력 인물들
의 독립운동을 적극적으로 지지한다. 그의 이러한 순수성은 김환을
위해 윤씨부인이 내놓았던 땅의 관리를 맡게 되는 요인이 된다. 김환
이 조직원들을 보호하기 위해 경찰서에서 목을 매 자결한 이후 그의
땅은 지리산 활동가들을 위한 자금 확보처가 되었던 것이다. 이런 일
을 통해 혜관은 길상의 독립운동과 면밀한 관계를 유지하게 되며 송
관수, 김강쇠 가족들과 윤도집을 비롯한 동학 관련 인물들과도 연계
하게 된다.

순수한 종교 단체로 남을 것인가, 조국 독립을 위한 활동조직으로
변신할 것인가 하는 동학의 노선싸움에서도 그는 무엇보다 민족이 우
선 되어야 할 가치임을 내세워 일정한 영향력을 발휘한다. 인간의 존
엄을 근본 가치로 하는 종교라면 존엄을 짓밟는 노예상태로부터의 해
방이 제 일의 행동 가치가 되어야 한다는 게 그의 생각이기 때문이다.
그러한 판단의 근저에는 당대 수많은 민중들의 고통스런 현실의 삶과
시대인식이 자리하고 있다.

『토지』는 시종일관 동학을 민족주의 운동의 중심으로 삼지만 앞 절에서 언급한 유교적 지식인층의 독립운동이나 일본 유학 등을 통해 신학문의 세례를 받은 서울의 지식인 청년 및 신여성들, 그리고 중국과 노령 등지에서 활약했던 다양한 갈래의 민족운동에 대한 관심도 배제하지 않는다.

그런데 이들에 대한 관심은 활동 공간에 대한 구체적 묘사 없이 진행된다. 민족주의 운동의 중심 공간으로 설정한 평사리와 지리산, 만주 지역32)에 대해서도, 인물들 간의 토론과 대화 장소로서의 의미를 벗어나는 공간 묘사는 드물다. 이는 인물들의 행동에 대해서도 일정한 제약을 낳는 요인이 된다. 수많은 독립운동가들의 이름이 거명되고 그들의 활동과 검거사건이 거론되지만 공간 묘사에 인색한 만큼 행적과 활동에 대한 구체적인 진술이나 보고가 거의 없다시피 하다. 인물들의 토론, 지나가는 소문, 멀리서 들려오는 풍문을 통해서 간헐적으로 이야기될 뿐이다. 활동의 현장은 전해지는 풍문 속에 머물고, 활동가의 사상과 행동 방식 또한 그들의 대화와 소문을 통해 짐작할 수 있을 뿐이다. 이는 작가가 역사적 사건의 재구성보다는, 당대의 수많은 인물들이 역사적 사건에서 어떤 의미를 추출해내고 있는지에 대한 다양한 방향에서의 탐색을 서사의 목표로 하는 때문이다.33)

따라서 민족주의 운동의 분화를 살펴보는 과정은 많은 경우, 인물

---

32) "해방 전부터 만주는 한국문학사에서 문학의 중심적인 모티프로 기능해왔다. 1920년대 만주는 문학 속에서 가난한 농민들의 이주 공간으로 형상화되었다." 배주영, 앞의 글, 273쪽.

33) 박명규는 "사건사 중심의 역사 이해에 낯익은 사람들에게는 『토지』의 이런 특성이 역사성의 부각이라는 점에서 한계가 있는 것으로 여겨질지도 모른다"고 하면서, 서사가 "사건과 관련된 인물들의 내면적 의식, 정서, 한, 다짐, 세계관 등을 그리는데 초점이 맞추어져" 있는 대신 "개인들의 행동을 통해 나타난 역사적 사건 자체를 조망하는 데 관심을 두지 않는다"고 말한다. 박명규, 앞의 글, 126쪽.

들의 대화에 의존할 수밖에 없다. 가족서사와의 관련 안에서 살펴보려는 논의의 특성상 어떤 분파나 이념, 주의 주장에 따른 분화에 초점을 맞추지 않고 작품 안에 산발적으로 흩어져 있는 수많은 형태의 민족운동을 개인과 가족의 서사 틀 안에서 검토하고자 한다. 먼저 유교적 지식인층의 대표적 독립운동가인 이동진의 민족주의 운동을 살펴보고, 이어 국내와 국외에서 여러 방향으로 분화해 간 민족운동의 줄기들을 검토해 보기로 하겠다.

이동진의 민족주의는 유교적 도리와 조선조 신분 질서 위에 세워진 김훈장의 복벽주의적 민족주의에 비해 실천적인 방향으로 향하고 있다. 그가 간도로 떠날 작정을 하던 때의 심정은 국권 상실의 때를 만나 민족에 대한 그의 인식이 어떤 식으로 방향을 잡는지 잘 보여준다.

> 수백 수천의 잔뿌리가 골수에 박혀서 이것을 치면 저것이 솟아나고 저것을 치면 이것이 솟아나고, 지금의 나라꼴이 그 모양일세. 양반들 머리통하고 흡사하지. 그러니 하나를 알면 그것이 전부인 줄 아는 상민들의 우직함이 부럽다 그 말 아닌가. 지켜야 할 체통이 태산 같은데, 이리 보고 저리 보고 아래 위 훑어보고, 그러다보면 이도 저도 아닌 게 양반이며 글줄이나 읽었다는 그게 또 우환이라. 쇠스랑이든 곡괭이든 들고 나설 수 있는 상민 천민이 얼마나 홀가분할꼬? 그네들은 짐승이 적을 만났을 때 그것을 습격하듯이 잽싸고 교활하고 용감하거든. 삼강오륜의 법은 몰라도 그네들은 뭐가 옳고 그른가를, 무엇을 막아야 하고 무엇을 몰아내야 하는 가를 심장으로 느끼거든.
>
> (2권, 154쪽)

양반 지배계급의 일원으로서 일본에 대항다운 대항 한번 해보지 못하고 국권을 내준 데 대한 그의 부끄러움은 의병활동으로 표현되는 상민들의 직접적인 저항의지에 대한 경탄으로 나타난다. 이러한 생각은 신분의 차이를 넘어서게 하고, 가족과 고향을 버리고 떠나는 일을 두려움 없이 받아들이게 한다.

이동진에게 민족은 자아가 확장된 공동체의 의미다. 그렇기에 민족 집단이 가지고 있는 고유의 권리와 가치를 빼앗길 위기가 닥쳤을 때, 옳고 그름을 파악하여 무엇을 막아야 하고 몰아내야 하는지 판단한 대로 행동하는 상민들의 태도야말로 진정한 민족주의의 표현이다. 그러나 그는 양반 계급이라는 신분의식에서 완전히 벗어나지 못했기에 상민이 주축을 이루는 민족 운동 조직을 확실히 끌어안지 못한다. 때문에 강을 넘으려는 진정한 이유가 무엇이냐는 최치수의 송곳 같은 질문에 어정쩡한 답을 내놓고 만다. "백성이라 하기도 어렵고 군왕이라 하기도 어렵네"라고 하면서 "굳이 말하라 한다면 이 산천을 위해서(2권, 153쪽)"라고 무척 모호한 대답을 하는 것이다. 하지만 백성을 지배받는 자로 인식하던 전대의 봉건적 사고방식에서, 국난을 당했을 때 거침없이 일어서는 자기 보호의 주체로 인식하기 시작했다는 것은 엄청난 변화다.

어린 아들들을 거느린 아내 염씨에게 가족을 맡기고 과감히 간도로 향할 수 있는 힘은 여기에서 비롯하지만, 그의 인식 변화는 교육적 차원에까지 이르지 못함으로써 아들 상현이 자신의 한계를 극복할 수 있는 저력으로 작용하지 못했다. 그러나 한 세대를 건너뛰어 손자인 시우와 민우가 아버지 상현의 행적을 비판하면서, 할아버지 이동진이 몸으로 보여준 독립운동에 대한 열정을 인정하고 자랑스럽게 여김으로써 그의 민족 발견은 대를 이어가게 된다. 이후 국외에서의 독립운동이 임정의 분열과 사상적 분화, 흑하사변 등으로 내부의 갈등과 분열로 치닫지만, 이동진과 같은 양반 지식인층이 당대 민족운동의 굳건한 한 축이었음을 부인할 수는 없다.

최서희를 중심으로 한 평사리의 주요 인물들이 간도로 이주한 1910 년대는 제 2부의 배경이 되는 시기로 간도 지방에서의 독립운동이 두 드러진 때였다.34) 이주해온 조선인 자녀들의 독립의식을 고취시키기 위한 학교들이 세워졌고, 신민회의 신흥무관학교 설립도 이 시기에 이 루어졌다. 이 시기 만주 지역이 항일 독립운동의 거점이 된 데에는, 이 곳이 한반도에 인접해 있고 미경작지가 많아 개간할 땅을 쉽게 얻을 수 있으며, 당대의 국제 역학관계 상 어느 나라의 직접적인 통제에도 놓여있지 않다는 점 때문만은 아니었다. 독립운동가들의 의식 속에 그 곳은 부여·고구려·발해의 고토였다는 생각이 은연중에 있었기 때 문이다.35) 용정의 상의학교 교사 송장환의 수업 장면을 살펴보면 당시 의 이런 분위기를 감지할 수 있다.

> 안시성과 요동성 밖에 있는 요하를 따라 백묵이 힘찬 줄을 그어나간
> 다. 부여성 외곽으로 해서 하얼빈까지 왔을 때 백묵이 부러졌다. 나머지
> 짧아진 백묵이 송화강을 따라 시베리아로 쭉 빠져나간다.
> "어떻습니까, 여러분! 압록강 두만강 밖에 있는 이 땅덩어리의 크기
> 말입니다. 오늘날 우리의 잃어버린 강토, 조선의 땅덩어리만하다고 여
> 러분은 생각지 않습니까?"
> (중략)
> "지금 우리가 살고 있는 간도 땅에서도 천 리 밖 이천 리 밖에까지 우
> 리 땅이었다는 것을 여러분은 똑똑히 알았을 것입니다."
>
> (4권, 125쪽)

송장환은 일본에게 주권과 영토를 빼앗긴 울분을 우리 민족의 고토 의식을 환기함으로써 극복하고자 한다. 이는 만주 지역의 영토가 우

---

34) 박명규, 앞의 글, 129쪽.
35) 서중석, 『신흥무관학교와 망명자들』, 역사비평사, 2001, 59~62쪽 참조.

리 것이었다는 과거 영광의 재현이나 잃어버린 국토에 대한 물질적인 차원의 자기 위로가 아니다. 침략자에게 쫓겨 고향을 등지고 간도에 와 있으나 교육받고 있는 학생들 하나하나는 위대한 민족의 후예로서, 그 정신적 원류인 만주 땅을 직시하라는 가르침이다.36) 그는 이어서 간도에 이주해온 조선인들이 "변발을 하고 다브잔스를 입고 청국인으로 귀화하기만 하면 피땀 흘려 일군 땅을 내 땅으로 할 수도 있으련만" 그렇게 하지 않음으로써 땅을 잃고 핍박받았던 역사를 상기시킨다. "그것은 어떤 핍박, 어떤 설움보다 조선인이 아니라는 설움이 더 컸기 때문(4권, 127쪽)"이라며 어떤 상황에서도 민족적 자존을 버리지 않아야 한다고 강조한다.

학생들이 배워야 하는 까닭도 이러한 민족의식에서 출발한다. 편지를 쓰거나 셈을 하기 위한 것이 아니라 싸우기 위한 배움, 배우고 알아서 이기기 위한 공부임을 거듭 강조한다. 이런 그의 가르침은 훗날 민족주의 운동의 방향 분화로 열매를 맺게 된다. 같은 교실에서 함께 공부했던 박정호는 유교적 지식인층의 맥을 잇는 독립운동가로, 강두메는 공산 혁명가로, 이홍은 동학 세력 독립운동의 적극적 후원자로 성장한다. 물론 거기에는 각자 다른 가족적 배경이 깔려있다.

박정호는 독립운동을 하다 암살된 양반 지식인의 아들로, 반가 부인으로서의 지조가 높은 할머니와 어머니의 훈육을 받았으며, 독립운동에 깊이 관여하고 있는 삼촌 박재연의 영향 아래서 성장했다. 게다가 간도로 이주해온 김훈장이 그의 집에 기식하게 되면서 유교적

---

36) "박경리가 드러내는 고토의식은 물질적인 것이기보다 우리의 정신적 원류를 찾으려는 방향을 향해 있다. (중략) 만주와 한반도의 지리적 유사성을 중심으로 한 묘사는 경험범위 내에서 묘사하려는 안일성이라기보다, 우리의 영토의식이며, 동시에 정신적인 원류를 찾으려는 의식적인 노력의 소산이었다고 해석할 수 있다." 이상진, 앞의 글, 240쪽.

도리와 양반의식을 기반으로 한 민족의식을 알게 모르게 체화한 것이다.

이에 비해 아버지 강포수와 거친 장바닥을 전전하며 살았던 두메는 상의학교에 맡겨진 지 얼마 되지 않아 오발 사고로 죽은 아버지의 소식을 접해야 했다. 거칠고 척박했을 그의 성장환경과 부모 없이 떠돌아야 했던 세월은 민족이라는 공동체에 대한 향수보다 가난하고 보잘 것 없는 민중들이 주체가 되는, 새로운 세상을 향한 열망으로 채워졌을 것이다. 공산주의 혁명가로 성장하게 되는 이면에는 이러한 그의 성장 과정이 깔려있는 것으로 보인다.

이홍은 근실한 농부였던 아버지 이용의 삶에서 많은 영향을 받는다. 아버지가 고향 평사리를 떠나야 했던 까닭이 동학 잔당이었던 목수 윤보와의 관계에서 비롯되었음을 알게 되는 것은 먼 훗날이지만, 아버지의 의식과 행동의 밑바탕에서 그가 존경한 윤보의 소탈한 인간애와 민중의식의 영향을 받지 않을 수 없었다. 삼촌처럼 그를 돌봐준 길상의 역할 또한 적다고 말할 수 없다. 최서희가 가문과 재산의 회복을 위해 고향으로 떠난 이후 간도에 남아 적극적인 독립운동가로 변모한 길상은 홍에게 삶의 지향이 어디로 향해야 하는가에 대한 깊은 성찰을 안겨주었던 것이다.

이들의 이러한 성장은 다시 가족들의 삶을 규정하는 기제가 된다. 정호는 아버지에 이어 삼촌이 암살되는 상황을 이겨내야 하며, 두메의 가족은 공안당국의 눈을 피해 항상 쫓기며 살아야 하고, 홍의 가족은 간도와 조선을 오가며 생활의 터전을 수시로 바꿔야한다. 이런 측면에서 이홍의 딸 상의와 아들 상근이 기숙학교에서 조선인으로서의 정체감을 확립해가는 과정은 아버지 세대 인물들의 민족적 정체감 확립 과정의 연장선상에 놓여있다고 볼 수 있다.

각각의 가족 상황에서 교육을 통해 의식 변화로, 다시 행동으로 연결된 이들의 민족주의가 중국과 노령을 독립운동의 거점으로 삼아 민족운동에 헌신했던 것에 비해, 서울 지식인 계층의 민족주의는 지식과 관념 속에서 박제되는 경향을 보인다. 여기에는 3·1운동의 실패와 일제의 기만적인 문화정책이 바탕에 깔려 있긴 하지만, 이들의 대화에서 표출되는 민족주의는 행동을 낳지 못하고 자기들 내부의 논쟁으로 그치는 경우가 허다하다.37)

민족자본 육성과 물산장려운동38)을 지지하는 자본가 황태수와 선우일, 조선의 무속을 문화의 차원에서 보존해야 한다는 임명빈, 도덕주의자 안창호나 정치가 이승만보다 무단파(武斷派) 이동휘를 더 높이 평가한다는 사회주의적 성향의 서의돈, 아버지의 민족주의를 따르지 못하면서 자신의 예술적 이상에 심취하지도 못해 떠도는 이상현 등의 대화와 토론은 행동 없는 변설로 끝나기 일쑤다. 이들에게 민족은 설 땅을 잃어버린 위태로운 조선 백성의 집합체로, 자신들의 능력과 개성을 발휘할 수 있는 의지처가 되어주지 못한다. 일제의 압력으로 끊임없이 분열하며 와해되는 민족은 자신들의 굳건한 토양도 든든한 배경도 되어 주지 못하면서, 오히려 부채감의 대상이 된다. 울분과 비애

---

37) "서울의 인텔리들은 소설 속에서 당대 현실에 대한 수많은 담론과 풍문들을 만들어낼 뿐 행위가 없이 오로지 대화와 토론을 통해 등장하는 정적인 인물들이다. 그들이 벌이는 행위와 실천은 대단히 모호하고 추상적이며, 어떤 경우에는 까닭모를 비밀에 휩싸여 있다." 김민수, 앞의 글, 45쪽.

38) 물산장려운동은 일제가 시행한 회사령이 1920년 폐지됨에 따라 조선인 소유 기업의 육성을 지원하고, 일본 대자본의 경제침략을 저지하여 민족경제의 자립을 추구하려는 민족운동이었다. 그러나 일제의 탄압과 마르크스주의 과격파 청년들의 양면 협공을 받게 된 물산 장려회 간부들이 더 이상 적극적인 활동을 하지 않음으로써 1924년 이후 급격히 퇴조하게 되었다. 신용하, 『일제강점기 한국민족사』 상, 서울대학교 출판부, 2001, 78~79쪽 참조.

로서의 민족 담론은 이들에게 어떠한 형태의 행동도 불러일으키지 못하고, 굶주린 이리처럼 서로를 물어뜯으며 술집과 기생집을 전전하는 것으로 표출되며, 이는 다시 그들 가족에 대한 고통의 전가로 이어진다. 거기에는 의연한 결기도, 장렬하고 숭고한 애국심도 없다. 시대가 조선인으로서의 자신에게 요구하는 것이 무엇인가에 대한 끊임없는 질문과 그 해답을 찾기 위한 고통스런 여정이 있을 뿐이다.

그렇기에 이들 사이에는 한 방향으로 수렴되는 민족주의 원칙이나 방향이 없으며, 각자의 가족적 배경과 관심 분야에 따라 이념적 지향이 분화되지만 구체적인 행동력은 결여되어 있다.39) 민족의 위기에 눈감을 수도 그렇다고 아버지처럼 현실의 모든 것을 떨쳐 버리고 나설 수도 없었던 이상현은 문학을 통해 그의 감상적 패배주의를 은폐하려 한다. 사회주의 사상에 경도되었던 서의돈, 선우신 등은 행동이 없는 논쟁으로 일관하여 이론적 사회주의자로 남으며, 황태수는 사업으로 부를 축적하면서 민족 자본 형성이라는 자기 합리화의 길을 걷는다. 임명빈은 교육을 통하여 민족주의 정신의 진작에 관심을 갖지만 학교재단과 일경의 눈치를 보면서 공적 자아를 포기하는 개인주의로 후퇴하고, 유인성은 여동생 유인실에 대한 일본인 오가다 지로의 애정을 민족주의의 잣대로 재단하는 배타적 민족주의자로 남는다.

---

39) 김민수는 "처음에 비분강개형 수준의 자유주의자 모습을 띠던 서울의 인텔리들이 3·1운동 이후부터 제각기 특정 이념의 포지자로 변모한다"고 보았다. "이상현은 유교적 이념과 일본 신학문의 혼재로 기이한 자유주의와 패배주의로 나갔고 서의돈과 선우신, 남천택은 민족주의의 한계를 인식하고 이론적 차원의 사회주의를 받아들인다. 황태수, 선우일은 물산 장려 운동과 민족자본 육성을 내세워 개량주의를 선택하며, 유인성은 도덕적 민족주의자로 남는다. 유인실은 사회주의 이념의 신봉자로 무장투쟁을 선택하여 만주로 잠적하고, 조찬하나 제문식은 관념적이거나 감상적인 민족애로, 개화기 신여성을 대표하는 임명희와 길여옥은 강고한 남성적 사회구조의 무기력한 희생자 역할을 맡는다." 김민수, 앞의 글, 45쪽.

이러한 경향은 일제가 만주 침략을 시작한 1920년대 말에 신간회가 해체되고, 국내의 독립운동이 사회주의는 물론 민족주의 진영의 활동까지 철저히 탄압되어 지식인들이 활동할 수 있는 여건이 뿌리 뽑히다시피 했던 데서 기인한다. 그러나 무엇보다 이들의 민족의식이 민중의 구체적 삶과 현실에 뿌리내리는 과정에서 형성된 것이 아니라, 일본 유학 등을 통한 근대 사상의 유입 속에서 관념적 성향으로 자랐기 때문이다. 조선의 주류 사회에서 배제되어 교육다운 교육을 받은 바 없는 떠돌이 날품팔이꾼 주갑이나 가난한 농부 한복이 훨씬 더 실천적인 모습을 보이는 것은, 민족적 정체감의 뿌리를 당대 민중들의 현실 삶에서 찾으려는 작가의식을 보여주는 예이다.

주갑은 간도의 이곳저곳을 떠도는 가운데 이용의 가족, 이동진 부자, 공노인 가족 등과 친분을 맺고 영향을 끼친다. 훗날 독립지사 강우규의 제자를 자임하게 되는 그는 떠돌이 생활을 독립운동의 방편으로 삼는다. 그에게 조선 백성은, 그리고 그 백성의 일원인 자신은 철새다. 제 나라 제 고향에 뿌리 내리지 못하고 간도로 흘러 들어와 제 각각 살 길을 찾아 흩어진 동포들이 그에게는 철새의 이미지로 다가오는 것이다. 그러나 오로지 제 가야 할 길만 보고 날아가는 철새에 비해, 일신의 영달과 재물을 위해 동포를 팔아먹는 이가 있고 보면 인간 철새인 조선 민족은 더욱 슬프고 가슴 아픈 존재들이다. 주갑의 이러한 슬픔은, 조선 백성이 사람다운 올바른 길로 나가기 위해서도 독립을 이루어야 한다는 데로 귀결한다.

기생 기화네 집에서 상현이 문득 주갑을 마주치게 되었을 때 흐느껴 울며 주갑이 하는 말에서, 가난하고 무식한 그가 독립운동가들의 연락책 노릇을 꾸준히 해내는 저력을 발견할 수 있다.

"날아가는 철새만 보아도 눈물이 난단 말씨. 저놈들은 사람보다 지혜
가 있고 죄 없는 놈, 장하다는 생각이 들지라. 철 따라서 수만리 장천을
그 연약한 날개 하나로, 찢어져도 제 갈 길을 간께로. 사람이 저저이 가
야 헐 길을 간단가? 얼굴을 치켜들고서 그것들이 날아가는 하늘을 보고
있노라면 눈물이 절로 흐르들 않겠소? 잘 가더라고 철새야, 어서어서
가서 날개 접고 쉬더라고."

(7권, 405쪽)

그전에 그는 기화의 집을 가르쳐 달라고 찾아온 길에 이동진의 소
식을 전하며 상현에게도 간도로 갈 것을 간곡히 권한 바 있다. 주갑이
생각하는 독립운동이란 술에 취해 독설을 늘어놓는 일이나 반항적인
소설, 신문 기사 등을 쓰는 일이 아니라 이동진처럼 몸으로 뛰는 것이
다. 그는 간도의 독립지사들이 나라를 등지고 바친 세월의 무게가 그
들의 공과와 상관없이 안타깝고 또한 서럽다. 아무 일도 하지 않은 것
보다는 그렇게라도 일을 해온 그들이 자랑스럽고 또한 존경스럽다.
그러나 날개 접고 쉴 수 없는 길 위의 철새와 같은 처지에 생각이 미치
면서 새로운 세대의 적극적인 후원과 지지가 필요한 때라고 생각한
다. 일제 강점 기간이 길어지면서 나라를 찾겠다는 결기로 나섰던 이
들은 눈에 띄는 성취도 없이 늙어가고, 독립운동 세력은 수많은 분파
로 갈라지며, 젊은이들의 참여 또한 갈수록 약화되어가는 상황이기
때문이다. 주갑은 상현에게 민족이라는 거창한 개념을 들먹이는 대신
늙은 아버지에 대한 도리로라도 독립운동의 길로 나서야 되지 않느냐
고 우회적인 방법으로 설득하고 있다. 그 자신이 행동하지 않고서 할
수 있는 말은 아니다.

내 나라를 등지고 이십여 성상을 독립운동에 몸 바쳐서 늙은 분네들

은 그 공과야 웨떻든 (중략) 늙으신 어른들도 말심으로는 나라 잃은 백
성이 일신의 안락을 웨찌 바랄까 보냐, 나라를 잃은 것도 따지고 보면
우리 자신이 단속을 잘못헌 죄가 아니겠느냐, 고생허는 걸 원망헐 처지
가 아니라 허시기는 합디다마는, (중략) 부자간에 설령 의견이 상충된
다 치더라도 젊은 선상께서 젊은 사람들허고 어울리어 일을 허게 된달
것 겉으면 그 어른의 맴이 좀 흡족할 것이어?

(7권, 400쪽)

이러한 주갑의 부드러우면서도 날카롭고, 따뜻하면서도 직관적인
상황 판단은 냉소적인 상현의 폐부를 찌른다. 가슴에 못질을 당한 것
같은 기분을 느끼게조차 만든다. 상현은 주갑이 바랐던 것과는 달리
끝내 아버지의 지향에 이르지는 못한다. 반면 주갑의 소탈한 민족주
의는 이홍과 정석에게 적지 않은 영향을 미친다. 그가 부르는 남도의
판소리 가락은 홍에게 민족적 정서를 환기시키며, 어려움에 처할 때
마다 자기가 서 있는 자리를 다시 돌아보게 하는 힘으로 작용한다. 아
버지의 원수를 갚기 위해 노심초사하던 정석도 독립운동을 위한 길이
라면 어떤 험한 일도 마다하지 않는 주갑의 소박함에 끌려 결국 그 길
로 들어서게 된다.

당대 민중들의 민족주의를 대변하는 또 한 사람의 인물로 한복을
들 수 있다. 그가 아들 영호를 나무라며 다독이는 말은 당대 민중들의
민족의식이 어디서 연원하는지를 보여준다.

우리 대(代)에서만이라도 손가락질 받는 짓을 해서 자손한테 허물을
물리주어서 되겠나, 큰 복이사 하늘에서 준다 카더라마는, 길 아닌 길에
서 부자 되고 출세하고 그기이 얼매나 가겠노. 살아보이 세상에는 공것
이란 하나 없다. 지금 이 처지도 고맙제. 남의 원성 속에서 돈방석에 앉

이믄 머하노. 질기 갈 것도 아니고, 왜놈 밑에서 검사 판사 되믄 머하노.
내 백성한테 벌주는 일 아니가. 벌받는 사람이 누고? 제 나라 찾겠다는
사람들 아니가.

(12권, 198쪽)

"내 한은 옷으로도 못 풀고 밥으로도 못 푼다. 다른 사람하고는 다르
다. 나라에 대한 충절심이 남달라 그러는 것도 아니다. 내 자식놈이 또
한을 냄길까봐 그기이 무서븐 기다. 자자손손 얼굴 치키들고 살 수 없게
될까 싶어서 두려븐 기라. 형이 그러는 것도 부끄러버서 시시로 가심이
철렁철렁하는데, 니 할무이가 우떻게 돌아가싰노. 자식 놔두고……. 세
상에 얼굴 들 수 없어이."

(12권, 201~202쪽)

영호는 친일파로 성공한 큰아버지 두수에게로 가서 상급학교에 진
학하고 싶다며 서울로 보내달라고 아버지 한복에게 조르는 중이었다.
그러나 한복의 의지는 단호하다. 민족을 배반한 친일파 형이 번 부끄
러운 돈으로 아들이 공부하는 걸 바라지 않는다는 뜻을 분명히 한다.
그에게 민족은 길이며, 제 나라를 찾으려는 사람들이며, 부끄러움 없
이 얼굴 치켜들고 살 수 있는 바탕이다. 그런 바탕을 버리고 제 나라
찾겠다는 사람들을 벌주며 길이 아닌 길을 가는 형 두수는, 아들 영호
가 절대로 따라서는 안 될 인물이다. 대를 이어 한을 남기는 일이자 자
자손손 부끄러움을 안고 살아야 할 것이기 때문이다. 여기서 한복이
아들에게 심어주고 싶은 가치는 인간적인 도리로서의 민족이며, 동학
이 말하는 하늘로서의 민족이다. 이는 세상에 얼굴 들 수 없는 부끄러
운 일을 하지 말아야 하는 당위로 귀결한다.

　이처럼 현실 생활에서 몸과 마음으로 느끼는 이들의 실제적이고 구

체적인 민족의식은 사회 전반적으로 민족 해방의 열망과 국권 회복 의지의 튼실한 기반이 되며, 인간 해방과 독립운동을 연계하여 활동하는 동학 세력들에게는 든든한 발판이 된다.[40]

『토지』서사에 큰 영향력을 발휘하거나 주요 인물과의 관계에서 중요한 위치를 점하지는 않지만 훈춘에서 약종상으로 성공하여 독립운동가들의 뒷배를 보아주는 오득술 내외도 여기에서 거론해 볼 만하다. 오득술은 청국에 귀화한 인물로 재산도 많고 손님들을 좋아하는 성품으로 하여 상당한 신망을 가진 이다. 굳이 독립운동가들에게 손을 뻗어 돕지 않더라도 얼마든지 편한 노년을 보낼 수 있는데도 이들 부부는 집요할 정도로 조선인 사회와 깊은 유대를 가지려 하며 "거의 비굴할 정도로 우국지사들의 발길이 멀어지는 것을 두려워(4권, 356쪽)"한다.

이동진은 이들의 조선인에 대한 민족적 감정을 외로움이라고 진단한다. "이민족 속의 우리, 이민족 속의 나(4권, 370쪽)"라는 고립의식이 청국에 귀화하여 유복한 살림을 이루었지만 조선인들과의 연계를 끊을 수 없게 하고, 오히려 조선 독립에 적극적인 열성을 보이게 한다. 타민족과의 이질감 속에서 더욱 사무치게 민족적 정체감을 확인하는 그들은 독립지사들을 돕는 행동으로 당대 민족운동의 한 축을 담당하고 있는 것이다.

이외에도 김훈장의 손자 김범석의 무정부주의적 민족주의를 들 수 있다. 그의 무정부주의는 인간을 억압하는 권력을 부정하는 것으로,

---

40) 김은경은 『토지』의 서사구조를 1, 2부의 '최서희 중심 서사'와 3, 4, 5부의 '복수남성인물 중심 서사'라는 이원구조로 나누고 '복수남성인물 중심 서사'의 주요 남성인물인 김환, 송관수, 김길상 등이 '동학재건세력'의 일원임에 주목한다. 김은경, 앞의 글, 17~19쪽 참조.

당대적 상황에서는 일본이라는 억압적 권력에 대한 저항을 함의한다. 그러면서도 일본서 운동하는 조선 청년들이 무정부주의자와 공산주의자로 갈려 싸우다가 사상자가 발생했다는 소식을 듣고 조선인의 입장에서는 어떤 주의나 이념도 나라 찾는 일을 일차적 목표로 삼아야 한다고 주장한다.

이는 당대의 독립운동사를 이념 대립의 관점에서 보지 않으려는 작가의식과도 일맥상통한다. 실제 독립운동의 역사에서 동학의 영향력이 거의 자취를 감추었음에도, 일반 민중의 생활과 현실 삶에 뿌리내리고 있는 농민의식을, 민중적 주체성의 발현이었던 동학과의 관련선상에서 부각시킴으로써, 『토지』의 민족주의는 이념적 성향에의 경사를 거부하고 있다.

2) 자본주의

『토지』는 세계사의 격변기에 한반도에 살고 있던 사람들이 보여준 다양한 삶의 궤적을 통해 한국 근대사의 총체적 모습을 드러내주고 있다고 평가된다. 그렇지만 일본 제국주의의 침탈 아래 진행된 우리의 근대는 일본 자본주의의 유지 발전을 위한 식민지로서였다. 그들은 우리 내부에서 성장해 오던 근대적·민중적 역량을 짓밟으면서 조선왕조의 봉건정권을 회유·협박하여 자기네 식민지로 만드는 과정에서 잔존해 있던 봉건세력과 봉건적 제 관계를 부분적으로 더욱 강화시키기까지 하였다.[41] 조용하와 같은 투기적 매판 자본을 비호하고 작위를 수여하는 행위라든지, 조준구와 같은 악덕 지주를 앞세워 토지를 자본화하고 농민의 노동력을 착취 수탈하는 행태가 그것이다.

---

41) 염무웅, 「근대문학과 항일의식」, 앞의 책, 54쪽.

우리의 근대는 일제에 의한 식민자본주의 체제로의 재편 과정과 떼어내 설명할 수 없는 것이다.[42]

조선의 국호가 일제에 의해 대한제국으로 선포되는 1897년을 서사의 시작점으로 삼은 것 역시 농업 경제를 기반으로 인간적 유대가 돈독했던 시대를 대신하여 식민 침탈과 자본의 시대가 오고 있음을 상징하기 위한 것으로 보인다.[43] 농촌의 공동체적 삶은 자본주의의 파편화된 삶으로, 생명을 낳고 먹이고 기르던 토지는 자본 증식의 수단으로, 관습과 신뢰로 밀착되어 있던 인간관계는 문서화된 계약의 형태로 변모한다. 일상인들의 생활과 문화에 전대와는 판이하게 다른 엄청난 변화의 바람이 몰아닥친 것이다. 『토지』의 가족서사 역시 일제의 상업자본과 상품 유입, 새롭고 다양한 업종의 출현이라는 자본주의 확산 과정과의 연관관계에서 분리하여 논할 수 없다. 조선을 안정된 원료 공급지와 상품 소비시장으로 삼으려던 일제의 식민정책과 이에 대응하는 당대인들의 삶이 다양한 계층을 포괄하며 가족적 유대 관계를 통해 총체적으로 기술되고 있기 때문이다.

농업을 경제활동의 근간으로 삼았던 기층 민중들에게 가장 먼저 피부에 와 닿는 식민 자본주의적 변화는 총독부의 토지조사사업으로부

---

42) 최유찬은 『토지』의 서사가 1부는 평사리 최참판 가의 땅을 두고 벌어지는 '토지'의 이야기로, 2부는 '자본'의 형성과 축적에 관한 이야기로 되어있다고 본다. 따라서 2부 이후에 전개되는 이야기는 "1부의 잉여가 아니라 일제 강점기 전체를 아우르는 시간 속에서 각 세대의 인물들이 자본주의적 삶의 변화에 대응해나가는 과정을 총괄적으로 제시"하고 있다고 말한다. 최유찬, 『토지의 문화지형학』, 소명출판, 2004, 148~149쪽.

43) "식민지는 『토지』의 인물들이 맞닥뜨리고 있는, 그들이 감당하고 직시하고 극복해 가야 할, 실존의 어떤 상황을, 어떤 운명을 가리키는 상징기호인 것이다." 임명섭, 「『토지』, 식민지의 삶과 글쓰기」, 『현대비평과 이론』 9집, 한신문화사, 1995, 봄·여름, 188쪽.

터 비롯된다. 토지조사사업은 근대적 토지소유제도의 확립과 지세 제도의 합리적 변화를 표면적인 목적으로 내세웠으나 결과적으로는 총독부의 소유지를 크게 증가시킴으로써 조선에서 토지의 상품화를 급격히 진행시키는 결정적 계기가 되었다.

이런 총독부의 토지 횡령에 발맞춰 약삭빠른 친일파들은 문서에 무지몽매한 농민들을 속여 "애매한 둔답을, 위조한 도장 꾸러미로 유유히 착복(5권, 79쪽)"하였다. 자작농은 어느 사이 소작료 무는 작인으로 둔갑하고 소작농은 경작할 땅을 얻지 못하는 처지가 되었다. 조상 대대로 살아온 땅에서 내쫓긴 사람들은 날품팔이 행상이나 남의 집 고공살이를 찾아 도시 주변을 배회하는 빈민이 되든가, 간도를 비롯한 만주 지역으로 떠나거나 "광산 등, 노동력을 팔러 일본으로 건너갔고 혹은 하와이에 농장 노예나 진배없는 그런 조건으로 이민(10권, 13쪽)"을 떠나야했다.

다음에서 토지를 빼앗긴 당대인들이 피부로 느끼는 식민 자본주의의 실상이 어떤 것인지를 확인할 수 있다.

이것은 내 땅이다! 내 조상이 물려준 내 땅이다! 하늘에 대한 믿음만큼 확실한 믿음이 언제 어떻게 하여 앞뒤 돌아볼 새도 없이 무너져버렸는가. 토지조사란 무슨 놈의 낮도깨비냐. 괴상한 측량기구를 둘러메고 산산골골에 스며들어온 주사라 하고 통역이라 하고 기수니 측량원이니, 그 양복쟁이들이 칼 차고 총 멘 순사 헌병보다 더 무서울 줄이야. (중략) 양복쟁이들 서슬에 놀란 농부는 엉겁결에 도래질인데 어느덧 논가에 깃대가 꽂히고 새끼줄을 치고 나라 아닌 일본 정부의 소유로 기록되는 것을 땅 임자는 곡괭이 자루만 매만지고 천치처럼 입을 헤벌리며 바라보는 것이었다. (중략) 호소할 방법을 모르고 호소할 증거도 없는 영세 농민의 소유지는 도처에서 국유지로 흡수되고 탐욕스런 무리들

이 횡령하고, 아이고오 하느님네! 명천의 하느님네! 한들 산천이 말을
할까.

(5권, 79쪽)

그러나 등장인물들의 실생활에서는 토지조사사업의 폐해로 인한
가족 파탄이나 거지로의 전락은 구체화되지 않는다. 그들은 "뚜렷하
게 막연하게 들려오는 궁핍의 발소리(5권, 87쪽)"를 들으며, 이러한
정황이 가져온 식민 자본의 팽창에 훨씬 더한 관심을 기울이며 촉각
을 곤두세운다.

평사리 농민들은 이평의 아들 두만이 목수일로 돈을 벌어 전답을
사들이고 서울 여자 쪼깐네를 데리고 와 차린 비빔밥집의 성공에 부
러움과 질투심을 동시에 느낀다. 장배를 늘려 돈을 번 이평의 사돈 장
서방도 그들에게는 부러움의 대상이다. 상업과 유통업을 통해 중소
자본가로 성장한 김두만이나 장서방은 이제 더 이상 평사리 농부들과
동류가 아니다. 상당한 규모의 사업장에 종업원을 두고, 일제 관원들
과 친분을 과시하는 그들은 시대의 변화를 적극적으로 수용한 자본가
들로, 농부라는 상민의 신분을 진즉에 벗어난 이들이다. 전통적인 조
선 사회에서였다면 사농공상의 신분서열에 따라 천민보다 차상의 우
위를 점하는 장사치에 불과했을 이들이, 일제 주도의 자본주의 시대
를 만나 사회의 상층 부류로 떠오르게 된 것이다.

이 시기에 농사짓는 일은 어쩔 수 없는 생계 수단 이외의 의미를 갖
지 않는다. 더구나 일인 지주들이 등장하면서 경작지는 넓어지고 노
동은 과중해졌는데, 소작료는 세금보다 무서워 액수가 부족할 경우
"장리변, 일수 가릴 것 없이 아구를 맞추어내야(10권, 16쪽)" 해서 식
구들은 어떤 방식으로든 돈을 벌기 위해 뿔뿔이 흩어질 수밖에 없다.

베를 짜던 딸은 청루로, 도방에 더부살이로 떠나고 나뭇짐을 해오던 아들은 잠수부가 되거나 상점 점원이 되기 위해 떠난다.

이들에게 자본은 삶의 터전을 빼앗는 폭력이면서 동시에 사회적 신분 상승을 보장하는 힘이라는 양면성을 갖는다. 질투하면서도 부러워하는 이중 감정을 겪으면서, 화폐 경제와 상업 자본으로 경제 구조가 재편되고 있는 시대적 상황을, 농민들은 온몸으로 감당해야 했던 것이다.

이런 사회적 분위기에서 농촌이 피폐해지고 농업에 종사하던 사람들이 일자리를 구하러 도시로 몰려드는 건 예정된 수순이다. 생활의 형태가 급속히 변모하고 있는 것이다. 그러나 도시에 새롭게 등장한 상점들은 대개가 일본인 경영이었다. 양과점, 담배 가게, 이발소, 목욕탕 등은 도시의 번화가 어디에서나 눈에 띄는 대중적 업소가 되었는데, 이는 사람들의 생활에서 일상화되어가고 있다는 뜻이다.

> 일자리를 얻기 위하여, 얻은 일자리를 부지하기 위하여, 장사를 하기 위하여, 상투가 잘렸으니 이발소라는 곳에 가서 머리를 깎아야 하고 등물 할 내 집, 마을의 시내도 잃었으니 목욕탕에 가서 몸도 씻어야 한다. 이발관에서는 머리에 바르는 지쿠 냄새가 났다. (중략) 쥐꼬리만 한 급료를 받는 부류의 청년들도 월급날에는 이발하고 목욕하고 지쿠 바르고 유곽을 찾는다. 일인들이 들어오면서부터 곳곳에 세운 성곽과도 같은 거대한 청루, 그러고 보니 수리꾼, 유곽도 과연 새로운 직종이요 업체다.
>
> (10권, 14쪽)

배가 고픈 아이들은 사탕을 빨고, 일에 지친 부모는 돈이 생기면 서둘러 허기를 채우려고 우동을 사먹는다. 청루에 몸을 판 여자는 화장품을 소비하고, 환장한 가장은 야바위판에서 돈을 털리고 분해서 술을 마신다. 식민지 수탈의 목적 아래 진행되는 도시화는 이렇듯 식민지 조선의 백성들을 "내일이 없는 뜨내기", "허무주의자(10권, 15쪽)"로 만들어 소비를 촉진시킨다. 그것도 부족하여 총독부는 회사령, 신회사령을 거듭 공포하여 조선인 자본의 진출을 최대한 억제함으로써 조선 내 일본인의 경제계 독점을 조장한다.44)

이런저런 이유들로 조선 백성의 생활은 더욱 곤궁해졌다. 수많은 업종이 새롭게 들어서고 새로운 유행의 상품이 유통되며 여기저기 공장이며 회사는 들어서는 데, 근대 자본주의의 이윤은 일본 업주들을 통해 일본으로 흘러들어감으로써, 정작 조선의 백성들은 자본주의의 열매를 맛볼 수 없었던 것이다. 그러나 이러한 내용은 대부분 평면적인 서술로 그친다. 『토지』 인물들의 구체적 생활에서 그런 피폐한 모습과 궁핍의 흔적을 발견하기가 어렵다는 뜻이다. 이홍이 부산의 자전거포에서 잠시 일하는 동안 만나게 되는 청년들에게서 일단을 찾아볼 수 있는 정도이다. 그것도 몸으로 뛰는 생활의 현장에서가 아니라 근무가 끝난 저녁 시간의 술자리에서 벌어지는 대화를 통해서 엿볼 수 있다.

점원도 서기도 아닌 애매한 입장으로 자전거포에서 일하고 있던 홍은 어느 날 이발사 상길과 벽돌 쌓는 기술자 덕용과 함께 술자리를 갖게 된다. 그들은 일본인 사용자나 그 권속들에 의한 핍박에 살의를 느낄 만큼 분노하지만 식민지 백성의 처지라서 행동으로 옮기지 못하는 억울함을 토로하며 밤을 새운다. "깨끗하고 수울한 것 같지만 실속이(7권, 457쪽)" 없는 이발사 직업에 기 죽어있는 상길이, 뼈 빠지게 일

---

44) 회사령, 신회사령은 회사 설립을 허가제로 하면서 "까다롭고 악랄한 조건으로 조선인에게는 되도록이면 허가를 아니 하는 방침(5권, 105쪽)"을 말한다.

하지만 조선 사람이기에 욕설과 발길질을 당해야 하는 덕용의 분노는 술 이외에 아무 것으로도 터뜨릴 방도가 없다. 그들은 다시 고향으로 돌아가고 싶지만 "일 년 내내 농사지어 일 년 내내 죽 묵는(7권, 458쪽)", 그나마도 농사지을 땅조차 없는 고향으로 돌아갈 수가 없다.

그들의 대화에서는 공사판과 부두의 노동자들, 지게꾼들의 애환도 그려진다. 점심을 가지고 나온 딸이나 마누라가 일본인 감독에게 욕을 당했다거나, 가난 때문에 청루에 팔린 딸이 몹쓸 병에 걸려 죽은 뒤로 거지가 되었다거나 하는 이야기들. 그러나 피 끓는 식민지 젊은이들은 온종일 싸돌아다니는 것 말고 다른 방도를 찾지 못한다. "나 겉은 놈이라도 왜놈하고 싸울 수 있이까', '젊은 놈이……. 젊은 놈이, 하고 그 말만 자꾸 시부리며(7권, 460쪽)" 그들은 억울한 심정을 눌러 담아야 한다. 그러나 일본인 순사를 통해 일제는 자신들이 조선에 이식한 근대적 자본주의를 자랑스럽게 광고한다.

너희들이 학생이라는 것은 대일본제국의 은총이다. 옛날에는 서당이 고작이요 그것도 양반의 자식 몇몇이 꿇어앉아서 고리타분한 글자 좀 배우는 정도, 그러나 지금은 신분의 구별 없이 많은 청소년들이 균등하게 새로운 학문의 혜택을 받고 있다. 자아 보아라! 이 유치장을 비춰 주는 전등을. 등잔을 켜고 살던 너희들의 생활은 전등으로 바뀌어졌다. 거리에는 자동차, 기차가 달리고 초가집이 있던 자리엔 이층 건물들이 들어섰다. 진주는 지방도시다. 서울에 비하면 말할 것도 없고, 부산보다 작은 도시다. 함에도 불구하고 현대 문명은 빠짐없이 들어왔다.

(10권, 95쪽)

이들의 이러한 강변은 조선 민중들의 지도자연, 지사연 하는 사람들에 의해 민족 개조론45)이니 신종론(新種論)이니 하는 것들로 바뀌어,

일본이 이식시킨 근대 자본주의 이전의 조선은 미개하고 몽매한 문화를 가진 수치스런 과거이며 문명부재의 상태로 치부된다.46) 여기에 가장 동조적인 인물이 조준구일 것이다. 사람이란 살기 편한 것을 추구하며 그래서 연장이 생겨났고 모든 것이 발전해 간다는 지극히 유물적인 사고로 등잔불보다 전등이 편리하며, 양반들의 예의범절은 일본이나 서양인들에게 "미개한 나라의 기괴한 구경거리(1권, 146쪽)"에 불과할 것이라고 그는 공공연히 말한다.

조준구의 재물과 자본에 대한 욕망은 식민지적 상황을 만나 일제의 근대 자본주의에 대한 동경과, 자본의 증식에 따른 권력과 부에 대한 집착으로 표면화된다. 그렇기에 한반도를 자기 욕망의 제물로 삼은 일본에 대한 그의 평가는 긍정적이다. "문호를 개방하고 약삭빠르게 서양 문물제도를 들여오고 최신 무기로 준비를 갖추어 양병에 힘 쓴

---

45) 박경리는 작품 안에서 「민족개조론」을 주창한 이광수를 윤광오의 입을 빌려 이렇게 비판한다. "애매하면서 민족지도자연하는 것도 아니꼽고, 문학과 운동이 양립 못한다는 얘기는 아니오. 그에게는 양립이 안 된다, 그 얘기지요. 차라리 그 재주 가지고 칩거하여 문학이나 할 일이지 능도 없으면서 운동은 무슨 놈의 운동이오. 그러니까 마각이 드러나지." 「민족개조론」의 문장에 관해서는 "놀랄 정도로 졸문이더군. 너절해. 그 글 길이의 십분지 일만 가지고도 할 말 하고 남았을 게야. 젊어서 그랬겠으나 아는 것 자랑이 심해"라고 묵당의 입을 빌려 평가한다. 내용에 관해서는 다시 윤광오를 통해 "일본도 영국식으로 조선을 다스려준다면 용납하겠다 그 얘깁니까? 아니면 영국을 본받아 좀 잘 봐달라는 얘깁니까? 아 글쎄 노골적인 것은, 그래도 영국은 실리를 취했다 하고 노닥거리지 않았겠습니까? 그 반역자가 따지고 들면 뭐라 대답할까요"라며 신랄하게 비판한다(9권, 277~288쪽).

46) 이 무렵의 신체시, 신소설 들은 온갖 구습의 타파, 즉 신문명 신교육의 도입과 자유연애 남녀평등의 주장 등 개화를 열심히 추구하고 있으니 이 개화가 누구를 위한 것인가 따져보면, 개화의 모범인 일본과 서양은 찬미의 대상인 반면 우리 민중은 개화의 혜택에서 벗어나있으며 오히려 개화주의자들에게 조소와 멸시의 대상이 되고 있다. 이는 개화의 가면을 쓰고 사실상 제국주의 외세에 투항하는 입장이다. 염무웅, 앞의 책, 58쪽.

탓(1권, 200쪽)"이라는 말에서도 볼 수 있듯, 그는 자기 욕망의 실현을 위해 일본을 그대로 답습한다. 최치수에게는 일본에서 들여온 신식 총을 구해다 줌으로써 가문의 파탄을 부채질하고, 게으르고 탐욕스런 김평산의 욕망을 부추겨 최치수 살해의 빌미를 제공한다. 윤씨부인이 죽자 최서희의 후견인을 자처하며 가족을 끌고 내려와 집을 차지하고, 마을 소작인들을 편 가르는 방식으로 자기 세력을 확장한다.

물질의 힘이 정신의 힘을 압도하는 물질문명의 근대 자본주의[47]가 그를 통해 평사리에 이식되고 있다. 이런 그의 성향에 가장 부합하는 삼수는 마름 역할을 하는 동안, 딸을 내줄 것처럼 은근하게 구는 봉기나 자기에게 아부하는 작인들에게 소작지를 더욱 좋은 조건으로 내주고, 기민 쌀을 불공평하게 분배하는 방식으로 마을 전체를 대립과 불목의 장으로 변질시킨다. 아래의 인용문은 당대의 조선 현실과 그에 비견되는 평사리의 현실을 예리하게 보여준다.

저 푸른 하늘을 흐르는 구름을 보며 흙을 빚던 사기장이의 천심은 가고 나사못을 깎는 시대가 오고 있다. 이끼 낀 돌담 곁에 의관을 차려입고 유유히 팔자걸음으로 가던 선비의 풍도는 가고 쩔렁거리는 샤벨 소리와 흙먼지 일으키며 군화소리가 오고 있다. 물질 문명의 시대는 흉기부터 앞장세우며 오고 있는 것이다. 정신 문화의 시대는 척박한 가난의 살림을 안고 가고 있는 것이다.

(3권, 168쪽)

---

47) 20세기는 인본에서 물질주의로 넘어가는 시기였습니다. 소위 유물론의 시대이지요. 그러나 사회주의 국가만이 유물론을 신봉했던 것은 아니었습니다. 뿌리를 살펴보면 자본주의 역시 생산고가 모든 것의 기준이 되는 철저한 물질주의였습니다. 20세기는 불확실한 것, 가시 밖의 것에는 가치를 부여하지 않았어요. 박경리, 『문학을 지망하는 젊은이들에게』, 현대문학사, 1995, 253쪽.

물질의 자가 증식 원리에 대한 조준구의 탐욕은 평사리의 토지를 자본으로 삼아 광산이나 미두48)에 투자하는 투기적 자본가로 변모하게 한다. 생명을 먹이고 기르는 어머니 대지로서의 토지는 투기를 위한 현금 교환가치로 평가 절하되어, 마침내는 일본인 지주들을 평사리로 불러들이게까지 된다. 그러면서 지주−소작인 간 신뢰를 바탕으로 이뤄지던 소작 계약은 문서 형식을 띠게 되고, 소작료 계산에 있어 자연재해나 개인 사정이 전혀 감안되지 않는 까다로운 조건이 개입되며, 지주의 권한은 전대에 비해 훨씬 배타적으로 강화된다.49) 이는 문서와 계약이라는 근대적 합리성을 가장한 노동력 착취와 생산물 수탈로서 오히려 봉건적 관계를 심화시키는 장치가 된다.

이홍의 딸 상의가 다니는 기숙학교 여학생들의 소비문화를 포착하고 있는 부분은 공산품의 근대적 유통과 소비의 과정을 세밀하게 그리고 있다. 여학교 학생들은 "빈곤을 모르는 계층, 그들은 세상이 자신들을 위해 있다는 것으로 착각"하고, "조선민족의 1프로에 해당하는 특혜적 존재가 민족에게 그 얼마나 큰 빚을 지고 있는가를(16권, 49쪽)" 모르는 채 철없는 소비 행태로 마냥 들뜬다.

---

48) 공노인과 임역관, 김환이 최서희의 토지를 환수하기 위해 조준구를 계략에 빠뜨리는 대목에서 미두는 이렇게 설명된다. "기미란 미두라고도 하는데 오늘날의 증권 매매 비슷한 투기업으로서 세계대전 중 곡가의 오름세 내림세가 조석으로 급변하는 시기, 흥한 사람 망한 사람이 속출했었는데 현물 없는 약속 거래인만큼 모험이 따르는 일종의 도박인 것이다(6권, 350쪽)."

49) "평사리의 지주는 전형적인 온정적·전통적 지주였다. (중략) 최참판댁은 농업 경영, 즉 소작료의 수취 이외의 경제활동에 종사하지는 않았던 전형적인 전통 지주형이었다. 동시에 최참판댁은 흉년의 경우 농민들에게 구휼미를 나누어주고 농민의 길흉사에 온정을 베푸는 일을 아끼지 않은 온정적인 지주였다. 농민들은 지주제의 가혹함에 힘들어하면서도 '최참판댁'의 도움과 은혜를 잊지 않으며 지주가와의 심리적인 거리도 멀지 않았다." 박명규, 앞의 책, 142~143쪽.

대개 지방의 부호 지주들이거나 먹고 살만한 집안의 딸들이어서 낭비벽이 심한 아이들도 더러 있었고 대체로 소비 성향이 만만치 않은 것이 사생들이었다. (중략) 그들이 외출하는 날에는 싹쓸이가 되는 상점도 있었다. 심지어 단추까지. 그것도 평생을 두고 쓸 만큼 사재기를 하는데 개중에는 시골 친척들 부탁을 받은 경우도 있었겠지만 소위 결혼 준비가 주목적이었다. (중략) 특히 백화점 상점이 있는 일요일의 거리는 끊임없이 사생들이 지나가곤 했다. 노상에서 친한 사이의 사생들이 만나면 으레 무얼 샀느냐, 어디에 무엇이 있더라, 하며 정보 교환은 물론 손을 맞잡고 흔들면서 공연히 킬킬거리고 웃기도 했다.

(16권, 48쪽)

이들은 또한 불란서제 화장품과 영국제 양복지로 만든 신사복, 줄이 빳빳하게 선 즈봉의 스타일에 매력을 느끼며 동경한다. 상품의 품질보다는 상표에, 인간의 품성보다는 옷맵시와 같은 외적 스타일에 더욱 관심을 갖는다. 근대 자본주의의 가치가 어느 새 이들 안에 자리 잡은 것이다.

그러나 건실한 민족 자본이 뒷받침되지 않고 민족적 산업이 번성하지 못하는 식민지 상황에서의 자본주의는, 국내의 산업구조를 변모시키는 생산적 변화와는 무관하게 상업과 소비의 확대만을 가져왔다. 『토지』에서 누구보다 먼저 자본주의적 가치를 받아들여 재산 증식에 성공한 최서희의 경우도 매점매석과 같은 상업 행위를 통한 것으로, 민족 산업의 육성에는 아무런 영향을 끼치지 못했다.

조준구에 밀려 간도에 정착한 그녀는 할머니 윤씨부인이 비밀리에 마련해준 은괴를 자본으로 삼아, 투기와 상품 유통에 적극 관여함으로써 재산을 축적한다. 중국과 조선의 접경지역으로 사람들의 왕래가 빈번한 간도 지역은 일찍부터 상업이 발달한 곳이었다. 최서희의 자본이 엄청난 규모로 증식할 수 있는 바탕을 만나게 된 것이다. 거기에 김길상의 탁월한 경영 능력이 뒷받침되었다. 그녀가 신분을 뛰어넘어 길상과 결혼하기로 작정하게 된 것은 봉건적 신분 가치보다 자본주의적 가치를 우위에 두었기 때문이다.

그렇지만 최서희가 근대적 자본가로서의 의식을 갖췄다고 볼 수는 없다. 근대 자본주의의 물질 가치를 수용했음에도 그녀의 의식은 전통적 봉건 사회가 지향했던 가문의 명예와 권위에 집착함으로써 잃어버린 재산 환수에 집중되어 있다. 간도에서 엄청난 규모로 축적해온 재산을 과거 최씨 가문의 것이었던 토지와 주택을 되찾는 데 사용하고 만다. 귀향 후 국내 산업과 어떠한 연관도 맺지 않으며, 상업에 대한 관심마저도 희박해진다. 과거 최씨 가의 작인이었던 평사리 마을 사람들과 지리산의 동학 세력에 대해 물질적 지원을 아끼지 않음으로써 온정적 지주의 귀환을 확인시키는 이외 자본가로서의 활동은 거의 하지 않는다. 상업 자본의 확대에 출중한 능력을 보였던 길상 역시 최서희의 가문 찾기가 완결되어가는 시점부터 경영인다운 자질을 어디서도 드러내지 않는다. 상해 임시정부 등 독립운동 단체와의 긴밀한 관계나 계명회 사건으로 인한 구속 등 독립 의지를 전면에 내세우면서도, 국내 산업 진작이나 민족 자본 축적을 위해서는 아무러한 행동을 하지 않는 것이다.

이는 당대 자본주의의 확산 과정이 민족의 경제력 향상에 아무런 도움이 되지 못했으며, 자본 증식을 위해서는 김두만의 경우처럼 오히려 친일적이어야 했던 시대상황을 보여주는 것이다. 조선 민족의 자본 형성이나 산업 번성은 일제 식민 자본주의의 목표가 아니었으며, 조선을 원료 공급지와 상품 소비 시장으로 기능하도록 편성하는 것이 그들의 근본적인 목적이었던 만큼, 당대 일본을 통해 유입된 자본주의는 한계를 가질 수밖에 없었다.

3) 여성들의 근대의식

전통적인 유교 교육 환경에서 자란 여성들은 현모양처(賢母良妻)를 자신들의 자아가 도달해야 할 이상적 여성상으로 정립하였다. 현명한 어머니와 좋은 아내 역할을 지고선으로 삼는 여성 개념은, 남편과 자식의 성취를 자신의 존재 의미로 삼는 '타자 지향적 존재'로서의 여성성 규정이다.[50] 그러나 19세기 말, 서양문물의 유입과 기독교의 전파 및 자본주의적 경제구조 개편 등의 요인은 신분 질서 와해와 성 역할 인식의 변화를 재촉하였다. 상업 자본 등으로 부를 축적한 자산가들이 전대의 유교 관념에서는 배제되었던 딸들의 교육에 적극성을 보이기 시작했고, 외국 선교사들이 세운 근대식 여학교가 여성 교육의 산실로 자리잡아가는 사회적 분위기가 병행되었기 때문이다.[51]

『토지』에서는 이런 시대적 변화의 수혜자들로 강선혜와 임명희, 길여옥과 유인실 등의 신여성들을 내세운다. 이들은 근대식 여학교를 거쳐 일본 유학을 다녀오면서 남성들과 대등한 지식인층으로 진입한다. 그러나 남성 중심의 사회는 이 여성들에게 걸맞은 자리를 내어줄 준비가 되어있지 않았다. 여러 시대적 요인에 의해 아버지의 실질적 권위가 약화된 사회에서 가정 내의 일방적 권위는 상호적인 권위로

---

50) 오세은은 "전통적으로 여성은 우리 문학사에서 타자로 기능"해 왔다고 하면서 가족소설에서도 그 범주를 쉽게 벗어나지 못하고 있다고 지적한다. "여성들의 삶은 가정이라는 제한된 영역으로 규제"되었으며, 여성은 타자와의 관계를 통해서만 그 정체성을 찾을 수 있는 "주변적인 존재"라는 것이다. 오세은, 앞의 글, 31쪽.
51) 염무웅은 근대인의 형성에 관계가 있는 문제를 "사고방식에 있어서의 합리주의, 생활상의 과학적 태도, 근대적 자아의 각성, 의식(儀式)주의·권위주의·귀속주의의 타파 등"을 꼽았다. 염무웅, 「식민지적 근대인」, 앞의 책, 246쪽.

변이되는 과정52)에 있었으나, 남성 주류 사회가 여성에게 허용하는 한계는 전통적인 여성 개념을 크게 벗어나지 못하였다.

신여성들의 지적 수준과 세계 인식이 전대의 여성들과는 현격하게 달라졌음에도, 이들의 사회적 위상과 입지는 정착되기 어려웠다. 그런 까닭에 이들은 자기 위치를 찾기 위해 좌충우돌하면서 방황하지만, 철 없고 천박하다는 평가를 받거나(강선혜), 완상적 가치로 평가절하 되기도 하고(임명희), 가정적·개인적 불운을 겪으며 끊임없이 새로운 길 찾기를 시도(길여옥, 유인실)해야 한다. 이들은 출신 성분에 따른 계급적 위치와 식민지적 상황에서 지식인으로서의 위상, 여성이라는 성적 주체로서의 자각 등 다면적인 변화의 중심에서, 선대의 전범을 발견하지 못한 채 우왕좌왕하며 자신들의 정체성을 확립해가야 했다.53) 단일한 주체로서의 위상을 가져 본 적 없는 여성들의 주체 선언을 향한 여정은 강고한 남성 중심 사회에 큰 파장을 불러일으키게 된다.

상업으로 부를 축적한 아버지 덕에 일본 유학을 다녀온 강선혜는 여성들의 사회적 지위와 역할이 남성들과 동등한 입장과 자격에 놓여야 한다고 생각하는 인물이다. 강력한 남성 중심 사회에 어떻게든 파고들려는 그녀의 저돌성은 남성들에게는 물론이고 동류의 신여성들에게도 환영받지 못하고 천박스러운 행태로 평가된다. 그녀는 당대 사회에서 쉽게 용인되지 않았던 이혼까지 감행한 탓에 많은 남자들에

---

52) 데이비드 엘킨드, 이동원·김모란·윤옥경 역, 『변화하는 가족』, 이화여자대학교 출판부, 1999, 53쪽.

53) "여성성이라는 개념은 쉽게 규정될 수 없을 정도로 상당히 복합적이다. 진정한 여성으로 살아가는 방식에 여러 가지가 있고, 사회적인 삶을 살아가는 방식도 다양하기 때문이다. 따라서 여성정체성이란 고정적인 것이 아니라 불안정하고 변화가능하며 관계적인 것이라고 할 수 있다." 김미현, 『한국여성소설과 페미니즘』, 신구문화사, 1996, 31쪽.

게 기피 대상이 된다. 남편을 내소박했노라는 성적 주체로서의 당당한 여성 선언은 남성 중심 사회에 대한 철없는 도전으로 간주된다. 문학에 대한 그녀의 관심조차 "개떡 같은 글 한 조각 써놓고 문인 행세, 망신스럽다고 면전에서 욕하는 사내도 있지(8권, 446쪽)"라는 자조적 상황으로 내몰린다.54) 강선혜는 임명희와 대화를 나누는 자리에서 당대 신여성을 이렇게 개념 짓는다.

> "이중 구조야. 이를테면 수구와 개화가 따로 있는 게 아니구 함께 있는 거야. 함께 얽혀 있는 거야. 너도 그렇구 나도 그 이중 구조의 희생물이라 할 수 있어. 신여성이라 일컫는 교육받은 여성들, 그 대부분이 완상품이며 고가품일 뿐 사람으로서의 권리가 없다. 좋은 혼처서 주문하는 고가품이요 돈푼 있는 것들이 제이 제삼의 부인으로 주문하는 완상품이다 그말이야. 그러면 진보적인 쪽에선 어떤가. 그들 역시 사람으로서의 권리를 여자에게 주려고 안 해. 이론 따로 실제 따로, 남자의 종속물이란 생각을 결모 포기하지 않아. 여자가 인간으로서 있고자 할 때 인형처럼 망가뜨리고 마는 것이 현실이야. 신여성이 걸어간 길은 완상물이 되느냐 망가지느냐 두 길뿐이었다."
>
> (13권, 88쪽)

신여성에 대한 부정적 인식 속에서 당당히 살아남기 위해 그녀는 폐간 위기에 몰린 잡지 발행인 권오송과 결혼을 서두르게 되는데, 사회적 입지가 분명한 남자와의 결혼은 그녀의 위상을 재정립하는 계기

---

54) "인간의 무리는 '상향'적인 사명감에선 '지고선'이며 협동·사랑을 가지지만 '하향'적 힘에 의해서는 '취약한 것'을 골라잡아 괴롭히며 쾌감을 느끼며 공격, 잔학성을 나타낸다. (중략) 이는 근대가 본질적으로 내포한 모순과 같은 맥락으로 볼 수 있다. 즉 근대는 표면상으로 이성과 같은 '상향'을 내세우지만, 속으로는 침략과 같은 '하향'을 실천하는 본질을 지닌다. 권은미, 앞의 글, 36쪽.

가 된다. 남성 가장의 날개 아래서만 그 권리와 위상이 보장되는 강선혜의 한계는, 남녀평등주의나 여성 주체 선언이 사회적인 동의를 얻어내기까지 먼 여정이 남아 있음을 상징적으로 보여준다.

여학교 교사라는 다분히 근대적인 직업을 가지고 있으면서도 우유부단하고, 자기 선택이나 결정에서 애매한 태도로 일관하는 임명희는 오히려 전통적인 여성상에 더 가깝다. 그녀가 자신의 감정과 욕망에 정직하게 대응한 경우는 이상현에게 사랑을 고백한 때와, 남편 조용하에게 이혼을 통보할 때이다.55) 그러나 결혼 생활을 통해 집착과 소유욕이 강했던 남편과 낭만적 감성과 책임감으로 뭉친 시동생 찬하를 겪으면서 그녀는 내적으로 성숙해 간다. 유치원 원장으로 어린이 교육에 안착하면서 양현의 고뇌를 껴안는 등 여성 주체로서의 자기 발견을 이루어 가는 것이다. 하지만 그녀의 변모는 여전히 자기 틀 안에 머물러 자기 삶에의 주인의식을 끊임없이 회의하고, 주변의 시선에서 자신을 방어하려 힘을 낭비하는 바람에 대사회적으로 도약하지 못한다.

입신출세를 위해 더 나은 처지의 여성과 재혼하려는 남편에게 이혼당하고 시골에서 전도부인으로 활약하는 길여옥은 순교적 열정으로 자기 삶을 개척하는 인물이다. 그녀의 포교활동이 독립운동과 연관되었다고 여긴 일경에 의해 옥고를 치르기도 하지만, 그녀는 신앙심과 강인한 정신력으로 일어선다. 여기에는 병신자식 하나를 돌보며 가난하게 지내면서도 모든 것을 천지조화로 이해하는, 심성 맑은 시골 할머니와의 만남을 통한 인간애와 생명애가 그 바탕에 깔려 있다.

---

55) 이덕화는 임명희를 과도기적 인간상을 보여주는 여성인물로 평가한다. "자신의 삶을 자신의 자유의사"로 결정하고자 하는 의지로 이상현에게 사랑을 고백하지만 거절당하자 거기서 받은 상처에서 도피하기 위해 조용하와 결혼하여 그의 "집념의 희생물이 됨으로서" 과도기적 신여성으로 남는다는 것이다. 이덕화, 「『토지』의 여인들—역사의 격랑을 헤쳐가는 서희」, 『문학과 의식』 27호, 1995.3, 196쪽.

"천지조화가 살게 허는 것이여. 가게 허고 오게 허는 것도 천지조화
지 뭣이것어? 사람은 몰러, 모른단 말씨."

"할머니가 이 고생을 하셔온 것도 아드님이 불편한 몸이 된 것도 그
러면 천지조화의 탓인가요?"

"그것은 아니지라. 사램이 천지조화를 어긴 때문이여."

"어떻게요?"

"천지조화는 공평하들 않는감?"

"아드님 불편한 몸도 사람이 불공평해서 그런가요?"

"공평하다믄 병신이라도 다 살아가는 길이 어찌 없을 것이여? 손발
없는 배암도 묵고 살고 물 속의 개기도 묵고 사는디, 일찍이 가고 더디
게 가는 거사 천지조화, 사람이 하는 일은 아닌께로."

여옥은 남편의 욕망에 희생됨으로써 변방으로 내쫓기지만, 할머니
처럼 순박하고 정직한 사람들과 교류하게 되면서 오히려 주체적 여성
으로 거듭나게 된다. 천지조화는 사람을 그 신분이나 성별, 장애 등으
로 가르지 않는데 인간 사회가 그러한 차별을 만들어 낸다는 할머니
의 통찰은, 여옥을 배신한 남편에 대한 분노와 자기 자리를 찾지 못한
지식인 여성으로서의 박탈감에서 벗어나게 한다. 대지가 분출하는 강
인한 생명력의 발견을 통해 생명력을 빼앗긴 시대에 여성들의 지향이
어디로 향해야 할 것인가를 깨닫는 것이다. 최상길과의 연애가 이성
애적인 사랑으로 그려지기보다 인간적이고 동지적인 차원으로 펼쳐
지는 것도 여옥의 이런 특성을 반영한다. 그러나 기독교 전파 이외에
자신의 지적 · 사회적 역량을 투신하지 못하는 모습은 여성 지식인으
로서 사회적 역할의 한계를 아직 벗지 못하고 있음을 보여준다.

『토지』의 신여성 중 사회적 자아가 가장 발달한 인물로 유인실을
꼽을 수 있다.56) 그녀는 민족애와 독립운동에의 헌신을 위해 사랑하

는 남자와 자식을 버린다. 그녀에게 모든 가치 중 가장 우위를 점하는 것은 민족이라는 공동체다. 그녀에게 인간 해방이나 인간적 삶의 진실, 그리고 개인적인 연민과 사랑조차도 민족이 없고서는 불가능하다. 여성으로서는 드물게 무장투쟁으로서의 독립운동을 몸으로 실천한 경우다. 그러나 후반부에 이르면 그녀를 찾아나선 아들 쇼지와 연인 오가다 지로와의 안타까운 사랑에 주로 초점이 맞춰짐으로써 투사적 면모를 가진 그녀의 사고방식이나 활동내용은 조명되지 않는다. 또한 여인으로서, 어머니로서의 고뇌가 민족이라는 공동체 의식에 함몰됨으로써, 여성적 삶과 투사적 삶을 조화롭게 연결할 수 없었던 인실의 한계를 드러낸다.

이들 신여성들의 공통점은 적극적이든 소극적이든 주체로서의 여성을 표명하고 있으면서도 남성들과의 관계에서 행동반경이 설정되며, 거기서 크게 자유롭지 못하다는 점이다.[57] 그들의 가치관은 확장되어 있으나 남성 중심의 현실 사회에서 수용되기 어려울 뿐 아니라 동시대 여성들에게도 크게 공감을 받지 못한다. 이혼경력을 가진 강선혜, 임명희, 길여옥이나 사생아를 낳은 유인실은 당대 신여성들의 연애와 결혼, 출산에 대한 부정적 상징이 된다. 신분의 고하에 관계없이 전통적 여성 이데올로기를 내면화하고 있던 당대 대다수 여성들

---

56) 김은경은 유인실을 "남성적 속성과 여성적 속성을 실제적이고 단단하게 결합하여 나타내는 양성구유적 인물"로 평가하고 박경리가 이 인물을 통해 "자신이 이상적으로 생각하는 근대적 자아의 면모를 드러내고 있다"고 본다. 김은경, 앞의 글, 50쪽.

57) 서영인은 일제 강점기의 여성성에 대한 연구는 다면적 주체성의 관계양상에 주의를 기울여야 한다고 본다. 이때의 여성 주체는 여성이라는 성적 성격만을 지닌 주체가 아니며 그들의 계급적 위치, 민족적 위치, 성적 위치가 어떤 양상으로 결합하고 갈등하며 봉합되는가를 섬세히 분석해야 한다는 것이다. 서영인, 앞의 글, 136쪽.

에게 교육받은 신여성들의 자기 선언은 방종과 자유연애로 읽혔다. 그것이 강선혜의 문화사업이나 임명희의 교육사업, 길여옥의 종교활동, 유인실의 독립운동 등으로 다분히 가치 지향적인 외피를 썼다 하더라도, 여성성이 부과하는 한계를 넘어서는 데 대한 거부감은 적지 않았다.

신분질서 와해와 근대적 교육 등은 당대인들의 의식 변화에 많은 영향을 미쳤으나, 여성에 대한 의식의 측면에서는 가부장적 성역할 규정을 크게 벗어나지 못하며 이는 여성들 스스로에게도 마찬가지였다. 이러한 신여성들의 한계는 봉순의 딸 이양현이나 이홍의 딸 상의, 정석의 딸 남희 등 다음 세대 여성들에 이르러 변화와 극복의 가능성을 보여준다.

양현은 이상현과 봉순과의 사이에서 태어나 최서희의 양녀로 자라다가, 성년이 다 되어서 아버지의 가문에 입적되는 등 복잡한 성장기를 거친다. 그렇지만 여의전을 졸업하고 의사가 됨으로써 전문 직업인의 길을 걷게 되는데, 이는 전세대 신여성들이 수준 높은 교육을 받고도 전문직으로 진출하지 못하고 남성 사회의 주변인으로 내몰렸던 것에 비하면 진일보한 것이다.58)

신분의 질곡에서 벗어나지 못해 방황하는 송영광을 향한 그녀의 사랑고백 또한 대담하다. 윤국이 자기에게 마음을 두고 있으며, 양어머니 서희나 이씨 집안 가족들이 윤국과의 결혼을 바란다는 걸 알면서도 그녀는 자신의 사랑에 정직하며 또한 충실하다. 영광 못지않은 신

---

58) 이덕화는 서사 내에서 양현의 의사로서의 독립적인 삶이 전혀 조명되지 않으며, 신분에서 오는 열등감을 동류의식을 가진 영광에게 투사하려 했다는 점에서, 그녀의 과학적 학문이 내면화된 유교적 세계관과 불일치하고 있다고 본다. 이덕화, 앞의 글, 203쪽.

분적 열등감을 지니고 있으며, 그 때문에 올케 덕희와도 불편한 관계가 만들어지지만 그녀는 자신의 입장과 상황을 직시하고 정직하게 받아들인다. 덕희와의 정면충돌을 피하고 그럴 수 있었던 상황을 포용하는 인내심과 관대함은 그녀가 인간 주체로 이미 서 있다는 것의 반증이다. 영광과의 쓰라린 이별 후에 눈물을 흘리며 찾아온 양현을 보고 임명희는 생각한다.

> 나는 세상에 나와 이룬 것이 없지만 너의 눈물은 뭔가를 이루기 위해 흘리는 것이다. 울어. 많이 울어라. 양현이 너는 나같이 자신을 기만하며 살아가지는 않을 거야. 너의 청춘은 정말 아름답다. 고통도 슬픔도 어쩌면 그렇게 투명하니? (중략) 그러고도 내가 무엇을 이루었다 할 수 있을까? 인실이도 그렇고 여옥이 선혜 언니도 그래. 양현이 너도. 분명히 자기 자신보다 소중한 것이 그들에게는 있었다. 자신을 내어던질 대상이 있었다.
>
> (14권, 377쪽)

양현이 자신을 내어던질 대상을 가지고 있으며, 그것에 대해 정직하다는 데 대한 격려며 칭찬이며 부러움이다. 그렇기에 양현의 미래나 그녀의 사랑은 결말이 열려있는 채로 끝난다. 이러한 미결정성은 극복의 가능성을 함의한다. 지식인이면서도 여성으로서의 한계를 뛰어넘지 못했던 전대의 신여성들과는 분명 다른 삶을 살아가게 될 것이라는 예측을 할 수 있다.

영광이나 윤국에 대한 감정 처리와, 자신의 미래에 대해 가족들과 의견 조율에 임하는 그녀의 자세는, 임명희나 길여옥처럼 타의에 떠밀려 주변적 삶으로 자신을 방기하지 않을 것임을 보여준다. 올케 덕희의 은근한 멸시와 구박에 정면으로 맞대응할 수도 있으나, 가족의 화합을 깨

지 않으려는 조심성과 배려로 일관하는 것도 그렇다. 이런 성향이 사회
생활로까지 확장된다면, 저돌적인 강선혜가 주변의 인물들을 적으로
만들었던 것과는 달리, 남성 주류사회에서 지식인 여성으로서의 자리
를 마련할 수 있으리란 기대를 갖게 한다. 유인실처럼 이데올로기에 함
몰되어 자신의 삶을 공동체에 허여해 버림으로써 성적 주체로서의 자
신을 내팽개치지도 않을 것이다. 따라서 여의사라는 전문직을 가지고
있으면서 자신의 삶을 정직하게 응시하려는 그녀의 노력은, 당대 여성
들의 근대적 자아 확립의 한 전범으로 정착될 수 있을 것이다.

상의의 인간 주체로서의 성장과정은 여학교 기숙사를 배경으로 펼
쳐진다. 그녀는 "몹시 심약했고 매사에 소극적이며 늘 표현이 부족했
다(16권 53쪽)"는 주변 친구들의 평가를 받는 만큼, 두드러진 존재가
아니었는데 어느 날 사감 선생에게 정면으로 대항하는 용기를 보인
다. 기숙사에서 친구들끼리 화장품 품평회를 하며 수다를 떠는 과정
에서 조선옷을 입고 조선말을 쓴 때문에 사감에게 처벌 받을 처지에
놓였을 때였다.

> "죄목이 하나 둘이 아니야!"
> "처벌하십시오."
> 상의 입에서 놀라운 말이 나왔다. 엎드린 아이들이 꿈틀거렸고 사카
> 모토 선생은 질린다. 그러나 못 들은 척, 그 말에서 도망이라도 치듯
> "너희들은 조선말을 썼다! 조선옷을 입고 화장까지 했다! 자습시간
> 에 남의 방에 와서 떠들었고, 이것은 모두 교칙과 사칙의 위반이다! 너
> 희들은 평소에도 불량했어!"

> (16권, 53쪽)

그러나 상의는 후회하지 않았다. 그만큼 상의는 자신의 존엄이 짓밟

힌 데 분노하고 있었던 것이다. 일종의 희롱과도 같은 사카모토 선생의
심리 상태를 그는 도저히 용서할 수 없었다.

(16권, 58쪽)

평소 책을 많이 읽는 이외에 공부를 잘하는 것도 아니고 남과 잘 다
투지도 않는 등, 두드러진 점이라고는 없었던 상의의 이런 완강한 반
항의지는 자신의 존엄이 짓밟힌 데 대한 분노에서 나온 것이다. 물론
여기에는 친구 관계, 사감 개인의 성격적 결함에서 오는 사생들과의
감정적 대립 등 여러 요인이 작용하고 있지만, 상의 스스로도 자신의
단호함에 놀라고 있듯이, 알게 모르게 내면화한 조선인으로서의 자존
감이 그 바탕에 깔려있다고 볼 수 있다. 이는 조선과 만주를 오가며 사
업을 하면서 독립운동 단체를 후원하는 아버지 이홍의 영향도 분명
있었다. 만약의 경우 학교에서 퇴학당하게 될지도 모른다는 불안감에
시달리면서, 그녀가 "아버지의 넓은 가슴에 얼굴을 파묻고 우는 정경
을 상상(16권, 63쪽)"하는 것만 보더라도 그러하다. 상의의 성장 과정
은 여학교 졸업을 끝으로 더는 그려지지 않는다. 정신대 차출을 피하
기 위해 시집을 보내려는 어머니에게 반대하여, 아버지가 있는 중국
의 북경대에 진학하고 싶다는 의사를 내비치는 것으로 보면 그녀가
암울한 시대적 상황에 눌리지 않고 부모의 간섭을 벗어나 자기 선택
의 길을 걸어갈 것이라는 기대를 갖게 한다.[59]

---

[59] 성은애는 상의의 이야기가 작가 자신의 세대 이야기로 짐작된다고 하면서, 자질
구레한 여학생 기숙사의 여러 사건들이 식민지 말기의 역사적 무게를 느끼게 한
다고 말한다. "학생들은 일본에 대해서 막연한 적개심을 품고", 일본인 선생을 골
탕 먹이거나 양호실의 일본인 간호부에게 막말을 하고, 봉안전 앞에 똥 싸놓기 등
의 행위로, 일본의 "식민 지배가 이미 당연한 삶의 조건으로 굳어진 상황에 살고
있는 세대 특유의" 경박하면서도 슬기로운 태도로 "식민지 말기의 암울한 상황을
활기차게 헤쳐 나간다"고 보았다. 성은애, 「『토지』 5부의 세대 교체와 그 성과」,

정석의 딸 남희는 상의와는 전혀 반대 방향에서 인간이 물질 가치로 평가되는 자본주의를 체험하고 인간으로서의 자기 회복에 이르기까지 먼 길을 돌게 된다. 그녀는 할머니와 오빠 성환이 말렸는데도 "상급 학교에도 보내준다 카고 뭣이든 다 해주겠다(16권, 180쪽)"는 어머니 양을례를 따라 나섰다가, 일본인 장교에게 유린당해 성병을 얻게 되었다. 최서희 가의 집사 노릇을 하는 장연학은 어린 남희가 병과 병에 대한 기억을 이겨내도록 소지감이 살고 있는 지리산의 절에 그녀를 맡긴다. 넋이 나간 것처럼 늘 멍해 있으며 어떤 감정 표현도 하지 않던 남희가 눈물을 보이며 자신의 감정을 쏟게 된 계기는, 돌보던 아기와 함께 산에서 굴렀을 때다. 암자 앞에 버려진 채로 발견되어 민지연이 정을 붙여 키우던 아기였다. 아기가 죽을지도 모른다는 걱정과 염려 속에서 그녀는 자기 내부에 깃들어 있는 생명애와 삶에의 의지를 발견하게 되는 것이다.

연학에게서 의사가 된 양현의 이야기를 들으며 간호부가 되겠다는 결심을 하는 것은 순간이지만, 마음 깊은 곳에서 솟아오른 생명에 대한 애착 없이 불쑥 튀어나올 수 있는 말은 아니다. 일본인 장교에게 당한 성폭행과 성병이라는 갑작스런 사태는 남희의 학업을 중단시키고 삶에의 의지마저 꺾을 뻔했으나, 아기에 대한 사랑을 통해 그녀는 새로운 삶의 길을 찾아낸 것이다.

진주 시내를 걷다가 사진관의 쇼윈도 앞에 한참을 멈춰 서서, 머리에 꽃을 얹고 한복에 면사포를 쓴 신부와 검정 양복에 나비 넥타이를 한 신랑이 다정하게 서있는 사진을 끝없이 바라보는 것은 혼자 설 수 없었던 과거와의 단절을 위한 그녀의 마지막 의식(儀式)이다. 양을례가

『토지 비평집』 2, 솔, 1995, 173~174쪽.

문제적인 어머니인데도 따라 나섰던 데는, 신식 집에 살면서 신식 물건을 맘껏 소유할 수 있으며, 여학교 졸업자라는 허영심을 채우려는 욕구가 있었기 때문이다. 하지만 올바른 삶을 살지 못하는 어머니의 돈에 자신의 미래를 의탁하려 했던 그녀에게 돌아온 것은 성적인 도구로 능욕 당했던 몸과 그 몸에 대한 기억이었다. 남희는 행복해 보이는 한 쌍의 결혼사진을 바라보면서 지난날의 허영과 함께 능욕의 기억을 털어버리고자 한다. 자신이 바랄 수 없는 미래를 그렇게 흘려 보내버림으로써 간호부라는 전문직 여성으로 새롭게 자신의 길을 개척하려는 의지를 다지는 것이다.

이러한 논의는 물론 하나의 전망이다. 윤씨부인−별당아씨−최서희로 이어지는 여성 계보의 가족사가 남성 가부장제의 규범성에 도전하는 것처럼 보이지만 봉건적 가족이데올로기를 벗어나지 못한 데 비해, 신여성들은 자신들이 처한 조건에 저항하면서 전대의 여성들보다 사회적이며 자유주의적인 면모를 보였으나, 기존의 가치와 관습적인 사고의 저항에 부딪히곤 하였다. 이들에 이어 새롭게 등장한 여성 세대는 사회적으로 규정되어 온 여성성의 한계를 거부하는 차원에서 벗어나, 자신들의 내면을 응시하고 그들 고유의 독립적인 여성 정체성 확립에 초점을 맞추어, 근대를 향한 여성들의 의식이 점진적인 변화의 단계를 밟아가고 있는 것으로 보이기 때문이다.[60]

---

60) 팸 모리스는 여성 작가들의 문학적 대응단계를 통해 여성 정체성 확립 과정을 논한다. 첫 단계는 19세기 초반으로 여성들의 글쓰기가 "대개 지배적인 남성양식들을 모방하고 그것이 갖는 미학적, 사회적 가치들을 내면화하는 데 그쳤다"고 한다. 두 번째 단계는 1920년경까지 이어진 여성들의 글쓰기 태도로서 "사회에 만연해 있는 지배적 태도나 조건에 대한 저항과 여성들에게 좀 더 많은 자치권을 부여해야 한다는 주장"을 특징으로 한다. 세 번째 단계는 "자기 발견의 단계로 이 시기의 여성 작가들은 가부장적 가치들에 단순히 반발하는 데서 벗어나 자신의

그러므로 자신들의 일상에서 벌어지는 문제들과 끊임없이 부딪히며 새로운 시대의 여성상을 모색했던 『토지』 여성들의 근대의식 변화 과정은 당대적 특징을 지닌 시대정신의 일부로 읽어낼 수 있다.

내면을 향해 돌아섰고 고유하고 독립적인 여성 정체성을 확립하기 위해 노력했다"는 것이다. 이를 『토지』의 여성들에 비견하여 보면 첫 번째 단계의 여성으로 최서희를, 두 번째 단계의 여성으로 강선혜, 유인실 등의 신여성들을, 세 번째 단계의 여성으로 이양현, 이상의 등 다음 세대 여성들을 꼽을 수 있다. 팸 모리스, 강희원 역, 『문학과 페미니즘』, 문예출판사, 1999, 117~118쪽 참조.

제4장

결 론

　어떤 구체적 언어로 주조된 문학은 그 언어를 사용하는 공동체의 문화적, 정신적, 역사적 산물이라 할 수 있다. 『토지』는 우리 민족사에서 가장 격변의 시기였던 1897년에서 1945년까지, 반세기의 근대사를 배경으로 삼아 당대 민중들의 생활사, 문화사, 가족사 등의 내용을 두루 포괄하면서 판소리나 조선조 가문소설 같은 고전문학적 전통 또한 계승하고 있는 작품이다. 이런 까닭에 "말의 탑 쌓기 공력들임은 한국 소설사의 중대한 한 사건"[1]이라고 평가되고 있거니와, 우리의 역사와 문화, 정신을 한 데 아우르고 있는 방대한 작품 체계는 우리 현대 문학사의 한 획을 그은 위대한 업적이라 할 것이다.

　이러한 작품에 값하는 연구 또한 다양한 분야에서 이루어졌는데 역

---

1) 정현기, 「『토지』 해석을 위한 논리 세우기」, 『토지 비평집 2—한 · 생명 · 대자대비』, 솔출판사, 1995, 77쪽.

사의식과 인물, 한과 생명의식 및 서사구조 등에서는 상당한 성과에 이르렀다. 그러나 서사의 근간을 이루는 가족서사에 대한 관심은 상대적으로 낮아 가문소설이나 가족소설이라는 입장에서 논한 연구들도 주로 최서희 가족에게로 집중되고, 여성 계보로 가족사가 이어진다는 점에서 여성 가족사 소설로 논의되곤 하였다.

700명 가까운 등장인물들을 가족이라는 확대된 범위로 구분해보면 이름이 거론되는 정도로 지나치는 가족을 제외하고도 최소 2대 이상이 48가족, 부부나 형제로 구성된 경우가 19가족이나 된다. 따라서 이 글은 『토지』 창작의 중요한 모티프가 되고 있는 가족에 대한 총체적 연구가 필요하다는 문제의식에서 출발하였다. 수많은 인물들의 자기 이해와 표현이 가족이라는 울타리에서 형성되어 인접한 다른 가족, 그들이 이루는 마을 공동체, 나아가 국가와 민족에까지 확장되고 있기 때문이다.

『토지』의 가족서사를 총체적으로 조망하기 위해 작품에 등장하는 가족 전체를 한 눈에 확인할 수 있는 도표를 작성하였고 이를 토대로 2장에서는 각 가족의 서사 형태를 가족 이데올로기와 중심인물에 따라 나눠 살펴보았다. 3장에서는 가족서사를 통해 드러나는 시대정신을 한의 정조, 민족주의, 자본주의, 여성들의 근대의식이라는 몇 가지 방향에서 구체적으로 논의하였다.

논의를 위한 선행 요건으로 2장에서 『토지』 가족서사의 가족 개념과 특성을 먼저 정리해 보았는데, 여기에서의 가족은 결혼 및 혈연에 의한 부계적 지속성을 원칙으로 하는 전통적인 개념에다 혼외 출생이나 입양, 모계적 지속성 또한 포함하는 보다 넓은 의미로 정의하였다. 서사의 측면에서는 말해진 일련의 사건들인 '서술된 이야기(narrative)'에 초점을 맞추고 작가의 서사 전략이나 서사 형식에 대한 관심 또한 고려하였다.

『토지』 가족서사의 특성은 몇 가지로 나누어 살펴보았는데, 첫째는 서사의 중심인 최서희 가의 가족 이야기가 부계적 계보의 연속성 위에서 펼쳐지는 전통적인 가족소설 형태와는 현저히 다르다는 점이다. 할머니 윤씨부인, 아버지 최치수, 딸 최서희를 이어 가문의 외손에 해당하는 최서희의 아들들이 최씨 가문의 대를 이어가는 과정은 어머니 중심의 가계 질서로 재편되었다는 단순한 논리로 설명할 수 없다. 남편과의 합의 과정을 거치지 않고 그와 아들들의 성을 바꿈으로써, 부계적 합법성까지를 가장한 다소 복잡한 내용의 변화로서, 봉건주의적 가족으로부터 근대적 가족으로 이행해가는 과도기적 양상의 한 표현일 수 있다. 이러한 가족 지형의 변화는 최서희 가에만 국한되지 않고, 『토지』의 많은 가족서사에서 부권의 공백상태가 초래된 경우 어머니를 정점으로 하는 가족서사가 새로이 등장하거나 형제간의 횡적 결속이 무너져 가족서사에 균열이 일어남을 볼 수 있었다.

다음으로 중요한 특성은 수많은 가족의 이야기가 가족사 연대기 형태로 등장한다는 것이다. 중심인물 최서희 가족 이외에도 최씨 가 몰락의 최대 수혜자인 조준구의 가족사와 하인이었던 봉순네, 평사리 향반인 이동진과 김훈장, 김평산, 최씨 가문의 작인이었던 이용, 김이평, 정한조 등이 3대 이상의 가족사로 서술되며, 그 이외 서울의 지식인 및 지리산과 간도의 독립운동가들 역시 최소 2대 이상의 가족 이야기로 서술되고 있다.

가족서사의 또 다른 특성은 모든 가족들의 이야기가 중심 가족인 최서희 가와의 직접적이고 구체적인 연관 없이도, 자기 가족 내부의 관계 지형에 따라 독립된 가족 이야기를 형성해 가고, 소설 내부에서 나름의 위치를 분명히 점한다는 것이다. 이들 가족의 서사는 따로 떼어내도 완결된 이야기 한편을 새롭게 구성할 수 있을 만큼 중심 서사에 예속되지 않은 채 자기 가족 고유의 이야기 줄기를 형성해 가는데, 이들 가족의 서사는 중심 가족의 서사를 지연시키고 분산시키면서 당대인들의 실존적 삶의 모습을 총체적으로 보여주는 데 기여한다. 각 가족의 서사가 서로 직접적이나 구체적인 인과관계로 연결되어 있지 않더라도 시대상의 반영이라는 측면에서 상호 유기적인 연관관계를 맺는 것이다.

이런 특성을 전제로 2장에서는 가족서사 형태를 두 가지 측면으로 분석 정리해보았다.

먼저 가족 이데올로기 측면에서는 최서희와 김훈장, 이동진과 김평산, 김이평과 이용 등의 가족서사를 봉건주의적 가족서사로, 조준구와 송관수, 김환과 임명희, 강선혜 등의 가족서사를 근대적 가족서사로 나누어 분석해 보았다. 그러나 이들의 가족서사는 전적으로 봉건적이거나 근대적인 형태로 고정되어 있지 않았으며, 세대에 따라 가족서사의 형태가 달라지고 있는 경우도 흔하게 만날 수 있었다. 이때 세대의 교체는 가족서사의 이데올로기적 변화에서 강력한 추진력으로 작용하지만, 같은 세대라고 하여 동일한 힘과 동일한 방향으로 그 추진력을 발휘하지는 않았다. 그 극단적인 예가 윤씨부인의 두 아들 최치수와 김환의 경우인데, 한 어머니에게서 태어났으나 출신 계급과 성장의 배경이 다르고, 가족서사에서 차지하는 위상차가 현저한 이들은 『토지』 가족서사의 형태에서 각각 하나의 전형으로 작용했다. 이는 한 가족의 서사가 세대를 거듭하면서 당대 사회의 이념이 규정하는 당위와 가족 구성원 개인이 느끼고 받아들이는 현실과의 괴리를 해석하고 수용하는 방식의 차이에서 기인하는 것으로, 방식의 차이는 시대상의 변화와 맞물리면서 가족 이데올로기의 변화를 가속시키는 힘으로 작용함을 알 수 있었다.

중심인물에 따른 서사 형태를 분류하는 과정에서는 이 시기의 남성상을 그 준거점으로 삼았다. 대 사회적인 의무감 없이 오로지 가족의 안전을 위해서만 총력을 기울이는 유형의 아버지가 이끄는 가족 이야기는 부계 가족서사로, 무기력하고 나약한 현실 도피형이나 독립운동가 아버지, 사망 등으로 부재인 아버지를 대신하여 어머니가 가족의 중심이 되는 경우는 모계 가족서사로 나누어 검토해보았다.

『토지』의 수많은 가족서사에서 부계 가족서사는 보편적 현상이지만 가족의 안녕과 번영에 최우선의 가치를 두는 경우를 중심으로 하여 김이평과 강봉기, 마당쇠와 강포수 가족을 중점적으로 다루었다. 모계 가족서사에서는 최서희와 이동진, 임이네와 막딸네, 석이네 및 봉순네와 월선네를 논의의 중심으로 삼았는데, 이 과정에서 모계 가족서사의 궁극적 지향이 가부장권의 회복으로 향하고 있음을 발견할 수 있었다.

가장 독립적이고 주체적인 모계 가족서사의 대표 격인 최서희 가의 서사에서도 상징적 의미의 부권에 대한 확대 의지를 볼 수 있었고, 존재하면서도 부재인 남편들을 기다리며 가문을 지키는 이동진 가 여인들의 삶에서는 가부장권에 대한 확실한 지향을 확인할 수 있었다. 상민 여성들의 경우에도 가족의 생존과 안전을 위한 어머니들의 감수성은 대리 부에 대한 욕망이나 차세대 부권에 대한 열망과 기대, 부계 가족서사로의 편입 의지로 나타남을 볼 수 있었다.

3장에서는 『토지』의 가족서사가 드러내 보이는 시대정신의 문제를 한과 근대의식으로 나누어 집중적으로 살펴보았다. 오랜 세월 고착되어온 신분 질서가 무너지고, 국권 상실에 따른 식민지인으로의 전락은 다양한 계층의 사람들에게 당대적 한의 원천으로 작용하였다고 보아 한이 맺히고 풀리는 변증법적 양상을 따라가면서 한의 문제를 먼저 논의하고, 우리의 근대사를 살아간 『토지』 인물들이 수용하고 해석해가는 과정에서 제기되었던 근대의식의 문제를 몇 가지 측면에서 논의하였다.

한의 문제를 논한 1절에서는 결핍 때문에 생겨난 원한과 그것을 채우려는 의지적 작용인 복수로서의 한, 자신을 내적으로 유폐시켜 평생을 외로움과 고통 속에서 살게 하는 체념으로서의 한, 진실에의 의지를 내적으로 다져 창조력을 통해 승화시키는 한, 생명 가진 모든 것에 대한 연민을 앞세운 풀이와 용서로서의 한으로 나누어 설명해보고자 하였다.

원한과 복수로서의 한을 논한 부분에서는 원한을 품은 개인의 의지가 한을 맺히게 한 대상에 대한 응징과 보복에 맞춰지느냐, 자학과 자해의 형태로 표출되느냐에 따라 다양하게 나타나는 복수의 양상을 확인할 수 있었다. 그러나 어떤 경우에도 개인의 의지적 선택이 개입하며 한을 맺히게 한 대상을 향한 분명한 방향성이 있어, 대상에게나 자신을 향한 이런 공격성은 긍정적이든 부정적이든 사회 전체적으로는 역동적인 변화의 힘으로 작용하였다.

사회적 이념이나 제도, 태생적인 조건 · 자연 재해 등으로 원한을 맺히게 한 구체적 대상자가 없을 경우의 한은 많은 경우 체념을 유발하고, 그 체념은 자신을 내적으로 유폐시켜 외로움과 고독, 허무감 등으로 스스로를 소진해 버리는 경우가 대부분이었다. 그러나 이를 긍정적 에너지로 변환시킨 길상이나 병수의 경우는 일 또는 예술로 승화시켜 한이 인간의 정신적 진보를 이루는 강력한 추동력이 될 수 있음을 보여주었다.

풀이와 용서로서의 한은 개인의 의지적 노력과는 큰 상관이 없으며, 타인을 향한 순정한 사랑과 연민에서 비롯됨을 볼 수 있었다. 이는 삶의 조건이 주는 모든 고통과 아픔을 수용하고 받아들이게 하여 한과 고통의 굴레에서 자신을 벗어나게 하며, 이러한 해방은 애착의 대상에게도 구원과 용서를 선물하여 더 큰 사랑으로 나아가게 하였다. 신분 의식도, 죄의 무거움도, 복수의 허망감도 흩어져 가고 삶과 죽음을 동시에 포용하며, 생명 있는 것들을 향해 열리는 큰 슬픔으로 귀착시키는 것이었다.

그러나 어떤 경우라도 한 인물의 한은 전적으로 개인적인 차원에 머물러 있지 않으며 가족서사를 통해 인과관계가 분명한 연쇄 고리를 이루어 감을 알 수 있었다. 또한 그 연쇄 고리는 시대 상황과의 관련 속에서 맺어졌다가 시대의 흐름과 함께 풀리거나, 풀리지 않고 새로운 한으로 전이되기도 함을 보았다.

2절에서는 근대의식을 민족주의와 자본주의, 여성들의 근대의식이라는 세 측면에서 접근해 보았다.

『토지』 서사는 시종일관 동학을 당대 독립운동 세력의 중심 위치에 두고 있는데, 이는 민중의 구체적 삶에 뿌리내린 독립운동을 진정한 민족운동으로 부각시키려는 작가의 의지 표명이다. 실제 역사의 객관적 묘사보다는 역사적 지향점이 어디로 향해야 했는가에 대한 성찰을 요구한다고 보아, 동학의 주요 인물들과 당대 민중들의 의식이 합치되는 지점을 중심으로 동학 세력의 민족주의를 논하고, 이후 정치적 의도와 이념적 지향에 따라 여러 갈래로 분화되었던 지식인층의 민족주의와 구체적인 생활의 현장을 통해 표현되는 기층 민중들의 현실적 민족주의 운동을 대비해 보았다.

다음으로는 식민지적 왜곡을 거친 우리의 근대 자본주의가 당대 민중들의 일상생활에 어떻게 침윤되어 갔는지를 중점적으로 살펴보았다. 이 과정에서 신뢰를 기반으로 하던 지주─소작인 관계가 문서에 의한 계약의 관계로 변하고, 삶의 터전이며 생명의 고향이었던 토지가 화폐경제의 자본으로 그 기능이 변화됨을 보았다. 도시화, 산업화의 물결은 가족의 해체와 도시 빈민의 증가, 이민 등으로 이어졌으며, 허무주의적 상품 소비와 더불어 일부 부유층 자녀들의 소비문화 확산에 기여함을 볼 수 있었다.

그러나 식민 자본주의의 확산 과정은 주로 상업과 유통업에 머물러 생산과 자본 축적을 통한 민족의 경제력 향상에는 아무런 도움이 되지 못했다. 조선 민족의 자본 형성이나 산업 번성은 일제 식민 자본주의의 목표가 아니었으며, 조선을 원료 공급지와 상품 소비 시장으로 기능하도록 편성하는 것이 그들의 근본적인 목적이었던 만큼, 당대 일본을 통해 유입된 자본주의는 한계를 가질 수밖에 없었던 것이다.

여성들의 근대의식을 논한 부분에서는 당대의 사회 분위기가 탄생시킨 신여성들을 중심으로 살펴보았다. 근대적 교육의 혜택을 받아 지식인 사회에 새롭게 등장한 신여성들은 문화 사업, 교육 사업, 종교 활동, 독립운동 등을 통해 사회적 자아를 표출하였다. 그러나 남성들과의 관계 내부에 행동반경을 설정하고 가부장적 성역할 규정에서 크게 벗어나지 못함으로써, 전근대와 근대의 분기점에 놓인 여성 지식인들은 그 한계를 노정하였다. 그들의 한계는 다음 세대 여성들에게서 극복의 가능성을 보이지만 그들이 성장해 가는 과정에서 작품이 끝나고 있어 그 점에 관해서는 전망으로만 남겨 두었다.

이러한 방법으로 지금까지의 『토지』 연구에서 소외되거나 제한된 관심 영역에 머물렀던 가족서사에 대한 총체적인 검토와 분석을 통해 가족 단위로 수없이 분화되는 서사 갈래를 체계화하고, 가족과의 관계에서 탄생되는 수많은 인물의 개성을 포착하고자 하였다. 작업이 진행되는 동안 『토지』 안에서 발현되는 수많은 인물의 개성이 가족이라는 배경 요소를 통해 형성되고 있음을 확인하면서, 인물의 성격이나 행동 양식 및 대화성, 역사의식과 서사구조 등을 탐구하는 데 이 글이 보다 입체적인 전망을 제시하게 되리라는 기대를 가져 보았다. 그러나 방대한 가족서사를 전부 포괄하려는 욕심 때문에 연구 방향을 세밀하게 구분하지 못하여 몇 가지 방향으로 한정한 데 대한 아쉬움이 남는다. 또한 각각의 연구 목표에 전형적으로 부합하는 몇몇 가족의 분석으로 그치거나, 서사의 중심 위치에 놓이지 못했던 가족에 대해 충분한 관심을 기울이지 못한 것도 이 연구의 한계이다.

『토지』가족서사의 구조 고찰

1. 서론

　박경리의 『토지』는 가족사 소설이라는 관점에서 여러 연구자들에 의해 논의되어 왔으나 대부분 주인공 최서희 가의 가족사에 연구의 초점을 맞춤으로써 다른 가족에 대한 관심은 상대적으로 빈약하다.[1] 그러나 작품을 파고들면 700여 명에 이르는 등장인물 중 상당수가 자신이 속한 가족의 고유 서사맥락을 통해 작품에 참여하고 있음을 볼 수 있다. 여기서의 가족은 혼외 출생, 입양 등을 포함한 부계적 연속

---

[1] 오세은, 「여성 가족사 소설 연구―『토지』, 『미망』, 『혼불』을 중심으로」, 서강대학교 대학원 국어국문학과 박사학위 논문, 2001; 이혜경, 「현대 한국 가족사 소설 연구―『토지』, 『미망』, 『혼불』을 중심으로」, 충남대학교 대학원 국어국문학과 박사학위 논문, 1999; 이재선, 「현대가족사소설의 전개」, 『현대한국소설사』, 홍성사, 1979; 홍성암, 「가족사·연대기소설 연구」, 『한민족 문화연구』, 한민족문화학회, 2000 등. 이진, 「『토지』의 가족서사 연구」, 목포대학교 대학원 박사학위 논문, 2009, 13쪽 참조.

성을 기본으로 하지만, 주인공 가족처럼 모계적 계보를 따르거나 부부(내연관계 포함), 형제·자매 등의 횡적 구성으로 이루어진 경우도 있다.[2]

수많은 인물들은 가족적 배경을 토대로 개성을 표출하면서 가족 단위의 이야기 형성에 관여하는데, 여기서는 이를 가족서사라는 개념으로 파악하고자 한다. 작품에 등장하는 다양한 계층의 가족 이야기를 총체적으로 살펴 그 서사구조를 고찰하는 게 목적이므로, 주인공의 가족사에만 초점을 맞추는 개념어는 적절치 않다고 보기 때문이다.[3] 또한 이야기를 작품으로부터 독립될 수 있는 구조를 지닌 자율적인 의미의 층이라고 볼 때, 작품 전편에 산발적으로 흩어져 있는 가족 단위별 이야기가 각각 하나의 전체를 이루는 연쇄적인 구성물로서의 서사체를 이룬다고 보았기 때문이다.[4] 이는 가족사 소설로 분류되는 여타의 소설들[5]과는 다른 『토지』만의 특성으로 여러 가족의 이야기가 2대 이상의 연대기 형식으로 이루어져 있으며, 주인공 가족과의 연관성 경중에 상관없이 자체적으로 완결되어 있고, 주인공의 가족사 서술 분량만큼이나 비중이 큰 가족들의 이야기가 다양하게 등장하므로, 이를 가족서사라는 동일 지평에서 논의해 보겠다는 것이다.

---

2) 2대 이상의 연대기 형태로 나타나는 경우가 48가족, 부부나 형제·자매 등으로 구성된 경우가 19가족이다.

3) 가족 중심의 연대기적 서사체를 이재선은 '가족사 소설'로(위의 책), 최시한은 '가정소설'로(『가정소설연구』, 민음사, 1993), 이수봉(『한국가문소설 연구』, 경인문화사, 1992)과 문용식(『가문소설의 인물연구』, 태학사, 1996)은 '가문소설' 개념으로 연구하였다.

4) 시모어 채트먼, 김경수 역, 『영화와 소설의 서사구조』, 민음사, 1997, 22~23쪽 참조.

5) 염상섭의 『三代』, 채만식의 『太平天下』, 김남천의 『大河』, 최명희의 『혼불』, 박완서의 『미망』 등은 주인공 가족의 가족사가 소설 전체 서사의 핵심 줄기이며, 주변 가족의 가족사는 거의 형상화되어 있지 않다.

기존의 논의들을 간략히 살펴보면, 『토지』의 서사 형태를 '다하(多河)'의 개념으로 설명하면서 서사에 어떤 흐름이 있긴 하나 "곁가지를 통합하고 결정할 규칙으로서의 줄거리나 강은 차라리 부재"한다고 보거나6) 플롯의 문제로 파악하여 "『토지』가 이야기 플롯과 배경 플롯을 가지며, 서사의 여러 중핵들을 가진다"고 말하기도 한다.7) 또 작품의 서사체계를 1·2부와 3·4·5부 두 개의 단위로 나누고 "최참판가의 갈등이 일단락되는 지점에서부터 중심적인 서사 없이 다수 서사라인들이 상호 중첩되거나 분지하면서 전개"된다고 보아 이를 '리좀적'인 특성으로 규정한 연구도 있다.8) "중심 플롯을 이루는 최참판댁의 역사와 더불어 크고 작은 부차적인 플롯을 이루는 많은 민중들의 일대기나 가족사가 평행적으로 또는 나선적으로 전개되어 나가고 있다"는 평가9)도 있다. 그러나 이는 작품의 전체 서사구조를 염두에 둔 것으로 가족서사의 관점에서 분석한 것은 아니다.

따라서 이 글은 『토지』가 각자 완결된 수많은 가족서사들이 모여 쌓인 형태로 구조화되어 있는 점에 착안하여 이를 '집적(集積)구조'로 보고 논의를 전개하고자 한다. 『토지』라는 전체를 이루는 부분이 수많은 가족서사들이며, 크고 작은 가족서사의 덩어리들이 집적됨으로써 총체적으로 완결된 하나의 작품이 되었다고 보기 때문이다. 또한 가족서사 상호간 유기적 연관관계가 일정치 않으며, 전체 서사의 중핵인 최서희 가와의 연관성과 별개로 작품 내부에서 나름의 위상을

---

6) 김진석, 「소내(疎內)하는 한의 문학: 『토지』」, 『토지 비평집 2』, 솔, 1995, 235~236쪽.

7) 최유희, 「박경리의 『토지』 연구」, 중앙대학교 대학원 박사학위 논문, 1999, 32쪽.

8) 김은경, 「박경리 『토지』의 유기적 인물 관계와 리좀적 서사구성」, 『관악 어문연구』 제31집, 서울대 출판부, 2006, 317~318쪽.

9) 이재선, 「역사적 경험의 미적 형태」, 『현대한국소설사 1945~1990』, 민음사, 2002, 378쪽.

차지하는 가족서사들을 설명하기에도 적절하다고 보았다. 이를 위해 『토지』를 가족서사의 집적으로 보게 된 전제조건들을 살피고, 집적구조의 형태 및 특성에 관해 구체적으로 논의해 보겠다.[10)]

2. 집적구조로 본 『토지』 가족서사

『토지』가 수많은 가족서사의 집적으로 이루어졌음을 확인하려면 다음 몇 가지의 전제 조건을 만족시키고 있는지 검토해 보아야 한다. 등장인물들이 한 가족의 구성원으로서 가족 단위의 서사 형성에 적극적으로 기여하는가, 각각의 가족서사가 주인공 가족서사에 매몰되지 않을 독자적 중심을 가지는가, 그리고 주인공 가족과의 연관성 경중에 관계없이 개별적 완성도를 가지는가이다. 이에 대한 답을 찾는 과정에서 수많은 가족서사의 덩어리들이 모여 쌓인 집적구조로서의 면모가 밝혀지리라 기대한다.[11)]

1) 연대기적 계보를 통해 드러나는 개성

『토지』의 수많은 등장인물이 가족과의 연계 없이 홀로 부유하는 경우는 거의 없다. 대부분 2대 이상의 연대기적 계보를 기반으로 각자의 개성을 드러낸다.[12)] 개인의 이야기가 가족서사로 통합되는 과정은,

---

10) 기본 자료로는 솔 출판사 간, 『토지』 1~16권(1994)을 사용하며 부와 권, 쪽수 표기는 텍스트의 편제에 따른다.

11) 어느 한 가족의 가족서사를 지칭할 때 대개는 1세대 중심인물의 이름을 대표명칭으로 취한다(예: 조준구 가, 이용 가, 김평산 가 등). 그러나 전체 가족서사에서 보다 큰 위상을 차지하는 차세대 중심인물이 있을 경우는 그의 이름을 대표명칭으로 취한다(예: 최서희 가, 이상현 가, 임명희 가 등).

계보적 연속성을 통한 운명의 종속과정에 다름 아니다.13)

최서희 가의 1세대 윤씨부인이 겁간당하여 비밀의 자식 환을 낳고 아들 치수와 갈등하며, 별당아씨와 환의 불륜에 길을 열어주는 등의 행위는 결코 개별적 차원일 수 없다. 다음 세대 인물들이 겪어야 하는 운명적 부침이 그에게서 비롯되기 때문이다. 2세대 최치수와 별당아씨, 김환의 경우도 서로 애정과 증오의 복잡한 인간관계를 형성하면서 개인적 감정 상태를 가족적 비극의 차원으로 바꿔놓는다. 3세대 최서희의 경우는 가문의 회복과 부활에 이르는 과정을 조준구에 대한 복수와 동일시함으로써 하인 길상과의 결혼을 강행하고, 아들들의 성을 최씨로 바꾸는 등 가족서사의 진행 방향을 결정짓는다.

최씨 가문의 몰락을 재촉하여 주인공 가족서사에 강력한 영향을 미치는 조준구의 가족서사도 개별적 차원으로 진행되지 않는다. 어린 서희의 후견인을 자처하면서 평사리 최참판 집에 눌러앉기 전의 조준구는, 자신의 불우한 처지를 의탁하러 온 개인이었으며 최치수의 살해를 교사할 때도 개인적 탐욕의 차원에 머물러 있었다. 그러나 아내 홍씨와 아들 병수를 데리고 와 최서희를 압박하고 평사리의 실제적 지주로 자리 잡으면서는 오욕의 가족서사를 전개하는 중심점이 된다. 2세대 병수가 가출하여 자살하려했던 행위며 뛰어난 소목 장인으로 거듭나는 것은 부모세대의 죄업을 닦으려는 의지의 산물로 가족사와

---

12) 이재선은 『토지』가 "시공의 축선과 범역이 길고 광대해서 장중한 연대기적 성격을 지닌 현대의 서사시"라 할 수 있다고 말한다. 그러나 이때 서사시의 묘사 대상은 "諸神이나 역사적인 영웅의 행위에 대한 찬양으로서가 아니라" 우리나라 근대사의 흐름 속에서 "민족 집단의 운명이나 인간 개개의 역사적인 삶을 웅대하게 묘사"하는 것이다. 이재선, 앞의 책, 359~360쪽.

13) "가족사의 구조에서 個我는 가문의 일원으로 통제되며, 個我의 운명은 전체의 운명에 종속된다." 정금철, 「삼대담의 순접구조 연구」, 『한국문학의 두 문제』 김열규 편, 학연사, 1985, 173쪽.

의 연계를 떠나 설명될 수 없다.

최치수 살해의 주범으로 처형된 김평산 역시 개별적 인물로 파악되지는 않는다. 최참판댁 재물에 대한 그의 탐심은 양반으로서의 불우한 처지에 대한 원망에서 비롯되며, 큰 아들 거복에게로 이어져 동포에 대한 원한과 보복의식으로 나타난다. 반면 남편을 양반가 후예로 예우하며 자식들에게도 자긍심을 심어주려던 함안댁의 비원은 작은 아들 한복에게로 대물림된다. 2세대 거복/한복 형제의 각기 다른 삶의 양상은 아버지에게서 비롯된 가족사의 비극을 극복하려는 가족적 의지의 표명이다.

이렇듯 『토지』에서 개인의 이야기는 곧 가족의 이야기로 포섭된다.14) 몇 가족의 서사만 훑어보아도 개인이 결코 개인으로 남을 수 없고, 가족 구성원 누구도 다른 구성원과의 운명적 연결에서 자유롭지 못함을 알 수 있다. 각 세대 인물의 생각과 판단, 행위들이 하나의 서사 맥락으로 연결되어 가족 단위의 서사덩어리로 통합되고 있는 것이다.

2) 독자적 중심의 확보

각 가족의 서사 내부에는 여러 가족 구성원과 다양한 사건들을 통합하고 포괄하면서 주인공 가족서사에 매몰되지 않도록 하는 중심인물이 있다. 중심의 역할은 세대별로 계승되므로 어느 한 인물로 고정되지 않는다. 주인공 가족과의 친연성이 커서 중심이 흔들릴 가능성

---

14) 권명아는 "가족은 전적으로 '개인'의 영역인 동시에 인간을 인간으로 구성하는 모든 것의 근간을 이룬다. 이러한 메커니즘에 따라 가족은 '아무 것도 아닌' 동시에 모든 것이 된다(권명아, 『가족 이야기는 어떻게 만들어지는가』, 책세상, 2006, 15쪽)"라고 했는데, 『토지』에 등장하는 수많은 개인들의 행위는 가족서사라는 큰 틀에 편입되면서 가족의 운명으로 전화한다.

이 높은 몇몇 가족을 예로 들어 각 가족서사가 독자적 중심을 확보하고 있는지 살펴보겠다.

이상현 가의 1세대 이동진은 독립운동을 위해 간도 지방으로 떠남으로써 향후 간난신고의 길을 걷게 될 가족의 운명을 마련함으로써 부재로서의 중심을 확보한다. 2세대 상현은 아버지를 따라간다는 대의명분 뒤에 숨어 최서희를 쫓지만, 무엇 하나 얻지 못하고 무기력한 지식인으로 추락한다. 그러나 어머니와 아내의 의지처, 자식들의 기대와 자긍심의 원천으로 남아 아버지와 동일한 형식의 부재적 중심을 지켜낸다.15) 3세대 시우는 양현을 누이로 인준하고 가문에 입적시키는 과정에서 허상뿐인 아버지를 확인하고, 3세대로 중심이 이동되는 가족서사의 맥을 놓지 않는다.

이용 가족의 서사에서도 2대에 걸친 독자적 중심 자리가 분명하게 드러난다. 1세대 이용은 어린 시절 최치수와 친구처럼 자랐고 최서희의 간도행에 적극 가담하는 등 주인공 가족과의 서사적 습합 가능성을 갖는다. 하지만 월선과의 이루지 못한 사랑, 강청댁과의 불화, 임이네와의 갈등 등을 통해 자기 가족 고유의 서사를 확보한다. 2세대 이홍은 어머니 임이네의 끝 모를 탐욕과 아내의 허영심을 내리누르며 자식들을 신학문의 길로 이끌고, 독립운동 자금을 조달하는 사업가로 성장하면서 가족서사의 중심 역할을 수행한다.

양반가의 후예임을 자부심의 근간으로 삼는 김훈장의 가족서사에서도 세대별 중심인물을 찾을 수 있다. 1세대 김훈장은 양자 한경을 들여 조상 제사를 받들게 한 다음 최서희를 따라 간도로 이주한다. 만

---

15) "이러한 가족의 서사는 실질적으로 어머니 중심적 성격을 띠면서도, 상징으로서의 아버지는 훼손되지 않으며 가족 구심점의 역할 또한 박탈되지 않는다." 이진, 앞의 글, 51쪽.

약 그가 양자 한경으로 이어지는 가족서사의 맥을 이어놓지 않았다면 주인공 가족서사를 풍성하게 하는 개별적 역할로 그쳤을 것이다. 2세대 한경은 양부 김훈장의 훈도를 삶의 최고 가치로 삼아 조상 제사와 가문 지키기에 온 정성을 기울여 중심의 자리를 지킨다. 신학문을 한 3세대 범석이 사회주의에 기울면서도 못 배운 아버지를 무시하지 못하는 것은 가족 고유의 가치를 지키려는 순일함 때문이다.

주인공 가족의 서사와 더러 습합하고 간섭하면서 서사 맥락을 주고받기도 하는 가족들을 주요 대상으로 삼아 그들 가족에게 독자적인 중심이 따로 있는지 살펴보았다. 한 세대만 놓고 볼 때는 주인공 가족의 서사로 편입될 가능성이 높은 곁가지 이야기들이 세대를 거듭하면서 중심을 놓치지 않고 그 가족 고유의 서사로 확정되는 것을 볼 수 있었다.

3) 각 가족서사의 개별적 완성도

『토지』의 많은 가족들은 주인공을 비롯한 다른 가족의 서사와 확실히 구분되는 고유의 가족서사를 완결된 형태로 갖는다. 여기에서는 주인공 가족과 밀접한 관련이 없어 전체 서사맥락을 좌우할 만큼 중요한 위상을 갖지 않는데도 자체적으로 완결되어 있는 가족서사를 중점적으로 살펴보겠다.

서사 분량이 이용 가에 비견될 정도인 김이평 가는 최씨 가의 씨종 간난할멈의 친척이라는 점 이외에 주인공 가족과의 서사적 연관성은 그리 깊지 않다. 1세대 김이평은 자기 가족의 안위에 집착하는 인물로 마을사람들에게 경원을 당하지만, 안존하고 성실한 아내 두만네 덕에 아주 인심을 잃지는 않는다. 그러나 2세대 두만은 부자가 되어 위세를 떨고 첩을 들여 조강지처를 구박하는 등 아버지의 이기적 행태를 훨씬 더 부정적인 방식으로 확대 재생산한다. 그의 아내 막딸은 자기 자리에서 내쳐질까 전전긍긍하여 더욱 소심하고 수동적인 성격으로 굳어지면서 시모 두만네의 성향을 부정적인 방향으로 축소 재생산한다. 막딸의 대척점에 서는 두만의 첩 쪼깐네는 당당하고 외향적이며 적극적인 성격으로 막딸의 두 아들에게 오히려 인정을 받는 등 대물림 되는 가족적 성격지형에 균열을 내는 인물이다. 3세대 기성/기동 형제는 조부와 부로 이어지는 이기주의적 성향을 가족적 가치로 더욱 내면화시키면서 자신들의 입지에 도움이 되지 않는 친모 막딸을 소외시키기까지 한다. 이들의 가족서사는 가족 내부에 형성된 가치를 중심으로 세대별 인물들 간의 충돌과 화합, 애정과 증오의 관계를 연대기 형식으로 서술하여 이들 가족서사만 따로 떼어내도 한 권의 가족사 소설로 손색이 없을 만큼 서사적 완성도가 높다.

임명희 가의 가족서사 역시 1세대 임덕구가 최서희의 귀향 과정에 도움을 준 정황 이외에 최씨 가와 큰 인연이 없지만 2세대 임명희와 그의 남편 용하, 시동생 찬하와의 모호한 삼각관계가 부각되면서 상당한 분량으로 비중 있게 다뤄진다. 1세대 임덕구는 역관 신분으로 외래 문물을 받아들이는 수용성만큼 자식 교육에도 앞장 선 인물이지만 그의 개성은 문면에 구체적으로 드러나지 않는다. 2세대 임명빈/명희 남매의 개성은 자기 삶에 대한 주도권의 방기와 책임회피, 타인의 선택에 끌려 다니면서 끊임없이 회의하는 무력한 지식인의 면모 등으로 드러나지만, 명희의 결혼을 통해 탄력을 받고 가족 고유의 서사를 확보한다. 이들의 가족서사를 명빈/명희 남매와 용하/찬하 형제를 핵심 축으로 재구성해 보면, 최서희 가의 서사와 관련 맺지 않고도 얼마든지 독자적인 소설로 완결될 수 있다. 딸을 신여성으로 교육시킨 1세대 아버지의 시대를 앞서가는 결단력, 우유부단한 식민지 지식인의 전형인 오빠, 그들의 영향 아래서 내부적으로 충돌하는 두 성향을 가지고 자란 개화기 지식인 여성의 결혼과 파국, 임명희 가의 가족서사는 이 세 축을 통해 완성된다.

평사리 과부들의 가족서사16)도 여기서 거론할 만한데 그중 야무네를 예로 들어보겠다. 일찍 남편을 여의고 품팔이와 드난살이 등을 호구책으로 삼은 1세대 야무네는 주인공 가족과 별다른 연관을 맺은 바 없다. 2세대 야무는 일제 징용에 끌려가 반죽음 상태로 귀향하여 집안에서 거의 유령처럼 지내는 인물인데 이것이 그의 유일한 개성이다. 이들 가족서사에서 가장 큰 자리를 차지하는 인물은 야무의 여동생 푸건으로, 시집 간지 얼마 되지 않아 폐병으로 친정에 쫓겨 온 이후 죽게 되기까지의 과정이 세밀하게 그려진다. 사실 이들 가족의 서사는 전체 서사 맥락의 차원에서도, 최서희 가와의 관계에서도 큰 역할을 하지 못한다. 주인공 가족과의 유기적 연관성이라면 동일한 공간적 범주에서 동시대를 살았다는 것 이외에 별로 찾을 만한 것이 없다. 그런데도 죽어가는 푸건과 반죽음의 상태에서 소생하는 야무를 한 가족의 서사 안에 버무려 놓고 두 상황을 동시에 품어야 하는 어머니의 심정을 탁월하게 잡아내어, 그 시대를 살아낸 한 가족의 이야기로 완성시키고 있다.

---

16) 막딸네, 복동네, 석이네, 우서방네, 천일네 등이 있는데 이들은 서사 분량 면에서 많고 적음의 차이는 있으나 대부분 2대 이상의 가족서사로 완결되어 각 가족의 고유성을 드러낸다.

3. 집적구조의 형태와 특성

앞장에서 『토지』가 연대기적 계보를 통해 수많은 인물의 개성을 가족 단위 서사로 통합하고, 그 과정에서 독자적 중심을 확보하여 개별적 완성도를 갖춘 가족서사들의 집적으로 이루어졌음을 확인하였다. 여기에서는 여러 가족서사가 주인공 가족서사와의 관계지형에 따라 집적하는 층위들이 어떻게 대별되는지 검토해 가면서 집적구조의 형태와 특성을 파악하고자 한다. 이를 위해 주인공 최서희의 가족서사를 중심에 놓고, 다른 가족의 서사는 보조적·부가적·독립적 가족서사라는 몇 개의 층위로 나눠 논의할 것이다. 층위의 구분은 중심 가족서사와의 연관성이라는 관계지형에 따른 것으로 논의 과정에서 집적구조의 형태를 유추해낼 수 있을 것이며, 각 가족서사의 세대별, 배경별 특이사항과 인물들 간의 관계, 다른 가족서사와의 유기적 연관성을 검토하는 과정에서는 집적구조의 특성이 그 윤곽을 드러낼 것이다.[17]

1) 중심 가족서사

『토지』 가족서사의 중심은 4대에 걸쳐 연대기적으로 서술되는 최서희 가의 서사다.

```
    1세대          2세대           3세대          4세대
윤씨부인→ 최치수×별당아씨→ 최서희×김길상→ 최환국/윤국
      ×김개주→ 김 환 ×
```

---

17) 인물들간의 관계 표시가 필요한 경우 혼인(내연관계 포함) 및 자녀생산관계는 ×, 형제자매관계는 /, 부모자식 등 세대별 계승관계는 →로 표시한다.

이들 가족의 서사는 1부(1~3권)에서 1세대 윤씨부인과 2세대 최치수, 3세대 최서희의 성장과정까지 거의 다 다루어지는데, 이때의 서사 주도권은 윤씨부인에게 있다. 2세대 최치수는 윤씨부인과의 갈등을 통해 자기 위상을 드러내며 별당아씨는 갈등의 쟁점 역할을 함으로써 문면에 구체적인 모습으로 등장하지 않으면서도 자기 위상을 확보한다. 이 시기의 중심 배경은 하동 평사리로 최서희 가의 영향력 아래 있는 작인들과 머슴, 하인들의 가족서사가 여기서 태동한다.

2부(4~6권)에서는 최서희가 가족서사의 중심이지만 작품 전체로 보아서는 주인공의 서사적 주도권이 현저히 축소되면서, 김길상과의 결혼이나 4세대 환국/윤국의 출생 및 성장과정도 크게 다루어지지 않는다. 반면 서희를 따라 용정으로 간 평사리 사람들의 가족서사가 더욱 확대되고 만주·심양 일대 독립운동 세력의 가족서사가 부상한다.

최서희가 귀향한 3부(7~9권) 이후는 진주 쪽 동정이 부각되면서 양재문, 이도영 등 진주·하동 지역의 유지와 사업가 가족들의 서사가 등장하며, 독립운동가로 변신한 김길상의 영향으로 국내 지식인과 독립운동 세력들의 가족서사 또한 다채롭게 펼쳐진다. 최씨 가 가족서사도 그 무게중심을 4세대 환국/윤국에게로 옮기게 되고, 그들과 관련 있는 인물들의 가족서사가 새로이 부각되기도 한다.

이때 환국/윤국 형제가 등장하는 부분은 3~5부(7~15권)에 넓게 걸쳐 있지만 특별한 서사적 긴장감이나 갈등을 유발하는 사건의 중심이 되지 못하고 소소한 개별 사건들 사이에 머물면서 1, 2부에서 그들 가족이 차지하던 서사적 주도권을 회복하지는 못한다. 그런 만큼 중심 서사와 주변서사 간의 위상차가 뒤로 갈수록 현격히 줄어들면서, 중심과 주변 사이의 경계선이 흐려지고, 분량 면에서도 다른 가족서사와 우열을 다투기 어렵게 된다. 최서희 가의 가족서사가 서사의 중심이면서도 그 크기와 포괄영역 면에서 주변서사를 총체적으로 아우르지 못하고, 전체 흐름을 관통하는 핵심 역할을 하지 못함으로써, 집적되는 여러 개의 가족서사 중 하나로 파악되는 이유가 여기에 있다.

2) 보조적 가족서사

이는 중심 가족서사와 밀접한 관련을 맺고 전체 서사의 흐름에 큰 영향력을 미치는 가족들의 서사로 중심부를 둘러 싼 두 번째 층위다. 서사 분량 면에서도 중심서사와 비견될 만큼 덩어리들이 크며, 대부분 중심 가족서사와 연대기적 흐름을 함께 하면서 1부에서부터 5부에 이르기까지 산재하여 중심서사에 대한 보조적 역할을 수행한다. 각 세대별 인물은 중심 가족의 인물과 일대일 대응관계를 이루기도 한다.[18]

① 조준구 가는 중심 가족서사의 방향과 흐름에 결정적인 변수 역할을 한다.

<pre>
        1세대   2세대   3세대
   조준구×홍씨   →   조병수   →   조남현/종현
      ↕   ↘ ↕   ↕
   (최치수) (최서희) (최서희, 김길상)
</pre>

1부에서 조준구는 최치수 살해교사를 통해 최씨 가의 계보적 흐름

---

[18] 필요한 경우 도식을 제시한다. 이때 관계표시의 부호는 앞장에 준하며 그 중 ↑와 ↓는 상대인물에 대한 일방적인 감정 및 힘의 행사 방향을, ↕는 쌍방 간의 관계를 표시한다. 세대별 일대일 대응관계를 이루는 중심 가족서사의 구성원은 ( ) 안에 표시한다.

을 끊고 틈입하여 아들 병수와 서희를 결혼시킴으로써 두 가족의 서사를 통합하려 든다. 그의 의도가 실패하면서 중심 가족서사는 평사리 시대를 마감하고 용정을 무대로 한 최서희의 시대로 이행한다. 서희의 귀향과 더불어 몰락하게 되는 조준구는 2세대 병수에게 가족서사의 주도권을 넘겨준다.

②김평산은 최치수 살해에 가담하여 주인공 가족의 운명에 직접적인 영향력을 행사한다. 살인 죄인으로 처형됨으로써 아내 함안댁을 자살로 몰며 2세대 거복/한복 형제에게 지울 수 없는 그늘을 드리운다. 큰아들 거복은 살인자 아들이라는 오명을 벗기 위해 일본 경찰의 앞잡이로, 작은 아들 한복은 선대의 죄업을 씻고자 무수한 손가락질을 감내하며 고향에 정착한다. 이들은 최씨 가 2세대 인물로 부상하는 김길상과의 연관을 통해 아버지 세대의 악연을 각자의 방식으로 풀어 간다.

1세대	2세대	3세대
김평산×함안댁 → 김거복(두수)/한복×영호네 → 김영호×이숙		
↓	↑	
(최치수)	(김길상)	

③이상현 가는 중심 가족서사에 영향을 주기보다 오히려 영향을 받는다. 1세대 이동진이 만주로 떠난 이후 윤씨부인의 도움을 줄곧 받고, 최서희가 용정으로 떠날 때는 상현이 서희를 뒤따르며, 훗날 그의 딸 양현을 서희의 양딸로 키우게 하는 등 중심 가족서사의 영향권에서 벗어나지 못한다. 이들 가족의 서사는 1부에서 5부까지 두루 퍼져 주인공 가족과의 친연성을 밀도 있게 드러낸다.

```
        1세대              2세대              3세대
   이동진×염씨   →   이상현×박씨   →   이시우/민우
                      ×봉순(기화) →  이양현 ↘
         ↕                  ↕                    ↕   (최환국/윤국)
  (윤씨부인, 최치수)   (최서희, 김길상)        (최윤국)
```

④ 평사리의 작인으로 최서희의 간도행에 중요한 역할을 하는 이용
의 가족서사는 중심 가족서사 못지않은 분량으로 큰 비중을 차지한
다. 중심 가족서사와의 관련은 월선을 매개로 하는 경우가 많고 2세대
이후로는 연관성이 축소되어 상당히 독립적으로 진행되지만, 월선과
용의 애정관계가 전체 서사에 미치는 영향력이 크고, 2세대 홍과 김길
상의 연관성이 높아 보조적 가족서사의 범주에 포함시킬 수 있다.

```
        1세대                      2세대                3세대
  (강청댁×)이용×임이네   →   이홍×허보연   →   이상의/상근
           ×공월선
         ↕          ↖              ↕
  (최치수, 최서희, 김길상) (최서희, 김길상) (김길상)
```

예로 든 이외에도 중심 가족서사에 강한 영향력을 미친 김개주→김
환 2대의 가족서사와 귀녀×강포수→강두매×옥이→강연우/난우로
이어지는 3대의 가족서사를 이 범주에 포함시킬 수 있을 것이다.

3) 부가적 가족서사

가족 고유의 서사맥락이 중심 가족서사와의 연관성에 기초하지만
상호간 영향력이 크지 않고, 전체 서사의 흐름에 결정적인 역할을 하

지 않는 경우를 부가적 가족서사로 분류할 수 있다. 대개는 보조적 가족서사와 더 밀접한 관련을 맺고 그 영향이 다시 중심 가족서사와의 연관성으로 이어지며 서사 분량 또한 많은 편으로 집적 구조의 세 번째 층위를 이룬다.

① 김훈장 가의 가족서사는 중심 가족서사와의 친연성이 세대별 인물 간의 교섭에 있지 않고, 양반이라는 동일한 신분적 위상에서 비롯한다. 평사리에서는 윤씨부인의 호의에 힘입어 생활을 꾸려나갔고, 용정에서는 최서희의 재력에 기대 살지만 조선 양반으로서의 자긍심을 버리지 않는 김훈장은 길상과 서희의 혼인을 이유로 최씨 가와 끝내 결별한다. 전통의 가치를 고수하려는 김훈장의 고집은 몰락하는 하층 양반 계급의 전형성을 확보함으로써 중심 가족서사가 포괄해야 했던 당대적 상황의 한 축을 담당하지만 중심 가족서사에 별다른 영향력을 행사하지는 못한다.[19]

② 임명희 가와 중심 가족서사와의 친연성은 1세대 임덕구에서 비롯하지만, 이후로는 환국의 서울유학 과정에서 약간의 도움을 주는 이외에 큰 관련이 없다. 최서희의 양녀 양현의 상담자 역할을 통해 간접적인 연관을 맺기도 하지만 중심 가족서사와의 연관성은 크지 않으며 상호간 가족서사에 거의 영향을 미치지 않으므로, 서사 분량은 많지만 부가적 층위에 머물 수밖에 없다. 이상현에 대한 명희의 연모가 보조적 가족서사와의 관련성을 확인시켜 준다.

---

19) "여러 유형의 양반 중에서도 김훈장은 양반—선비의 미덕과 허구성을 전형적으로 보여준다. 그는 최치수에 비하면 시대착오적 보수주의자이며, 김평산에 비하면 도덕적 군자요, 조준구에 비하면 민족적 양심을 지키는 애국지사이다. 동시대의 민중운동에 대한 그의 심각한 자기분열은 당연한 귀결이다. 그의 반양반적 성격이 동학란을 증오하게 하면서 반제국주의적 성격은 동학란을 인정하지 않을 수 없게 만든다." 염무웅, 「역사라는 운명극」, 『恨과 삶』, 솔, 1994, 296쪽.

③ 정한조는 평사리 농민으로 조준구의 미움을 사서 봉기에 가담했다는 누명을 쓰고 1부에서 죽기 때문에 정작 자기 가족서사의 중심인물로는 작용하지 못한다. 그러나 이후 이어지는 가족들의 고통과 참담이 최서희의 필요에 맞물려 그들 가족서사의 방향이 결정되는데, 서희의 귀향 준비과정에서 조준구를 몰락시키기 위해 2세대 인물 정석은 중요한 역할을 담당하고, 봉순의 도움으로 사범학교를 마치게 되는 일 등이 그것이다. 또한 조준구 및 이용 가족과의 연관성이 3세대에 걸쳐 대를 이어 계속되므로 부가적 가족서사의 층위에 포함시켰다.

이외에도 분량 면에선 보조적 역할을 감당할 만하나 중심 가족과의 연관성이 낮은 평사리 작인 김이평 가의 3대에 걸친 가족사나, 김환을 계승한 동학운동의 실천가 송관수의 2대에 걸친 가족서사 역시 부가적 층위에서 논할 수 있을 것이다.

4) 독립적 가족서사

『토지』에서는 전체 서사 차원에서의 기여도가 낮은 인물들의 가족서사가 다양하게 펼쳐진다.[20] 이들은 보조적·부가적 가족서사와 약간의 관련성을 가지며 더러 중심 가족서사와도 연관되지만, 대개는 독립적인 위치를 차지하여 집적 구조의 마지막 층위를 형성한다.

여기서는 거론하기 힘들 정도로 많은 가족을 꼽을 수 있으나 그중에서도 서사 분량이 비교적 많은 경우를 골라보면, 평사리 농민 중에

---

20) 『토지』는 다양한 직업과 계층의 인물들을 동원하여 조선 말기에서 일제 강점기로 이어지는 시대의 생활, 문화, 풍속 등을 연대기적으로 서술함으로써 당대 한국인의 생활사를 제시했다는 평가를 받는다. 이재선, 「숨은 역사, 인간 사슬, 욕망의 서사시」, 『恨과 삶』, 솔, 1994, 217쪽 참조.

는 가난한 과부 어머니와 소박데기 딸 2대에 걸친 막딸네 가족서사와
마을 사람들 모두에게 배척당하는 강봉기 가 2대의 가족서사, 그리고
효성스런 과부며느리로 집안의 명맥을 유지하고자 양자를 들여 키우
는 복동네 3대의 가족서사를 눈여겨 볼 수 있다. 최서희가 귀향한 이
후 등장하는 진주 일대의 사업가나 유지들의 가족 이야기로는 양재문
가가 그중 두드러진다. 이들 가족은 양소림과 그의 남편이 되는 의사
허정윤, 최서희의 주치의 박의사 등을 매개로 2대에 걸쳐 중심 가족서
사와 간접적인 관계를 맺기도 한다. 서울의 강선혜 · 권오송 부부와
유인실 · 오가다지로는 임명희와의 관계망에서 파생된 가족들로 시
대적 고통을 감당해야 했던 당대 지식인층의 고뇌를 엿보게 한다. 간
도의 송병문 가는 이상현과의 친연성, 최서희와의 간접적인 만남으로
서사에 참여하여 3대에 걸친 연대기적 서사를 통해, 간도 지역에서 쌓
아올린 민족교육의 열정이 가족사의 부침과 함께함을 보여준다.

　이외에도 중심 가족서사와 별 연관성이 없고 보조적 · 부가적 가족
서사들과도 관련이 적은 군소 가족서사들은 많다.21) 이들은 자기 가
족 고유의 관계형성 지형에 따라 독자적인 서사 덩어리를 형성하고
집적 구조의 맨 바깥층에 독립적으로 위치한다. 전체 서사에서의 중
요성 및 기여도가 낮아 몇몇 가족의 서사가 떨어져 나간다 해도 작품
의 전체 서사구조는 흔들리지 않을 것이며, 특히 중심 가족서사는 별
다른 영향을 받지 않을 것으로 보인다. 그러나 4개의 층위로 대별해
본『토지』가족서사의 집적 구조에서 마지막 층위의 독립적인 가족서
사 덩어리들이 하나씩 떨어져 나간다고 했을 때 총체로서의 작품이

---

21) 평사리에서는 천일네, 김서방네, 오서방네, 김진사댁, 우서방네, 김강쇠 가 등을,
　　서울 및 기타 지역에서는 서참봉 가, 유인성 가, 황춘배 가, 모화네, 이도영 가, 염
　　서방 가, 윤도집 가, 공노인 가, 박재연 가 등을 들 수 있다.

원래의 가치를 지닌 그대로 남을 것인가 하는 문제는 새로운 과제로 남을 듯하다.

4. 결론

이상으로 『토지』를 수많은 가족서사가 모여 쌓인 집적구조로 파악하고 그 구조적인 형태와 특성을 살펴보았다. 그 과정에서 수많은 인물의 개성이 계보적 연속성을 통해 가족 안으로 통합되며, 독자적 중심을 갖고 가족 고유의 서사체계를 개별적으로 완성하고 있음을 확인하였다. 이러한 특성은 각 가족단위의 서사가 중심 가족서사에 포섭되지 않는 고유성과 개별성으로 드러나고, 그러한 여러 가족의 서사 덩어리들이 크고 작은 유기적 연관관계에 따라 몇 개의 층위를 이루어 모여 쌓임으로써 『토지』 가족서사의 방대한 집적 구조로 형상화되고 있음을 알 수 있었다.

각 층위의 가족서사들을 그 위상 별로 검토하는 과정은 주인공 가족의 서사를 중심 층위로, 중심과의 연관성이 높아 전체 서사의 방향과 흐름에 큰 영향력을 미치는 가족서사는 보조적 층위로, 중심 가족서사와의 관련성은 떨어지지만 서사분량 면에서 비중이 높고 보조적 가족서사와의 친연성이 두드러진 경우는 부가적 층위로 설정하였다. 그 바깥 층위에 여타의 가족서사와 거리를 둔 독립적인 가족서사가 다수 존재하고 있음도 확인하였다. 이 과정에서 전체 서사에의 기여도가 낮고 중심 가족서사와의 연관성이 거의 없는 몇몇 가족의 서사가 떨어져 나간다 해도 작품의 전체 서사구조는 흔들리지 않을 것이라는 점을 제기하면서, 그렇다고 하여 독립적인 가족서사들을 하나씩 떨어뜨렸을 때 총체로서의 작품이 원래의 가치를 지닌 그대로 남을 것인가 하는 것은 새로운 과제로 남겨두었다.

한정된 지면을 의식하여 『토지』에 등장하는 가족들의 이야기를 모두 다 아울러 검토하지 못하고, 예시과정에서도 보다 정치하게 논의하지 못했음을 아쉬워하며, 더 깊은 연구는 다음 기회로 미루고자 한다.

참 고 문 헌

1. 기본 자료

박경리, 『토지』 1~16, 솔, 1994.

2. 국내 논저

1) 학위 논문

강국희, 「박경리 『토지』의 여성인물 연구」, 경희대학교 교육대학원 석사학위 논문, 2004.

권은미, 「박경리 『토지』의 탈식민적 양상 연구」, 울산대학교 대학원 석사학위 논문, 2006.

김경희, 「한국 현대소설의 모성성 연구」, 조선대학교 대학원 박사학위 논문, 2005.

김동숙, 「박경리 소설에 나타난 여성상 연구」, 효성가톨릭대학교 대학원 석사학위 논문, 1998.

김명숙, 「박경리 『토지』에서 본 애정묘사 형태의 특색에 대하여」, 중앙민족대학원조선어문학부 석사학위 논문, 1996.

김명준, 「박경리의 『토지』 연구-삼대담의 갈등구조를 중심으로」, 단국대학교 대학원 석사학위논문, 1992.

김수진, 「박경리의 『토지』 연구-인물 형상화를 중심으로」, 연세대학교 교육대학원 석사학위 논문, 1997.

김은경, 「『토지』 서사구조 연구」, 서울대학교 대학원 국어국문학과 석사학위 논문, 2000.

김인숙, 「박경리 『토지』의 대화성 연구」, 연세대학교 대학원 석사학위 논문, 2000.

박은정, 「『토지』에 나타난 박경리의 역사관 연구」, 외국어대학교 대학원 석사학위 논문, 2005.

박혜원, 「박경리 『토지』의 인물 연구」, 이화여자대학교 대학원 국어국문학과 박사학위 논문, 2002.

백지연, 「박경리 초기 소설 연구-가족관계의 양상에 다른 여성인물의 정체성 탐색을 중심으로」, 경희대학교 대학원 석사학위 논문, 1995.

오세은, 「여성 가족사 소설 연구-『토지』, 『미망』, 『혼불』을 중심으로」, 서강 대학교 대학원 국어국문학과 박사학위 논문, 2001.

윤석달, 「한국 현대 가족사 소설의 서사형식과 인물유형 연구」, 고려대학교 대학원 박사학위 논문, 1992.

이상진, 「박경리의 『토지』 연구-인물 형상화를 중심으로」, 연세대학교 대 학원 국어국문학과 박사학위 논문, 1998.

이수경, 「『토지』의 인물 성격화 방법에 대한 연구」, 전남대학교 대학원 국어 국문학과 석사학위 논문, 2001.

이승윤, 「박경리의 『토지』 연구」, 연세대학교 대학원 석사학위 논문, 1995.

이혜경, 「현대 한국 가족사 소설 연구-『토지』, 『미망』, 『혼불』을 중심으로」, 충남대학교 대학원 국어국문학과 박사 학위 논문, 1999.

장미영, 「한국근대가족소설연구」, 전북대학교 대학원 박사학위 논문, 1997.

장일구, 「소설텍스트의 연행해석학 시론」, 서강대학교 대학원 석사학위 논 문, 1993.

조윤아, 「박경리『토지』의 생명사상적 변모에 관한 연구」, 서울여자대학교 대학원 국어국문학과 박사학위 논문, 1998.

채희윤, 「한국 근대소설의 부상 연구-대리부의 유형을 중심으로」, 서강대 학교 대학원 국어국문학과 박사학위 논문, 1994.

최시한, 「가족소설의 구조와 전개」, 서강대학교 대학원 박사학위 논문, 1990.

최옥경, 「박경리『토지』의 공간적 배경과 인물에 관한 연구」, 연세대학교 교 육대학원 석사학위 논문, 1990.

최유희, 「박경리의 『토지』 연구」, 중앙대학교 대학원 문예창작학과 박사학 위 논문, 1999.

하태욱, 「박경리의 『토지』 연구-등장인물의 한 맺힘과 풀림을 중심으로」, 연세대학교 교육대학원 석사학위논문, 1997.

2) 논문 및 평론

강만길, 「소설『토지』와 한국근대사」, 『恨과 삶』, 솔, 1994.

권오룡, 「『토지』의 인물과 역사의식」, 『토지 비평집 2』, 솔, 1995.

김민수, 「역사와 허구의 근접과 거리」, 『중앙대 연구논집』 5-2, 중앙대학교 대학원, 1996.4.

김병익, 「『토지』의 세계와 갈등의 진상」, 『한국문학』, 1977.6.

김성희 · 성은애 · 이명호, 「『토지』에 나타난 여성문제 인식과 역사의식」, 『여성』 3호, 여성사 연구회 편, 창작과비평사, 1989.4.

김열규, 「집안내림 이야기로 갖추고 있는 전혀 다른 개성」, 『문학사상』, 1997.3.

김용구, 「박경리론—가족, 그 한의 뿌리」, 『문학사상』, 1991.4.

김은경, 「박경리『토지』에 나타난 굴절의 원리와 인물 정체성의 문제」, 『민족문학사연구』 35호, 소명출판, 2007.

______, 「박경리『토지』의 유기적 인물 관계와 리좀적 서사구성」, 『관악 어문연구』 제31집, 서울대 출판부, 2006.

김진석, 「소내(疎內)하는 한의 문학:『토지』」, 『토지 비평집 2』, 솔, 1995.

김 철, 「운명과 의지—『토지』의 역사의식」, 『문학의 시대』 3, 1986.

김혜숙, 「조선시대 권력과 성—'禮治' 개념 중심으로」, 『한국여성철학』, 한울아카데미, 1995.

김치수, 「역사와 역사소설은 어떻게 대응하는가」, 『대산문화』 6, 2002.

류중열, 『가족사 · 연대기소설 연구』, 국학자료원, 2002.

박경리, 『문학을 지망하는 젊은이들에게』, 현대문학사, 1995.

박명규, 「『토지』와 한국 근대사: 사회사적 이해」, 『한 · 생명 · 대자대비』, 솔, 1995.

배주영, 「해방 직후 소설에 나타난 '민족' 개념 형성 고찰」, 『한국현대문학연구』 13집, 2003.6.

백지연, 「박경리의 『토지』—근대체험의 이중성과 여성주체의 신화」, 『역사비평』, 1998, 여름호.

서영인, 「근대적 가족제도와 일제말기 여성담론」, 『현대소설연구』, 한국현대소설학회, 2007.

서정미, 「『토지』의 한과 삶」, 『창작과 비평』, 1980, 여름호.

성백걸, 「恨신학과 '恨'신학의 신도」, 『한사상의 이론과 실제』, 지식산업사, 1990.

성은애, 「『토지』 5부의 세대 교체와 그 성과」, 『토지 비평집 2』, 솔, 1995.

송근호, 「루카치의 역사소설론과 역사소설의 문제」, 한국문학연구회 엮음, 『다시 읽는 역사문학』, 평민사, 1995.

송재영, 「소설의 넓이와 깊이—『토지』」, 『문학과 지성』, 1974, 봄.

_____, 「삶의 좌절과 초극」, 『문학과 지성』, 1976, 가을.

송호근, 「삶에의 연민, 恨의 美學」, 『작가세계』, 1994, 가을.

신덕룡, 「『토지』의 삶과 역사」, 『한 · 생명 · 대자대비』, 솔, 1995.

신옥희, 「동양의 전통사상과 한국적 여성철학의 전망」, 『한국여성철학』, 한
    울아카데미, 1995.

염무웅, 「역사라는 운명극」, 『恨과 삶』, 솔, 1994.

오세은, 「여성 가족사 소설에 나타난 '아버지의 딸'」, 『동덕여성연구』 6호, 동
    덕여대한국여성연구소, 2001.12.

_____, 「여성 가족사 소설의 '명명법과 권력이동'」, 『시학과 언어학』 1호, 시
    학과 언어학회, 2001.6.

우찬제, 「지모신(地母神)의 상상력과 생명의 미학」, 『한 · 생명 · 대자대비』,
    솔, 1995.

이덕화, 「『토지』의 여인들―역사의 격랑을 헤쳐가는 서희」, 『문학과 의식』
    27호, 1995.3.

_____, 「서술 의도에서 본 『토지』의 인물 유형」, 『토지 비평집 3』, 솔,
    1996.

이상진, 「『토지』속의 만주, 삭제된 역사에 대한 징후적 독법」, 『현대소설연
    구』 제24호, 2004.12.

이우영, 「원령전설과 한의 심리」, 『전통사회의 민중예술』, 김홍규 편, 1980.

이재선, 「숨은 역사, 인간 사슬, 욕망의 서사시―박경리의 『토지』론」, 『문학
    과 비평』, 1989, 봄호.

_____, 「현대소설의 병리적 상징」, 『문학의 이해』, 서강대 출판부, 1988.

_____, 「한국문학의 생사관―죽음의 문학사」, 『한국문학 주제론』, 서강대
    학교 출판부, 2006.

_____, 「현대가족사소설의 전개」, 『현대한국소설사』, 홍성사, 1979.

_____, 「가족사 소설과 집의 공간시학」, 『한국문학의 원근법―방법론적 성
    찰』, 민음사, 1996.

_____, 「역사적 경험의 미적 형태」, 『현대한국소설사 1945~1990』, 민음
    사, 2002.

이태동, 「동학혁명과 역사소설―박경리의 『토지』의 경우」, 『문학사상』,
    1994.1.

_____, 「『토지』와 역사적 상상력」, 『부조리와 인간의식』, 문예출판, 1981.

이현희, 「동학혁명운동과 프랑스혁명의 비교」, 『東學思想과 東學革命』, 청

아출판사, 1989.

임명섭, 「『토지』, 식민지의 삶과 글쓰기」, 『현대비평과 이론』 9집, 한신문화
　　　사, 1995, 봄 · 여름.

임진영, 「『토지』의 삶과 역사의식」, 『恨과 삶』, 솔, 1994.

______, 「개인의 한과 민족의 한－박경리의 『토지』론」, 『현대문학의 연구』,
　　　평민사, 1995.

임헌영, 「다양한 시대의 드라마」, 『한국문학』, 1977.6.

정현기, 「한국 소설의 이론을 위한 도전적 서론」, 『梅芝論叢』 9집, 연세대학
　　　교 출판부, 1992.

______, 「박경리의 『토지』 연구－작품 형성의 사상적 기둥」, 『梅芝論叢』 10
　　　집, 연세대학교 출판부, 1993.

______, 「『토지』 해석을 위한 논리 세우기」, 『작가세계』, 1994, 가을호.

정호웅, 「박경리의 『토지』론－지리산의 사상」, 『동서문학』, 1989, 겨울호.

______, 「『토지』의 주제－한 · 생명 · 대자대비」, 『토지 비평집 2』, 솔, 1995.

______, 「해방후 역사소설의 성과」, 『소설과 사상』, 1993, 여름.

조윤아, 「1970년대 박경리 소설에 나타난 ‘아버지’에 관한 연구」, 『현대소설
　　　연구』 제36호, 2007.12.

조정래, 「생존의 원리와 역사성: 『토지』의 주제론」, 문예중앙, 1995.5.

채희윤, 「『토지』에 나타난 간통의 생태학」, 『현대문학』, 1994.10.

천이두, 「한의 미학적 · 윤리적 위상－그 개념정립을 위한 시론」, 『한국문학』,
　　　1984.12.

______, 「한의 여러 궤적들」, 『한 · 생명 · 대자대비』, 솔, 1995.

최시한, 「경향소설에서의 ‘가족’」, 『현대소설의 이야기학』, 프레스21, 2000.

______, 「맺힘－풀림의 이야기모형에 관한 시론」, 『현대소설의 이야기학』,
　　　프레스21, 2000.

최유찬, 「한국 역사소설의 흐름」, 『대산문화』 6, 2002.

하응백, 「비극적 삶의 초극과 완성－『토지』론」, 『현대문학』, 1994.3.

홍성암, 「가족사 · 연대기소설 연구」, 『한민족 문화연구』, 한민족문화학회,
　　　2000.

______, 「역사소설 연구방법론 서설」, 『한국학 논집』 9, 한양대학교 출판부,
　　　1986.

황현산, 「생명주의 소설의 미학」, 『토지 비평집 2－한 · 생명 · 대자대비』, 솔
　　　출판사, 1995.

3) 단행본

<국내서>

강만길,『고쳐 쓴 한국근대사』, 창작과비평사, 1994.

권명아,『가족이야기는 어떻게 만들어지는가』, 책세상, 2006.

권영민,『한국현대문학사』, 민음사, 1993.

권택영,『소설을 어떻게 볼 것인가』, 문예출판사, 2000.

김경수,『페미니즘 문학비평』, 프레스21, 2000.

김두헌,『한국가족제도연구』, 서울대학교 출판부, 1989.

김미현,『한국여성소설과 페미니즘』, 신구문화사, 1996.

김열규,『한국문학의 두 문제』, 학연사, 1985.

______,『家와 家門』, 서강대출판부, 1989.

______,『한국 여성의 전통상』, 민음사, 1985.

김윤식 · 김현,『한국문학사』, 민음사, 1989.

김윤식 외,『우리문학 100년』, 현암사, 2002.

문용식,『가문소설의 인물 연구』, 태학사, 1996.

박동규,『전후 한국소설의 연구』, 서울대학교출판부, 1996.

서강여성문학연구회,『한국문학과 모성성』, 태학사, 1998.

서중석,『신흥무관학교와 망명자들』, 역사비평사, 2001.

신상성,『현대 가족사 소설 연구』, 경운출판사, 1992.

신용하,『일제강점기 한국민족사』상, 서울대학교 출판부, 2001.

여성철학 연구모임,『한국여성철학』, 한울아카데미, 1995.

이동하,『현대소설의 정신사적 연구』, 일지사, 1989.

이상섭,『문학이론의 역사적 전개』, 연세대학교 출판부, 1991.

이소영 · 정정호,『페미니즘과 포스트모더니즘』, 한신문화사, 1992.

이수봉,『한국가문소설 연구』, 경인문화사, 1992.

이재선,『현대한국소설사』, 홍성사, 1979.

______,『현대 한국소설사 1945~1990』, 민음사, 2002.

______,『한국문학의 해석』, 새문사, 1981.

______,『한국문학 주제론』, 서강대학교 출판부, 2006.

임희섭,『사회변동과 가치관』, 정음사, 1988.

장세진,『한국대하역사소설 연구』, 훈민사, 1998.

조동일,『한국문학통사』제5권, 지식산업사, 1988.

조혜정,『한국의 여성과 남성』, 문학과지성사, 1999.
______,『성찰적 근대성과 페미니즘』, 또하나의문화, 2000.
채희윤,『한국 서사문학의 통사적 고찰』, 푸른사상, 2002.
최시한,『가정소설연구』, 민음사, 1993.
최유찬,『토지를 읽는다』, 솔, 1996.
______,『토지의 문화지형학』, 소명출판, 2004.
최재석,『한국가족연구』, 일지사, 1990.
한국문학연구회,『토지와 박경리 문학』, 솔, 1996.
한국소설학회,『현대소설 인물의 시학』, 태학사, 2000.
한승옥,『현대한국장편소설연구』, 민음사, 1989.

<국외서>

B. Anderson, 윤형숙 역,『민족주의의 기원과 전파』, 나남, 1994.
Marianne Hirsch,『The Mother/Daughter Plot』, Indiana Univ Press, 1989.
Yi-ling Ru,『The Family novel』, New York, Peter Lang Publishing, Inc., 1992.
데이비드 엘킨드, 이동원 · 김모란 · 윤옥경 역,『변화하는 가족』, 이화여자
        대학교 출판부, 1999.
수전 손택, 이재원 역,『은유로서의 질병』, 이후, 2002.
아리스토텔레스, 이상섭 역,『시학』, 문학과지성사, 2005.
제라르 쥬네트, 권택영 역,『서사담론』, 교보문고, 1992.
팸 모리스, 강희원 역,『문학과 페미니즘』, 문예출판사, 1999.

참 고 문 헌 –부 록 편

1. 기본 자료

박경리,『토지』1~16권, 솔, 1994.

2. 국내 논저

권명아,『가족 이야기는 어떻게 만들어지는가』, 책세상, 2006.

김열규 외, 『한국문학의 두 문제』, 학연사, 1985.

김은경, 「박경리『토지』의 유기적 인물 관계와 리좀적 서사구성」, 『관악 어문 연구』 제31집, 서울대 출판부, 2006.

김진석 외, 『토지 비평집 2』, 솔, 1995.

류중열, 『가족사 · 연대기소설 연구』, 국학자료원, 2002.

문용식, 『가문소설의 인물연구』, 태학사, 1996.

염무웅 외, 『恨과 삶』, 솔, 1994.

오세은, 「여성 가족사 소설 연구 –『토지』, 『미망』, 『혼불』을 중심으로」, 서강 대학교 대학원 국어국문학과 박사학위 논문, 2001.

이수봉, 『한국가문소설 연구』, 경인문화사, 1992.

이재선, 『현대한국소설사』, 홍성사, 1979.

______, 『한국문학의 원근법 – 방법론적 성찰』, 민음사, 1996.

______, 『현대한국소설사 1945~1990』, 민음사, 2002.

이　진, 「『토지』의 가족서사 연구」, 목포대학교 대학원 박사학위 논문, 2009.

이혜경, 「현대 한국 가족사 소설 연구 –『토지』, 『미망』, 『혼불』을 중심으로」, 충남대학교 대학원 국어국문학과 박사학위 논문, 1999.

최유희, 「박경리의『토지』연구」, 중앙대학교 대학원 문예창작학과 박사학 위 논문, 1999.

홍성암, 『한민족 문화연구』, 한민족문화학회, 2000.

3. 국외서

시모어 채트먼, 김경수 역, 『영화와 소설의 서사구조』, 민음사, 1997.

『토지』의 가족서사 연구

| 초판 1쇄 인쇄일 | 2012년 2월 20일 |
| 초판 1쇄 발행일 | 2012년 2월 22일 |

지은이	이 진
펴낸이	정구형
출판이사	김성달
편집이사	박지연
책임편집	이하나
본문편집	정유진 김현경
디자인	정문희 장정옥
마케팅	정찬용
영업관리	김정훈 권준기 정용현
인쇄처	월드문화사
펴낸곳	**국학자료원**

등록일 2006 11 02 제2007-12호
서울시 강동구 성내동 447-11 현영빌딩 2층
Tel 442-4623 Fax 442-4625
www.kookhak.co.kr
kookhak2001@hanmail.net

| ISBN | 978-89-279-0161-7 *93800 |
| 가격 | 16,000원 |